एक रुका हुआ फ़ैसला

अयोध्या विवाद के आख़िरी चालीस दिन

प्रभाकर कुमार मिश्र

हिन्द पॉकेट बुक्स
पेंगुइन रैंडम हाउस इम्प्रिंट

हिंद पॉकेट बुक्स

यूएसए। कनाडा। यूके। आयरलैंड। ऑस्ट्रेलिया। सिंगापुर
न्यू ज़ीलैंड। भारत। दक्षिण अफ्रीका। चीन

हिन्द पॉकेट बुक्स, पेंगुइन रैंडम हाउस ग्रुप ऑफ़ कम्पनीज़ का हिस्सा है,
जिसका पता global.penguinrandomhouse.com पर मिलेगा

पेंगुइन रैंडम हाउस इंडिया प्रा. लि.,
चौथी मंजिल, कैपिटल टावर -1, एम जी रोड,
गुड़गांव 122 002, हरियाणा, भारत

पेंगुइन
रैंडम हाउस
इंडिया

प्रथम हिंदी संस्करण *एक रुका हुआ फैसला; अयोध्या विवाद के आख़िरी चालीस दिन*
हिंद पॉकेट बुक्स में पेंगुइन रैंडम हाउस द्वारा 2020 में प्रकाशित

फोटो क्रेडिट: इनसर्ट फोटो क्रेडिट; पृ 2 - फोटो 1 और -2 लेखक की अपनी; पृ 3 - फोटो 1 और 2 अवैस अहमद उस्मानी; पृ 4 - फोटो -1 अनिरुद्ध शर्मा, फोटो -2 लेखक; पृ 5 - फोटो -1 लेखक, फोटो -2 महेंद्र त्रिपाठी(अयोध्या); पृ 6 - फोटो -1 लेखक की अपनी

10 9 8 7 6 5 4 3 2

ISBN 9789353497767
टाइपसेटिंग : डीजीअल्ट्राबुक्स प्रा.लि., नई दिल्ली
मुद्रकः रेप्रो इंडिया लिमिटेड

www.penguin.co.in

MIX
Paper from responsible sources
FSC® C047271

This is a legitimate digitally printed version of the book and therefore might not have certain extra finishing on the cover.

माई - बबुआ (स्वर्गीय माताजी एवं पिताजी) को

विषय-सूची

प्रस्तावना

अयोध्या मामले की जब सुनवाई चल रही थी एक पत्रकार के रूप में ख़ुद को तटस्थ रख पाना आसान काम नहीं था। जिस व्यक्ति का बचपन राम मंदिर आंदोलन के साये में बिता हो, जो सवेरे-सवेरे राम दरबार की तस्वीर के सामने हनुमान चालीसा पढ़कर घर से निकलता हो, ऐसे व्यक्ति के लिये अयोध्या भूमि विवाद की वस्तुनिष्ठ रिपोर्टिंग मुश्किल भरा काम था। लेकिन तुलसीदास ने लिखा है– "जेहि जस रघुपति करहिं जब सो तस तेहि छन होइ"। यानी भगवान की जब जैसी इच्छा होती है, वह इंसान को उसी तरह का बना देते हैं। और हुआ भी यही। न कभी मैं हिन्दू पक्ष की किसी दलील को लेकर उत्साहित हुआ, और न मुझे मुस्लिमों का कोई तर्क बेतुका लगा। दफ्तर से लेकर, आस-पड़ोस तक और सोशल मीडिया के ज़रिए जो लोग भी मुझे जानते हैं कि मैं सुप्रीम कोर्ट की ख़बरें रिपोर्ट करता हूँ, वे पूछते थे, 'क्या लग रहा है! किस पक्ष का पलड़ा भारी लग रहा है?' 'फैसला मंदिर के पक्ष में आएगा कि मस्जिद के पक्ष में?' 'इस बार मंदिर बन पायेगा कि नहीं?' इन सवालों का जवाब देना उतना मुश्किल नहीं था। लेकिन जब आपको पता हो कि सामने वाले के पास अपना रेडीमेड जवाब है और वह तो केवल आपसे उसके अनुरूप जवाब सुनना चाहता है, तो उस वक्त मुश्किल होती है। मुझे प्रत्येक दिन ऐसे ही "धर्मसंकट" से गुजरना पड़ता था। इसके समाधान का रास्ता मेरे एक वरिष्ठ सहयोगी ने सुझाया कि सोशल मीडिया पर प्रतिदिन शाम को एक वीडियो पोस्ट करने से लोगों की उत्सुकता शांत होगी। यह विचार अच्छा था। शाम को जब उस दिन की सुनवाई खत्म होती थी, तो मैं मुकदमे से जुड़े लोगों से बात करता था। उस दिन सुनवाई में जिन कानूनी विन्दुओं पर बहस हुई होती थी, उसे ठीक से समझता था और "कोड ऑफ सिविल प्रोसीजर" और "एविडेंस एक्ट" के सम्बंधित प्रावधानों को पढ़कर लोगों को समझाता

था। सोशल मीडिया के आगमन से पूर्व के युग में हमारे जैसे पत्रकारों का संवाद एकतरफा होता था। हमने क्या किया और हमारा काम या प्रदर्शन कैसा रहा, इसपर लोगों की प्रतिक्रिया नहीं पहुँच पाती थी। सोशल मीडिया ने उस कमी को दूर कर दिया। अयोध्या मामले की सुनवाई के नियमित अपडेट पर दर्शकों की बहुत ख़ूबसूरत प्रतिक्रियाएँ सामने आयीं। एक दर्शक ने टिप्पणी की कि 'आपके वीडियो को देखकर लगता है, मानो हम कोर्टरूम में ही बैठे हों'। किसी गम्भीर दर्शक ने मुझपर पक्षपात या पूर्वाग्रह का आरोप नहीं लगाया। यह मेरी उपलब्धि है जो बिना भगवत कृपा कहाँ संभव थी– "हानि लाभु जीवन मरनु जसु अपजसु विधि हाथ"।

लेकिन इसमें एक समस्या थी। अयोध्या मामले से जुड़े हिन्दू पक्ष के वकील मीडिया से बात करते थे। हिन्दू पक्ष के वकीलों का हम समय-समय पर बाइट(बयान) या इंटरव्यू करते थे और उनकी बात उन्हीं की ज़ुबानी सुना देते थे। लेकिन मुस्लिम पक्ष के मामले में ऐसा नहीं था। मुस्लिम पक्ष के वकीलों ने तय कर लिया था कि उन्हें इस मुकदमे से जुड़ी बातों को मीडिया में बताने से परहेज़ करना है। विवाद की सूरत में मुस्लिम पक्ष के किसी वकील ने कभी-कभार कुछ बोल दिया हो, ये बात अलग है। लेकिन दर्शकों-पाठकों को शिकायत हमसे रहती थी कि हम केवल एक पक्ष के लोगों का ही इंटरव्यू दिखा रहे हैं। ऐसा नहीं था कि हमने कोशिश नहीं की। हमारे कुछ दर्शकों ने आरोप लगाया कि हम मुस्लिम पक्ष के वकीलों का इंटरव्यू नहीं दिखा रहे।

मैंने मुस्लिम पक्ष के कई वकीलों से बात की, लेकिन सबने मना कर दिया। एक दिन एक मुस्लिम पक्षकार इक़बाल अंसारी के वकील एम आर शमशाद को मैंने अपनी बात बताई। मैंने बताया कि हमारे ऊपर पक्षपात का आरोप लग रहा है। एम आर शमशाद अच्छे एडवोकेट के साथ अच्छे इंसान भी हैं। उन्हें मेरी स्थिति समझ में आ गई। उन्होंने कहा था कि धवन साहब से पूछकर आपको बताता हूँ। मुझे पता था कि राजीव धवन 'ना' ही कहेंगे। हुआ भी वही। एम आर शमशाद ने खेद जताते हुए कहा कि 'धवन साहब तैयार नहीं हैं। और आप तो जानते ही हैं कि अगर हमने उनकी बात नहीं मानी तो वो कितना नाराज़ होंगे ... शायद आगे से हमसे बात करना ही बंद कर दें!' मैंने बस इतना ही कहा था 'कोई बात नहीं'। *मैं किसी को बोलने के लिए कैसे बाध्य कर सकता था?* मैंने

मुस्लिम पक्ष के वकीलों की कोर्ट में दी गई दलीलों को उसी अंदाज़ में बताना जारी रखा कि 'मुस्लिम पक्ष की तरफ से यह दलील दी गई. . .राजीव धवन ने ये कहा...वगैरह-वगैरह'।

करीब डेढ़ दशक से सुप्रीम कोर्ट की रिपोर्टिंग के दौरान मैं कई महत्वपूर्ण कानूनी और संवैधानिक मामलों का एक तटस्थ गवाह रहा हूँ। टू-जी, कोयला घोटाला, रक्षा सौदा घोटाला जैसे कई मामलों पर मैंने रिपोर्टिंग की। मैंने कई बड़े चेहरों को सुप्रीम कोर्ट की चौखट पर बदहवास देखा है। सुप्रीम कोर्ट में आये प्रत्येक नए बड़े मामले में लगता था कि इससे बड़ा कुछ नहीं हो सकता था। अयोध्या मामला भी मेरे सामने सुप्रीम कोर्ट में पहुँचा। यह मामला उन तमाम मामलों से अलग और बेहद ख़ास था। एक कोर्ट रिपोर्टर के तौर पर यह मेरी ख़ुशकिस्मती रही कि मैं अयोध्या मामले की सुनवाई का गवाह बना तथा राममंदिर और मस्जिद के पक्षकारों की दलीलों की मैंने रिपोर्टिंग की। देश के सबसे संवेदनशील मुकदमें के फैसले को आम लोगों तक पहुँचाया।

ज़मीन के मालिकाना हक का यह सदियों पुराना मामला बहुत नाज़ुक था। ज़्यादातर लोगों के लिए यह आस्था का सवाल भी था। मेरे जैसे कम आस्थावान व्यक्ति और लगभग आस्थाहीन रिपोर्टर के लिए अयोध्या केस की रिपोर्टिंग दोहरी चुनौती थी। दर्शकों को कानूनी बहस की बारीकियाँ आम आदमी की भाषा में समझाना होता था और यह ध्यान भी रखना होता था कि इस तरफ या उस तरफ वालों की आस्था को कोई ठेस न पहुँचे। इस मामले की संवेदनशीलता का अहसास सुनवाई करने वाले जजों को भी था। न्यायिक इतिहास में ऐसा पहली बार हुआ था कि सुप्रीम कोर्ट के चीफ़ जस्टिस ने किसी राज्य के डीजीपी (पुलिस महानिदेशक) को फैसले से पहले बुलाकर सुरक्षा इंतज़ामों की जानकारी ली थी।

अयोध्या मामले में फैसले का मैं चश्मदीद गवाह बना। निरपेक्ष गवाह। मुझे यह भी पता है कि आने वाले समय में शायद ही इससे अधिक संवेदनशील मामले की सुनवाई और फैसले का गवाह बनूँ। संविधान पीठ के सामने चालीस दिन की नियमित सुनवाई और फैसले की नियमित रिपोर्टिंग पर दर्शकों और पाठकों की ढेर सारी ख़ूबसूरत प्रतिक्रियाएँ आईं। कई दर्शकों और पाठकों ने कहा कि मुझे अयोध्या मामले की सुनवाई और फैसले को लेकर अपना अनुभव किताब की

शक्ल में लिखना चाहिए। चूँकि सोशल मीडिया पर अयोध्या मामले की सुनवाई को लेकर मैं नियमित वीडियो शेयर करता था, तो ऐसे में कई दर्शकों ने कहा कि 'आप अपने वीडियो के ज़रिए तो हमें प्रत्यक्ष कोर्टरूम में पहुंचा देते हैं'। उसी समय मैंने महसूस किया कि अयोध्या मामले में सुनवाई के दौरान मैंने जो देखा और समझा, उसको एक दस्तावेज़ का रूप देना चाहिए।

सुप्रीम कोर्ट का फैसला आने के बाद हिंदू पक्ष अपनी जीत का जश्न मना रहा था। मुस्लिम पक्ष ने देश की सबसे बड़ी अदालत का फैसला होने के चलते इसे स्वीकार तो कर लिया लेकिन फैसले को लेकर संतुष्ट नहीं था। देश का आम हिंदू और मुसलमान दोनों ने फैसले को अपनी-अपनी सुविधा से समझा। किसी ने फैसले को पूरी तरह समझने की कोशिश नहीं की। वे समझ भी नहीं सकते थे, क्योंकि कोर्ट के फैसले आम आदमी के लिए कहाँ लिखे जाते हैं ! जजमेंट की भाषा इतनी कठिन और क्लिष्ट होती है कि वह आम आदमी की समझ से बाहर होती है। अयोध्या विवाद में सुप्रीम कोर्ट का फैसला भी कुछ उसी प्रकार था जैसे अंधे और हाथी की पुरानी कहानी है। किसी के लिए हाथी खम्भे की तरह था तो किसी के लिए दीवार की तरह। मुझे लगा कि अयोध्या के फैसले को सामान्य भाषा में लोगों तक पहुँचाना ज़रूरी है जिससे लोग समझ सकें कि देश के सबसे संवेदनशील विवाद को कोर्ट ने किस प्रकार सुलझा दिया है। इस फैसले के अध्ययन के बाद मैं इस नतीजे पर पहुंचा था कि यह फैसला एक विवाद का समाधान है। इसमें किसी पक्ष की हार नहीं हुई है, बल्कि जीत दोनों पक्षों की हुई है। मैं इस बात को आमलोगों तक पहुँचाना चाहता था।

यह पुस्तक पाठकों को सुप्रीम कोर्ट में चालीस दिन की नियमित सुनवाई की कानूनी दलीलों के बारे में ही नहीं बताती, बल्कि कोर्टरूम का माहौल भी बताती है और सुप्रीम कोर्ट के गलियारे की वास्तविक सैर भी कराती है। अयोध्या मामला जब सुनवाई की बाट जोह रहा था, उन दिनों कोर्ट में क्या चल रहा था और सुनवाई क्यों नहीं हो पा रही थी, इसका सिलसिलेवार ब्यौरा इस किताब में पढ़ने को मिलेगा। तत्कालीन मुख्य न्यायाधीश जस्टिस दीपक मिश्रा के समय एक बार लगा था कि 2019 के लोकसभा चुनाव से पहले अयोध्या मामले की सुनवाई पूरी हो जाएगी, लेकिन परिस्थितियाँ इतनी तेज़ी से बदलीं कि उन्हें फैसला सुनाए बगैर ही रिटायर हो जाना पड़ा। जस्टिस रंजन गोगोई के समय भी

सुनवाई का विरोध हुआ। ऐसे में एक निर्धारित समय में सुनवाई का पूरा हो जाना और निर्धारित समय से पहले फैसले का आ जाना एक “चमत्कार” से कम नहीं था! यह किताब पाठकों को बताती है कि यह चमत्कार कैसे मुमकिन हो पाया।

यह पुस्तक पाठकों को इतिहास के उन पहलुओं से भी रूबरू कराती है जिसने अयोध्या विवाद की कानूनी दिशा तय कर दी। यह किताब चौखट पर बैठे भगवान को गर्भगृह में स्थापित करने और स्वयं भगवान को कोर्ट में पक्षकार बनाकर खड़ा करने की कहानी और उसके कानूनी पहलू को समझने में भी मदद करती है। अयोध्या का फैसला आने के बाद आमलोगों के मन में जितने सवाल उपजे थे, उन सारे सवालों का जवाब इस पुस्तक में देने की कोशिश की गई है।

हालाँकि यह पुस्तक अयोध्या को लेकर कोई आखिरी दस्तावेज़ नहीं है और न ही मैं ये दावा कर रहा हूँ कि इस पुस्तक के बाहर अयोध्या का कोई परिप्रेक्ष्य नहीं है। लेकिन यह पुस्तक अपने पाठक को अयोध्या मामले की पूरी कहानी इस अंदाज़ में सुनाएगी मानो वो ख़ुद मामले की सुनवाई के दौरान वहाँ मौजूद रहा हो और फैसले का गवाह बना हो।

अध्याय 1

फैसले का चश्मदीद

9 नवंबर 2019 को सुप्रीम कोर्ट में कैसा था माहौल

'जिस विवाद ने देश की सियासत और समाज को दशकों तक उलझाए रखा था उस विवाद का समाधान हो गया है। सुप्रीम कोर्ट ने अपने ऐतिहासिक फैसले में अयोध्या विवाद का समाधान निकाल दिया है। अब अयोध्या में राम मंदिर के निर्माण की सारी अड़चने दूर हो गई हैं। भगवान राम का मंदिर राम के जन्मस्थान पर ही बनेगा और अयोध्या में कहीं दूसरे स्थान पर मस्जिद भी बनेगी। सरकार मस्जिद बनाने के लिए ज़मीन देगी'।

यह 9 नवंबर 2019 के दिन मेरी पीटीसी थी जब सुप्रीम कोर्ट ने अयोध्या मामले में अपना फैसला सुनाया था। पीटीसी यानी पीस टू कैमरा वह होता है जो न्यूज़ रिपोर्ट में रिपोर्टर कैमरे के सामने खड़े होकर बोलता है। उस दिन मेरे जैसे पत्रकारों के दिन की शुरुआत बाकी दिनों की तुलना में जल्दी हुई थी।

चालीस दिन की नियमित सुनवाई की रिपोर्टिंग के बाद उस दिन फैसला सुनाने की बारी थी। भले ही अयोध्या मामले में पाँच जजों की बेंच फैसला सुनाने वाली थी, लेकिन देश और दुनिया को फैसला सुनाने और उस फैसले की विस्तृत जानकारी देने की ज़िम्मेदारी हमारे जैसे टीवी के पत्रकारों की थी। इसलिए मेरे जैसे तमाम पत्रकार उस ऐतिहासिक फैसले का गवाह बनने के लिए उत्सुक और उत्साहित थे। मुझे सुबह-सुबह सुप्रीम कोर्ट पहुँचना था, क्योंकि छह बजे से लाइव रिपोर्टिंग करनी थी। आम दिनों में सुबह के छह बजे न्यूज़ चैनल्स लाइव

रिपोर्ट नहीं दिखाते क्योंकि उस समय बहुत कम लोग टीवी देखते हैं। लेकिन ये ख़ास मौका था, लोग जल्दी जग गए थे क्योंकि सदियों पुराने विवाद के समाधान का सूरज निकलने वाला था। अयोध्या मामले में फैसला तो साढ़े दस बजे आना था, लेकिन दर्शकों को फैसले से पहले की पल-पल की ख़बर, कोर्ट के बाहर का माहौल, वहाँ की सुरक्षा व्यवस्था, अयोध्या विवाद की पृष्ठभूमि और सुनवाई के दौरान की तमाम बातें बतानी थी। यह भी बताना था कि किस पक्ष ने ऐसी कौन-सी दलीलें दी हैं जो फैसले को प्रभावित करने वाली हैं।

अयोध्या विवाद के फैसले जैसे ऐतिहासिक मौके की कवरेज के लिए न्यूज़ चैनलों ने विशेष तैयारी की थी। लेकिन यह तैयारी 13 नवंबर 2019 या उसके अगले दिन के लिये थी क्योंकि सब मानकर चल रहे थे कि 9 नवंबर को शनिवार था और उस दिन कोर्ट की छुट्टी होती है। अगले दिन यानी 10 तारीख को रविवार, 11 तारीख को स्थानीय/प्रांतीय छुट्टी और 12 नवंबर को गुरु नानक जयंती पर सुप्रीम कोर्ट में छुट्टी थी। ऐसे में सभी की तैयारी धरी की धरी रह गई। ठीक वैसे ही मानो बारात के लिए पंडाल अभी ठीक से सजा भी न हो और दरवाजे पर बारात आ जाए! मुख्य न्यायाधीश रंजन गोगोई ने 9 नवंबर, शनिवार को जो कोर्ट की छुट्टी का दिन होता है, अयोध्या मामले का फैसला सुनाने की तारीख देकर सबको चौंका दिया।

शुक्रवार, 8 नवंबर को मुख्य न्यायाधीश ने उत्तर प्रदेश के डीजीपी ओपी सिंह और राज्य के गृह सचिव आर के तिवारी को सुप्रीम कोर्ट बुलाया था। राज्य के दोनों अधिकारी दोपहर बारह बजे के करीब सुप्रीम कोर्ट पहुँचे और मुख्य न्यायाधीश सहित पाँचों जजों ने उनके साथ बैठक कर राज्य की कानून-व्यवस्था और मामले की संवेदनशीलता को लेकर हुई तैयारियों का जायज़ा लिया। न्यायपालिका के इतिहास में यह पहला मौका था कि किसी फैसले से पहले कानून-व्यवस्था का जायज़ा फैसला सुनाने वाले जज ले रहे थे। लेकिन किसी को इस बात का अंदाजा नहीं था कि मुख्य न्यायाधीश अगले ही दिन शनिवार को फैसला सुनाने जा रहे हैं। शुक्रवार को देर शाम करीब पौने नौ बजे ख़बर आई कि शनिवार साढ़े दस बजे अयोध्या मामले पर फैसला आ रहा है।

रामलला के वकील के परासरन तो दिल्ली से सैकड़ों किलोमीटर दूर चेन्नई में आँखों का इलाज करवाने गए थे। जैसे ही उन्हें फैसला आने की सूचना मिली,

वैसे ही रात में वे ढाई बजे चेन्नई से स्पेशल फ्लाइट से सुबह दिल्ली पहुँच गए।

सुबह छह बजे के करीब जब मैं सुप्रीम कोर्ट के नज़दीक पहुँचा, तो वहाँ का माहौल बिल्कुल अलग था। सुप्रीम कोर्ट के गेट तो सुबह छह बजे बंद ही रहते हैं। लेकिन भगवान दास रोड, जिधर सुप्रीम कोर्ट के दो प्रमुख गेट हैं, उसे भी ट्रैफिक के लिए पूरी तरह बंद कर दिया गया था। दिल्ली पुलिस ने बैरिकेडिंग कर रखी थी। मीडिया को भी उस बैरिकेड्स के बाहर रोक दिया गया था। अयोध्या मामले की संवेदनशीलता को देखते हुए सुरक्षा के विशेष बंदोबस्त किए थे। फैसले के बाद कोर्ट के आसपास किसी तरह का विरोध प्रदर्शन न हो, इसके लिए दिल्ली पुलिस के कांस्टेबल और अधिकारी मुस्तैद थे। प्रगति मैदान की तरफ मथुरा रोड पर जो सुप्रीम कोर्ट का गेट है, वहाँ मेरे चैनल का कैमरा लगा था। देश के जितने भी टीवी चैनल हैं, सबके ओबी वैन, सबके कैमरे, रिपोर्टर उस समय वहाँ पहुँच चुके थे।

मेरे लिए अयोध्या मामले में कोर्ट का फैसला करीब पाँच सौ साल पुराने एक विवाद का समाधान था जिसने दशकों से हमारे देश की राजनीति और सामाजिक ताने-बाने को उलझा रखा था। अयोध्या मामले की संवेदनशीलता का अहसास मुझे भी था। मुझे पता था कि अयोध्या विवाद में सुप्रीम कोर्ट के फैसले की रिपोर्टिंग में किसी भी तरह की चूक और असंवेदनशीलता भारी पड़ सकती है। मैं लाइव रिपोर्टिंग में कोर्ट के आसपास के माहौल के बारे में दर्शकों को बता रहा था तभी प्रधानमंत्री नरेंद्र मोदी का एक ट्वीट आया जिसमें उन्होंने देशवासियों से कोर्ट के फैसले के बाद शांति और सौहार्द्र बनाए रखने की अपील की थी। प्रधानमंत्री ने अपने ट्वीट में लिखा, 'अयोध्या पर सुप्रीम कोर्ट का जो भी फैसला आएगा, वो किसी की हार-जीत नहीं होगा। देशवासियों से मेरी अपील है कि हम सब की यह प्राथमिकता रहे कि ये फैसला भारत की शांति, एकता और सद्भावना की महान परंपरा को और बल दे'। प्रधानमंत्री की इस अपील ने हमारी ज़िम्मेवारी और बढ़ा दी थी। *न्यूज़ 24* के स्टूडियो में मेरे सहयोगी मानक गुप्ता और साक्षी जोशी बार-बार हमारे दर्शकों से ऐसी ही अपील कर रहे थे। उस समय एक और अच्छी बात ये दिखी कि सभी धर्मों के लोग, धर्मगुरु जिनकी बातों का आमलोगों पर असर होता है, वे भी इसी तरह की अपील कर रहे थे।

सुबह के करीब सात बजे कोर्ट परिसर के दरवाजे खुल गए। सुप्रीम कोर्ट के मुख्य प्रवेश द्वार पर दिल्ली पुलिस और अर्ध-सैनिक बल के जवान भारी संख्या

में मौजूद थे। राजस्थान आर्म्ड कांस्टैबुलरी (आरएसी) के जवान भी अपनी पोज़ीशन पर मुस्तैद थे। सुप्रीम कोर्ट की सुरक्षा में दिल्ली पुलिस के अतिरिक्त आरएसी के जवान भी रहते हैं। धीरे-धीरे वहाँ मीडिया का जमावड़ा बढ़ता गया। न्यूज़ चैनल के कैमरे अब कोर्ट के अंदर लॉन में लग गए। मीडिया लॉन से पत्रकारों की लाइव रिपोर्टिंग हो रही थी। सुप्रीम कोर्ट परिसर में एक लॉन है जिसे हम लोग मीडिया लॉन कहते हैं, वहाँ न्यूज़ चैनल के कैमरे लगते हैं। कोर्ट की ख़बर पर किसी एडवोकेट की प्रतिक्रिया और लाइव रिपोर्टिंग वहीं से होती है। मीडिया लॉन तक जाने पर कोई पाबंदी नहीं होती है। उसके आगे जाने के लिए सुप्रीम कोर्ट के वकीलों के अलावा किसी अन्य व्यक्ति को पास बनवाना पड़ता है। पास के लिए सुप्रीम कोर्ट के किसी वकील की लिखित सिफ़ारिश की ज़रूरत होती है। सुप्रीम कोर्ट कवर करने वाले पत्रकारों के लिए विशेष पास की व्यवस्था होती है। फैसले के दिन वकीलों और पक्षकारों के अलावा केवल कोर्ट कवर करने वाले पत्रकार ही अंदर जा पाए थे जिनके पास पहले से विशेष पास था।

नौ बजते-बजते अयोध्या विवाद से जुड़े लोग कोर्ट पहुँचने शुरू हो गए थे। मुझे लगा कि शनिवार होने की वजह से कोर्टरूम में भीड़ कम होगी, लेकिन मैं गलत था। दस बजते-बजते मुख्य न्यायाधीश के कोर्ट के सामने भारी भीड़ जमा हो गई। कुछ लोग तो वहीं कोर्ट के बाहर सेल्फ़ी भी ले रहे थे।

सुप्रीम कोर्ट के विशालकाय गुम्बद के ठीक नीचे कोर्ट नम्बर एक है जो मुख्य न्यायाधीश की अदालत होती है। उसी कोर्ट में मुख्य न्यायाधीश जस्टिस रंजन गोगोई की अगुवाई वाली पाँच सदस्यीय पीठ ने अयोध्या मामले की सुनवाई की। अयोध्या केस से जुड़े पक्षकार और वकील, पत्रकारों के अलावा बहुत सारे सुप्रीम कोर्ट के वकील उस ऐतिहासिक फैसले का गवाह बनने के लिए मौजूद थे। दस बजकर दस मिनट पर जब कोर्टरूम का दरवाजा खुला तो कोर्टरूम में घुसने के लिए भगदड़ जैसी स्थिति पैदा हो गयी। कुछ ही मिनटों में कोर्टरूम खचाखच भर गया। कोर्टरूम में खड़ा होना मुश्किल हो रहा था। कुछ लोग तो बहुत कोशिश के बाद भी अंदर नहीं जा पाए। सब लोग अपनी-अपनी समझ से अनुमान लगा रहे थे कि फैसला क्या आएगा। वकीलों, पक्षकारों और पत्रकारों में से जितने लोगों से मेरी बात हुई थी, किसी को यह अनुमान नहीं था कि अयोध्या मामले में पांच जजों का फैसला सर्वसम्मति से आएगा। जजों की कुर्सियों के पीछे दीवार पर

सुप्रीम कोर्ट के ध्येय वाक्य पर आज एक बार फिर निगाह पड़ी-

'यतो धर्मः ततो जयः'। यानी जहाँ धर्म है, वहाँ जय है, उसकी जीत है।

लेकिन अयोध्या मामले में धर्म किसके साथ खड़ा है, यह एक बड़ा सवाल था! दोनों पक्ष अपने-अपने धर्म के साथ खड़े थे। हिन्दू पक्ष अपने धर्म के साथ, मुस्लिम पक्ष अपने धर्म के साथ। एक मंदिर के लिए, दूसरा मस्जिद के लिए। कोर्टरूम की दीवार पर टंगी घड़ी में जैसे ही साढ़े दस बजे, पाँचों जज यानी चीफ़ जस्टिस रंजन गोगोई, जस्टिस अरविंद शरद बोबडे, जस्टिस अशोक भूषण, जस्टिस डीवाई चंद्रचूड़ और जस्टिस एस अब्दुल नज़ीर, अपनी-अपनी कुर्सी पर बैठ गए। कोर्टरूम का साउंड सिस्टम चालू था। चालीस दिन चली अयोध्या मामले की सुनवाई के दौरान भी साउंड सिस्टम चालू रहा था। बाकी मामलों में यह साउंड सिस्टम अक्सर ऑफ़ ही रहता है। कोर्टरूम में भीड़ बहुत थी, इसलिए लोगों की फुसफुसाहट से भी शोर हो रहा था। मुख्य न्यायाधीश रंजन गोगोई ने कोर्ट में शांति बनाने की अपील की।

फैसले की कॉपी पर पाँचों जजों ने हस्ताक्षर किए और उसके बाद मुख्य न्यायाधीश ने पहली बात कही 'फैसला सर्वसम्मत है'।

मतलब पाँचों जजों की राय एक है। अब सुनना बाकी था कि आखिर सर्वसम्मत राय क्या है? मुख्य न्यायाधीश ने कहा कि अगले करीब आधे घण्टे तक वे फैसला पढ़ेंगे। कुल 929 पृष्ठों के सर्वसम्मत फैसले में से जस्टिस रंजन गोगोई ने करीब 40 मिनट तक 26 पृष्ठों के सारांश को पढ़ा। फैसले का सार ये था:

1. अयोध्या में विवादित ज़मीन पर भगवान राम का मंदिर बनेगा।
2. केंद्र सरकार मंदिर बनवाने के लिए तीन महीने के भीतर ट्रस्ट का गठन करेगी।
3. अयोध्या में किसी अन्य उचित स्थान पर मस्जिद बनाने के लिए पाँच एकड़ ज़मीन केंद्र या राज्य सरकार उपलब्ध कराएगी।

जुलाई 2018 से वकीलों के साथ-साथ हम पत्रकारों को भी कोर्टरूम में मोबाइल फोन लेकर जाने की इजाज़त थी। इसलिए हमलोगों का काम आसान हो गया है। उधर मुख्य न्यायाधीश फैसला सुना रहे थे और इधर हमलोग व्हाट्सऐप के ज़रिए बिना किसी देरी के अपने अपने चैनल पर ब्रेकिंग न्यूज़ चलवा रहे थे।

देश की सबसे बड़ी अदालत ने सदियों पुराने विवाद का समाधान कर दिया था। कोर्टरूम से निकलते ही कुछ वकीलों ने "जय श्रीराम" का नारा लगाया था क्योंकि उनको लगा था कि धर्म, हिन्दू पक्ष के साथ था इसलिए उनकी जीत हुई थी।

अब मेरी बारी थी अयोध्या मामले में कोर्ट के फैसले को दुनिया के सामने सुनाने की। *न्यूज़ 24* के मेरे वरिष्ठ सहयोगी संदीप चौधरी जो अब तक मेरे द्वारा भेजी गई जानकारी को दर्शकों तक पहुँचा रहे थे, कैमरे के सामने मेरे आने का इंतज़ार कर रहे थे। मैं कैमरे के सामने पहुंचा तो संदीप चौधरी ने दर्शकों को बताया कि प्रभाकर मिश्रा कोर्ट नम्बर एक से हमारे पास आ गए हैं और उन्होंने पूछा, 'प्रभाकर, कोर्ट के फैसले की ख़ास बातें क्या हैं?' इसके बाद मैंने फैसले को जैसे समझा था, वैसे ही दर्शकों को समझाना शुरू कर दिया। मेरे लिए सुप्रीम कोर्ट का यह फैसला एक समाधान था, जिससे एक ऐसे विवाद का अंत हो गया था जिसने देश और समाज को लंबें अर्से से बाँट कर रखा था।

अयोध्या मामला केवल हमारे और आपके लिए ही ख़ास नहीं था, फैसला सुनाने वाले जजों के लिए भी यह बहुत ख़ास था, मामले से जुड़े वकील और मेरे जैसे पत्रकार जिन्होंने इस केस की सुनवाई से जुड़ी पल-पल की जानकारी दुनिया के सामने रखी थी, सभी सुप्रीम कोर्ट के सामने फोटो खिंचवा रहे थे। फैसला सुनाने के तत्काल बाद उन पाँच जजों ने भी एक ग्रूप फोटो खिंचवाई थी, क्योंकि सबको पता था कि वह लम्हा इतिहास के पन्नों में दर्ज हो गया है। शाम को मुख्य न्यायाधीश रंजन गोगोई ने अयोध्या मामले में फैसला सुनाने वाले साथी जजों को दिल्ली के पाँच-सितारा होटल ताज मानसिंह में डिनर पार्टी दी। सुप्रीम कोर्ट के इतिहास में ऐसा पहली बार हुआ था। जस्टिस रंजन गोगोई 17 नवंबर 2019 को सेवानिवृत होने वाले थे। उसके पहले उन्होंने राफेल डील, सबरीमाला मंदिर में सभी उम्र की महिलाओं के प्रवेश और सुप्रीम कोर्ट के मुख्य न्यायाधीश के कार्यालय के आरटीआई के दायरे में आने जैसे महत्वपूर्ण मामलों में फैसला सुनाया था। एक संयोग यह था कि अयोध्या मामले में फैसला सुनाने वाली बेंच में मुख्य न्यायाधीश रंजन गोगोई के साथ अगले मनोनीत मुख्य न्यायाधीश जस्टिस एस ए बोबडे भी शामिल थे जो 18 नवंबर 2019 को पद की शपथ लेने वाले थे। यही नहीं, वरिष्ठता क्रम के अनुसार जस्टिस चंद्रचूड़ भी नवंबर 2022 में मुख्य न्यायाधीश के पद पर बैठने वाले थे।

सुप्रीम कोर्ट में किस नाम से लड़ा गया अयोध्या विवाद का मुकदमा?

दुनिया जिस विवाद को श्रीराम जन्मभूमि - बाबरी मस्जिद विवाद के नाम से जानती है, सुप्रीम कोर्ट में यह मुकदमा "एम सिद्दिकी(डी) थ्रू लॉयर्स वर्सेज़ महंत सुरेश दास एंड अदर्स" (यानी एम सिद्दिकी बनाम महंत सुरेश दास तथा अन्य) के नाम से लड़ा गया। केस का नम्बर था - 'सिविल अपील नंबर : 10866-10867 ऑफ 2010'। इस मुकदमे में हिंदू और मुस्लिम पक्ष से कई और भी पक्षकार थे। इलाहाबाद हाईकोर्ट के फैलने के खिलाफ सुप्रीम कोर्ट में कुल चौदह अपील दायर हुई। इनमें पहली अपील एम सिद्दिकी की थी और उसमें प्रतिवादी के रूप में पहला नाम महंत सुरेश दास का था इसलिए मामले में इनका नाम सबसे पहले आया और इन्हीं के नाम पर केस का नाम भी एम सिद्दिकी बनाम महंत सुरेशदास हो गया।

एम सिद्दिकी इस मामले के मूल वादी और उत्तर प्रदेश में जमीयत-उल-उलेमा-ए-हिंद के महासचिव थे। एम सिद्दिकी की मौत के बाद जमीयत के मौलाना अशद राशिदी याचिकाकर्ता बन गए। उनकी ओर से दायर याचिका अयोध्या केस टाइटल सूट बन गई। महंत सुरेशदास दिगंबर अखाड़े के मंहत हैं। सुरेश दास ने सुप्रीम कोर्ट से विवादित स्थल में पूजा की अनुमति मांगी थी।1950 में दिगंबर अखाड़े के तत्कालीन महंत परमहंस रामचंद्र दास ने फैज़ाबाद कोर्ट में याचिका दायर की थी।

हिंदू और मुस्लिम दोनों पक्ष के पक्षकारों की जानकारी भी दिलचस्प है। राम जन्मभूमि विवाद को लेकर अदालत में पहली याचिका 1950 में दायर हुई थी। अयोध्या के रहने वाले गोपाल सिंह विशारद ने फैज़ाबाद सिविल कोर्ट में राम जन्मभूमि में पूजा करने के अधिकार को लेकर मुकदमा दर्ज कराया। 1986 में गोपाल सिंह की मौत हो गयी। उसके बाद उनके पुत्र राजेंद्र सिंह ने अदालत में केस की पैरवी की। 1950 में ही दिगंबर अखाड़े के महंत परमहंस रामचंद्र दास ने फैज़ाबाद कोर्ट में याचिका दायर की थी।

निर्मोही अखाड़ा - इलाहाबाद हाईकोर्ट ने अयोध्या विवाद पर 2010 में दिए अपने फैसले में निर्मोही अखाड़ा को विवादित भूमि को तीसरा पक्षकार माना था। अखिल भारतीय अखाड़ा परिषद के चौदह अखाड़ों में से निर्मोही अखाड़ा एक है। निर्मोही अखाड़ा 1885 से इस विवादित भूमि पर अपना दावा कर रहा था। अखाड़ा के तत्कालीन महंत रघुबर दास ने फ़ैज़ाबाद प्रशासन के खिलाफ एक याचिका दायर की थी। लेकिन अदालत ने उनकी याचिका को खारिज कर दिया था। इसके बाद दिसंबर 1959 में एक बार फिर निर्माही अखाड़ा ने विवादित भूमि पर पूजा करने के अधिकार को लेकर फैज़ाबाद के सिविल कोर्ट में एक पिटीशन दायर की थी।

देवकी नंदन अग्रवाल - इलाहाबाद हाईकोर्ट के रिटायर्ड जज देवकी नंदन अग्रवाल ने इलाहाबाद हाईकोर्ट में 1 जुलाई 1989 में एक रिट पिटीशन दायर की। उन्होंने रिट में राम लला के सखा यानी नेक्स्ट फ्रेंड के रूप में उनकी नियुक्ति की मांग की। हाईकोर्ट ने उन्हें राम लला का सखा नियुक्त किया। देवकी नंदन अग्रवाल का रामलला का सखा बनने की कहानी बहुत दिलचस्प है। इसपर विस्तार से चर्चा आगे के अध्याय में होगी।

अखिल भारतीय हिंदू महासभा - अखिल भारतीय हिंदू महासभा अयोध्या विवाद केस में एक प्रमुख पक्षकार रहा है। 2010 में इलाहाबाद हाईकोर्ट के फैसले को इसी संस्था ने सुप्रीम कोर्ट में चुनौती दी थी। अखिल भारतीय हिंदू महासभा ने हाईकोर्ट के फैसले को, जिसमें भूमि के बंटवाले को स्वीकार करने से इनकार कर दिया था। अखिल भारतीय श्री राम जन्मभूमि पुनरुद्धार समिति भी अयोध्या विवाद में एक पक्षकार थी।

मुस्लिम पक्षकारों में एम सिद्दिकी के अलावा कई और पक्षकार थे। हाशिम अंसारी सबसे पुराने पक्षकार थे। वह 1949 से बाबरी मस्जिद केस जुड़े हुए हैं। मस्जिद में भगवान राम की मूर्तियों को रखने के बाद शांति व्यवस्था भंग करने के आरोप में गिरफ्तार किए गए लोगों में से वो भी शामिल थे। 2016 में हाशिम अंसारी की मौत के बाद उनके पुत्र इक़बाल

अंसारी अयोध्या मामले में पक्षकार बन गए। केंद्रीय सुन्नी वक़्फ़ बोर्ड ने भी एक पिटीशन दायर कर बाबरी मस्जिद में अपना दावा किया था। वक्फ बोर्ड ने 1961 में फैज़ाबाद सिविल कोर्ट में एक पिटीशन दायर की थी। बोर्ड ने अपने याचिका में विवादित भूमि पर अधिकार की मांग की थी। कुछ पक्षकार तो ऐसे भी थे जिनका नाम लोगों ने बहुत कम ही सुना होगा। फैज़ाबाद के रहने वाले हाजी मिस्बाहुद्दीन अयोध्या विवाद में एक ऐसे ही पक्षकार थे, जिन्हें हिंदू पक्षकारों द्वारा दायर याचिका का विरोध करने के लिए रखा गया था। इनके अलावा हाजी फेंकू भी एक पक्षकार थे। हाजी फेंकू अयोध्या के सबसे बड़े संपत्तिशाली लोगों में से एक थे। फेंकू उन पाँच शुरुआती मुस्लिम पक्षकारों में शामिल रहे हैं, जिन्होंने अदालत में मुस्लिम पक्ष को मजबूती से रखा था। 1960 में उनकी मृत्यु के बाद उनके बेटे हाजी महबूब अहमद को प्रमुख मुस्लिम पक्षकारों में शामिल किया गया। फ़ारुक़ अहमद भी सबसे पुराने मुस्लिम पक्षकारों में शामिल थे। फ़ारुक़ अहमद दिसंबर 1949 में बाबरी मस्जिद में भगवान राम की मूर्तियों को रखने के संबंध में एक मूल शिकायतकर्ता थे। 2014 में उनके निधन के बाद उनके बेटे मोहम्मद उमर पक्षकार बने। शिया सेंट्रल वक़्फ़ बोर्ड भी अयोध्या मामले में एक पक्षकार था। शिया वक़्फ़ बोर्ड ने बाबरी मस्जिद को अपनी संपत्ति होने का दावा करता है। बोर्ड की दलील है कि बाबरी मस्जिद का निर्माण बाबर के सेनापति मीर बाक़ी ने किया था जो शिया था। 1946 के ट्रायल कोर्ट के फैसले के खिलाफ बोर्ड ने सुप्रीम कोर्ट का रुख़ किया था, जिसने बाबरी मस्जिद को सुन्नी संपत्ति होने का फैसला सुनाया था।

सुप्रीम कोर्ट में अयोध्या मामले की सुनवाई के मुख्य पात्र: एक परिचय

न्यायाधीश

जस्टिस रंजन गोगोई	मुख्य न्यायाधीश
जस्टिस अरविंद शरद बोबडे	न्यायाधीश
जस्टिस अशोक भूषण	न्यायाधीश
जस्टिस डीवाई चंद्रचूड़	न्यायाधीश
जस्टिस एस अब्दुल नज़ीर	न्यायाधीश

हिंदू पक्ष के वकील और पक्षकार

के परासरन	रामलला विराजमान
सीएस वैद्यनाथन	रामलला विराजमान
पीएस नरसिम्हा	रामलला विराजमान
सुशील कुमार जैन	निर्मोही अखाड़ा
रंजीत कुमार	गोपाल सिंह विशारद
विकास सिंह	ऑल इंडिया हिंदू महासभा
हरिशंकर जैन	हिंदू महासभा
पीएन मिश्रा	श्री राम-जन्मभूमि पुनरोद्धार समिति
जयदीप गुप्ता	निर्वाणी अखाड़ा

मुस्लिम पक्ष के वकील और पक्षकार

राजीव धवन	एम सिद्दिकी (जमीयत उलेमा-ए-हिंद)
ज़फ़रयाब जिलानी	सेंट्रल सुन्नी वक़्फ बोर्ड
मीनाक्षी अरोड़ा	सेंट्रल सुन्नी वक़्फ बोर्ड
शेखर नाफड़े	फ़ारुक़ अहमद
निज़ाम पाशा	हाजी मिस्बाहुद्दीन
एम सी ढींगरा	शिया सेंट्रल वक़्फ़ बोर्ड
एम आर शमशाद	मोहम्मद हाशिम अंसारी
फ़ुजैल अयूबी	हाजी फेंकू

अध्याय 2

फैसले के प्रमुख बिंदु

अदालत द्वारा दिए गए संदर्भ

अपने देश की न्यायिक व्यवस्था की यह विडंबना है कि जो व्यक्ति अदालतों में मुकदमा लड़ने में अपनी ज़िदगी खपा देता है, उसे भी उस फैसले को समझने के लिए वकील की ज़रूरत होती है क्योंकि फैसले की तकनीकी भाषा आम आदमी की समझ से परे होती है। अयोध्या के फैसले के साथ भी यही समस्या थी। कोर्ट ने विवादित ज़मीन हिंदू पक्ष को दे दी थी, ऐसे में मुस्लिम पक्ष की अपनी शिकायतें थीं। उनकी एक शिकायत यह थी कि कोर्ट ने आस्था को आधार बनाकर फैसला दिया है। कुछ हिंदू पक्षकारों को भी फैसले से शिकायत थी। निर्मोही अखाड़े की शिकायत थी कि उसके अधिकार की अनदेखी हुई है और हिंदू महासभा की शिकायत यह थी कि आखिर मुस्लिम पक्ष को पाँच एकड़ ज़मीन देने की ज़रूरत क्या थी? सुप्रीम कोर्ट ने अपनी तरफ से ऐसे सारे सवालों का जवाब अपने फैसले में देने की कोशिश की। उन्होंने कहा कि फैसले का आधार आस्था नहीं, सबूत थे।

फैसले का आधार आस्था नहीं सबूत

कोर्ट ने अपने फैसले में पैरा 796 में साफ-साफ लिखा कि 'यह अपने आप में एक विशेष मामला था, जिस पर कोर्ट को अपना फैसला सुनाना था। एक अचल संपत्ति का विवाद था। कोर्ट आस्था या विश्वास को आधार बनाकर टाइटल सूट पर फैसला नहीं सुनाता। कोर्ट सबूतों के आधार पर फैसला सुनाता है। कोर्ट

पक्षकारों के द्वारा पेश किए गए सबूतों को साक्ष्य के स्थापित सिद्धांतों के आधार पर परखकर फैसला सुनाता है'।[1]

कोर्ट ने आगे लिखा है कि इस बात के साक्ष्य की अपार संभावनाएँ हैं कि 1857 में रेलिंग लगाने के बाद भी आउटर कोर्टयार्ड यानी विवादित स्थल के बाहरी भाग में हिंदुओं द्वारा निर्बाध रूप से पूजा की जाती रही और उस पर हिंदुओं का कब्ज़ा था।[2] कोर्ट ने लिखा है कि जहाँ तक इनर कोर्टयार्ड यानी भीतरी हिस्से का सवाल है, 1857 से पहले वहाँ भी हिंदुओं द्वारा पूजा किए जाने के सबूत हैं। दूसरी तरफ मुस्लिम पक्ष इस दावे के पक्ष में कोई सबूत पेश नहीं कर पाया कि 1857 से पहले भीतरी हिस्से पर एकमात्र उनका कब्ज़ा था।

कोर्ट ने लिखा है कि हालाँकि इस बात के सबूत हैं कि रेलिंग लगने के बाद भी मस्जिद का ढाँचा मौजूद था और उसके भीतर नमाज़ पढ़ी जाती थी। फैसले में लिखा गया है कि 1949 के वक़्फ़ इंस्पेक्टर के मुताबिक मुसलमानों के सामने निर्बाध रूप से नमाज़ पढ़ने में अवरोध पैदा किया जाता था। हालाँकि इस बात के सबूत हैं कि 22-23 दिसंबर 1949 की दरम्यानी रात को जब मस्जिद में मूर्तियाँ रखी गई तो उसके पहले तक वहाँ नमाज़ पढ़ी गई थी। 16 दिसंबर 1949 को वहाँ आखिरी बार जुमे की नमाज पढ़ी गई थी।

कोर्ट ने अपने फैसले में लिखा कि मुसलमानों को गैर-कानूनी ढंग से उनके प्रार्थना स्थल यानी मस्जिद से निकाला गया था। मामला जब अदालत में लंबित था तो सुनियोजित तरीके से मस्जिद को ढहा दिया गया। इस तरह मुसलमानों को उनकी 450 साल से पुरानी मस्जिद से वंचित किया गया।[3]

कोर्ट ने आगे लिखा कि इलाहाबाद हाईकोर्ट द्वारा विवादित ज़मीन को तीन हिस्से में बाँटना कानून सम्मत नहीं था। यहाँ तक कि यह बँटवारा दोनों समुदायों के बीच शांति और भाईचारा स्थापित करने के लिहाज़ से भी उचित नहीं था।[4]

कोर्ट ने अपना फैसला रामलला विराजमान के पक्ष में सुनाया, क्योंकि विवादित ज़मीन पर कब्ज़े के अपने दावे को मुस्लिम पक्ष की तुलना में हिंदू पक्ष ने बेहतर ढंग से साबित किया। पूरी ज़मीन रामलला विराजमान को मिली। कोर्ट ने माना कि रामलला के नेक्स्ट फ्रेंड[5] उनका प्रतिनिधि बनने के अधिकारी हैं। कोर्ट ने रामलला विराजमान और सुन्नी वक़्फ़ बोर्ड दोनों को आंशिक डिक्री दिया और सरकार को आदेश दिया कि मुस्लिम समुदाय को मस्जिद के लिए

पाँच एकड़ ज़मीन वैकल्पिक जगह पर दी जाए। कुछ लोगों ने सवाल उठाया कि जब विवादित ज़मीन पर रामलला का दावा साबित हुआ तो मुसलमानों को पाँच एकड़ ज़मीन क्यों दी गई। ऐसे कुछ लोग हिंदू और मुस्लिम पक्ष दोनों तरफ से थे। कोर्ट ने अपने फैसले में इसका कारण भी लिखा है। मस्जिद के लिए ज़मीन देने की ज़रूरत को आवश्यक बताते हुए कोर्ट ने अपने फैसले में लिखा कि हालाँकि हिंदुओं ने पूरी विवादित ज़मीन पर कब्ज़े के अपने दावे को मुसलमानों से बेहतर ढंग से साबित किया है, लेकिन 22/23 दिसंबर 1949 को जिस तरह से मस्जिद को अपवित्र किया गया और 6 दिसंबर 1992 को अंततः मस्जिद गिरा दी गई, तो ऐसे में संतुलन के लिए यह ज़रूरी है।[6]

कोर्ट ने अपने फैसले में आगे लिखा कि सुप्रीम कोर्ट इस मामले में अनुच्छेद-142 का इस्तेमाल करता है और ये सुनिश्चित करेगा कि जो गलती हुई है उसका उपचार हो। तब तक पूर्ण न्याय नहीं होगा जब तक कि मुस्लिम पक्ष को मस्जिद निर्माण के लिए जगह नहीं दी जाती।

हमारा संविधान सभी धर्मों को समान मानता है। सहिष्णुता और सहअस्तित्व, धर्मनिरपेक्षता के प्रति हमारी प्रतिबद्धता को और सुदृढ़ करते हैं। सुप्रीम कोर्ट के पाँच जजों की बेंच के सर्वसम्मत फैसले के पैरा 800 के इसी अंश के चलते मैं मानता हूँ कि सुप्रीम कोर्ट का यह फैसला एक समाधान है क्योंकि इससे न केवल संवैधानिक मूल्यों को बल मिला बल्कि देश की सबसे बड़ी अदालत ने भी स्वीकार किया कि मुसलमानों को उनके प्रार्थना स्थल से गलत ढंग से बेदखल किया गया

पैराग्राफ "786" : मुस्लिम पक्ष का विवादित स्थल पर कब्ज़े का दावा सबित नहीं होता

इस्लाम में अंक "786" का विशेष महत्व है। इसे शुभ अंक माना जाता है। जिस प्रकार हिंदुओं में किसी भी शुभ काम का आरंभ होने से पहले गणेशजी की पूजा की जाती है और कुछ लिखने से पहले 'श्री गणेशाय नमः' लिखा जाता है, उसी प्रकार इस्लाम में 786 का स्मरण किया जाता है। इस्लाम धर्म में 786 का मतलब 'बिस्मिल्लाह उर रहमान ए रहीम' होता है अर्थात् 'अल्लाह के नाम जो कि बहुत दयालु और रहमदिल हैं'। सुप्रीम कोर्ट के 929 पृष्ठों के

पाँच जजों के सर्वसम्मत फैसले में कुल 806 पैराग्राफ हैं। यह एक संयोग है कि 786वें पैराग्राफ में ही कोर्ट ने विवादित ज़मीन पर मुस्लिम पक्ष के कब्ज़ा होने के दावे की विस्तार से समीक्षा की है और यही पैराग्राफ कोर्ट के फैसले का मुख्य आधार है।

पैरा 786 में सुप्रीम कोर्ट ने लिखा कि सुन्नी वक़्फ़ बोर्ड का दावा है कि बाबरी मस्जिद का निर्माण 1528 में बाबर ने किया या उसके आदेश से ऐसा हुआ था। लेकिन 1856-57 से पहले इस बात के साक्ष्य नहीं है कि विवादित स्थल पर मुसलमानों का एकाधिकार था और वहाँ नमाज़ पढ़ी जाती थी। कोर्ट ने लिखा है कि बाबरी मस्जिद 1528 में बनी थी और 1856-57 तक उसका पोजेशन यानी कब्ज़ा और नमाज़ को लेकर कोई जानकारी नहीं दिख रही है। यानी जब ब्रिटिश शासकों ने वहाँ रेलिंग लगवाई और विवादित स्थल को बाहरी (इनर कोर्टयार्ड) और भीतरी हिस्से (आउटर कोर्टयार्ड) में विभाजित किया, तो 325 साल के इस कालखंड में मुस्लिम पक्ष के पास इस बात का कोई साक्ष्य नहीं है जिससे यह साबित हो सके कि विवादित स्थल उनके कब्ज़ा में था और इस अवधि के दौरान उन्होंने वहाँ नमाज़ पढ़ी थी।[7]

एक संयोग यह भी है कि जिस कालखंड में मुस्लिम पक्ष के पास अपने दावे को साबित करने का सबूत नहीं था, वह मुगलकाल था और पूरी हुकूमत मुस्लिम शासकों की थी।

फैसले के पैराग्राफ 786 में ही जजों ने आगे लिखा है कि 'इसके उलट विदेशी यात्री मोंटगोमरी मार्टिन और टेफेन्थैलर के यात्रा-वृतांत में इस बात पर विस्तार से प्रकाश डाला गया है कि हिंदू और मुसलमान दोनों ही विवादित जगह पर पूजा और नमाज़ के लिए जाते थे। उन्होंने लिखा है कि यह हिंदुओं की आस्था थी और विश्वास भी था कि विवादित स्थल ही भगवान राम का जन्मस्थान है और यही समझकर हिंदू उस पवित्र स्थान पर पूजा करते थे।[8]

कोर्ट ने यह भी कहा कि 18वीं सदी में विलियम फिंच और टेफेन्थैलर के यात्रा विवरण विवादित स्थल को भगवान राम का जन्मस्थान मानने के प्रति हिंदुओं की आस्था और विश्वास को दर्शाते हैं। फैसले में लिखा है कि टेफेन्थैलर ने विशेष तौर पर विवादित स्थल और उसके आसपास सीता रसोई, स्वर्ग द्वार और बेदी (झूला) जैसे स्थलों की पहचान की है जो वहाँ भगवान

राम के जन्मस्थान को दर्शाते हैं। टेफेन्थैलर ने लिखा है कि 'ज़मीन से पाँच इंच ऊपर उठा हुआ एक पाँच एल्स लम्बा और चार एल्स चौड़ा चबूतरा था, जिसे हिंदू झूला कहते थे, उसी स्थान पर भगवान विष्णु का राम के रूप में अवतार हुआ था'।[9]

फैसले में आगे लिखा है कि 1856-57 में अयोध्या में दंगे हुए जिसमें जान-माल का नुकसान भी हुआ था। तब ब्रिटिश शासकों ने दोनों सम्प्रदायों के बीच शांति स्थापित करने के लिए उस स्थान पर रेलिंग लगवाई थी। रेलिंग के अंदर का हिस्सा (इनर कोर्टयार्ड) मुसलमानों के लिए था और बाहरी हिस्सा (आउटर कोर्टयार्ड) हिंदुओं की पूजा के लिए। यह रेलिंग सिर्फ शांति स्थापना के लिए थी। इससे दोनों समुदाय के मालिकाना हक का बँटवारा नहीं हुआ था। रेलिंग के बाद हिंदू अंदर नहीं जाते थे लेकिन अंदर की ओर रुख़ कर के पूजा करते थे और मानते थे कि गर्भगृह यानी इनर कोर्टयार्ड ही जन्मस्थान है। कोर्ट ने आगे लिखा है कि रेलिंग लगने के बावजूद विवादित स्थल के अंदर के हिस्से में जाने की छिटपुट घटनाएँ होती रहीं।

सुप्रीम कोर्ट ने अपने फैसले में लिखा है कि 1856-57 में रेलिंग खड़ी करने के बाद भी दोनों समुदायों के बीच विवाद नहीं रुका। एक के बाद एक कई मुकदमे दर्ज कराए गए। उनमें से एक मामला निहंग सिंह का था जिसने मस्जिद के भीतरी हिस्से में घुसकर एक चबूतरा बनाकर वहाँ भगवान की मूर्ति रखकर पूजा पाठ करना शुरु कर दिया था। मस्जिद की भीतरी दीवारों पर कोयले से चारों तरफ 'राम राम' लिख दिया गया।

बाबरी मस्जिद के मुअज्जिन सैयद मोहम्मद खातिब ने इसके खिलाफ 30 नवंबर 1858 को शिकायत दर्ज कराई थी। निहंग सिंह के मस्जिद में घुसने और उसे वहाँ से निकालने की कहानी बहुत रोचक है जिस पर अगले अध्याय में विस्तार से चर्चा की जाएगी। एक और शिकायत 5 नवंबर 1860 को दर्ज कराई गई थी जिसमें बाबरी मस्जिद से सटे कब्रगाह में एक निहंग असकली सिंह ने एक छोटा चबूतरा बना लिया था और रोके जाने पर मरने-मारने पर उतारू था। इसके अलावा बैरागियों और साधु संतों के खिलाफ कई और केस दर्ज हुए। एक शिकायत ये भी थी कि हिंदू समुदाय के लोग मस्जिद में अजान के समय व्यवधान पैदा करते थे। साल 1873 में एक और केस दर्ज हुआ जिसमें "जन्मस्थान"

चबूतरे पर रखी मूर्तियाँ हटाने की माँग की गयी थी। उसके चार साल बाद सन् 1877 में विवादित ढाँचे के उत्तर की तरफ हिंदू श्रद्धालुओं के लिए एक और द्वार, जिसे सिंह द्वार कहा जाता है, खोलने के खिलाफ भी एक केस दर्ज हुआ था। इस तरह 1885 में महंत रघुबर दास द्वारा राम चबूतरा पर मंदिर बनाने की माँग वाली याचिका से पहले हिंदू साधु संतों के खिलाफ एक के बाद एक शिकायतें दर्ज होती रहीं।

भारतीय पुरातत्व सर्वेक्षण(एएसआई) की रिपोर्ट, एक अहम सबूत

सुप्रीम कोर्ट ने अपने फैसले में एएसआई की रिपोर्ट को महत्वपूर्ण आधार माना है। सुप्रीम कोर्ट ने अपने फैसले में कहा कि आर्कियोलॉजिकल सर्वे ऑफ इंडिया (भारतीय पुरातत्व सर्वेक्षण या एएसआई) की रिपोर्ट के मुताबिक जो ढाँचा ढहाया गया था, उसके नीचे मंदिर मिलने के कुछ सबूत मिले थे। हालाँकि एएसआई ये साबित नहीं कर पाया कि क्या मंदिर को गिराकर उसकी जगह मस्जिद बनाई गई थी। कोर्ट ने कहा कि इस मामले में भारतीय पुरातत्व सर्वेक्षण की रिपोर्ट को खारिज नहीं किया जा सकता। इलाहाबाद हाईकोर्ट ने भी एएसआई की रिपोर्ट को अपने फैसले का आधार माना था।

इलाहाबाद हाईकोर्ट ने 5 मार्च 2003 को विवादित ज़मीन की खुदाई का आदेश दिया था। हाईकोर्ट के आदेश पर एएसआई के चौदह अधिकारियों की टीम बनी जिनकी देखरेख में खुदाई होनी थी। एएसआई की रिपोर्ट पर कोई सवाल न उठाए, उसके लिए हाईकोर्ट ने खुदाई की प्रक्रिया को लेकर कई दिशा निर्देश जारी किए थे। जब इस बात का सर्वे हो रहा था कि खुदाई कहाँ-कहाँ और किस-किस हिस्से में होगी तो सभी पक्षकारों के एडवोकेट वहाँ मौजूद थे। खुदाई की पूरी प्रक्रिया की वीडियोग्राफी कराई गई। खुदाई में मिली सामग्री का रिकॉर्ड रखने के लिए विशेष रजिस्टर रखा गया था। यही नहीं, मुस्लिम पक्ष की माँग थी कि एएसआई की टीम और खुदाई करने वाले मजदूरों की टीम में मुस्लिम समुदाय का पर्याप्त प्रतिनिधित्व होना चाहिए। टीम बनाते समय इस बात का भी ध्यान रखा गया था। खुदाई करने वाले 131 मजदूरों में 52 मजदूर मुस्लिम थे। खुदाई की प्रक्रिया की पारदर्शिता के लिए एडिशनल डिस्ट्रिक्ट जज रैंक के दो अधिकारियों को नियुक्त किया गया था। इनमें से एक मुस्लिम समुदाय से थे।

एएसआई ने 22 अगस्त 2003 को हाईकोर्ट में 574 पृष्ठों की एक रिपोर्ट सौंपी। रिपोर्ट में सूचीबद्ध संरचनाओं में कई ईंटों की दीवारें पूर्व-पश्चिम की ओर, कई उत्तर-दक्षिण की ओर, सजाए गए रंगीन फर्श, 1.64 मीटर ऊंची सजे हुए काले पत्थरों वाले कई खंभों की जानकारी दी गई है। साथ ही रिपोर्ट में चारों कोनों पर मूर्तियों के साथ स्तंभ और साथ ही अरबी भाषा में पत्थर पर पवित्र छंद के शिलालेख का भी उल्लेख दिया गया है।

एएसआई की रिपोर्ट में अन्य बातों के अलावा एक सीढ़ी और दो काले बेसाल्ट स्तंभों (बेसाल्ट या बसाल्ट एक प्रकार की ज्वालामुखीय आग्नेय चट्टान है। इसका निर्माण बेसाल्टी लावा के धरातल पर आकार तेजी से जमने की वजह से होता है और इसी कारण यह कणविहीन या गैर-रवेदार रूप में पायी जाती है।) का भी उल्लेख किया गया है, जिसमें मोर के साथ खिलने वाले कमल बनाए गए थे। जिसको सजावटी नक्काशियों से बनाया गया है, जिसमें कमल के पंख ऊपर की ओर उठे हुए हैं। एएसआई की रिपोर्ट पर खुदाई से मिली सामग्रियों और निशान के आधार पर कहा गया है कि तीन गुंबदों वाली बाबरी संरचना के नीचे पहले से एक संरचना मौजूद थी।

बाबरी ढांचे के नीचे पूर्व से पश्चिम और उत्तर से दक्षिण तक की प्राचीन परिधि पाई गई है। कमल, कौस्तुभ गहना, मगरमच्छ मुखौटा, आदि जैसे नक्काशीदार हिंदू अलंकरणों वाले खूबसूरत पत्थर के टुकड़े इन दीवारों में इस्तेमाल किए गए थे। इन सजाए गए वास्तुशिल्प के टुकड़ों को दीवारों में विभिन्न स्थानों पर सटीक तरीके से डाला गया था। एक पत्थर के स्लैब का एक छोटा हिस्सा एक जगह पर बीस फीट नीचे गड्ढे में चिपका हुआ है। शेष स्लैब दीवार में ढका हुआ है। बाहर निकले हुए भाग में पाँच अक्षर वाला देवनागरी शिलालेख है, जिस पर विश्व हिंदू परिषद ने हिंदू नाम होने का दावा किया है। लेकिन इस पर विवाद है कि यह हिंदू नाम है या नहीं।

एएसआई की रिपोर्ट में कहा गया है कि खुदाई में टेराकोटा धार्मिक आकृतिया, सर्प, हाथी, घोड़ा-सवार, संत आदि पाए गए हैं।[10] इससे साबित होता है कि उन दिनों भी दीपावली समारोह के दौरान पूजा में टेराकोटा की आकृतियों का उपयोग किया जाता रहा है। बाद में इन्हें दिव्य आशीर्वादों के आह्वान के लिए मंदिर के गर्भगृह में लगाया जाता था। खुदाई में गुप्त साम्राज्य

और कुषाण साम्राज्य काल की ईंटें मिलीं। गढ़वाल काल की ईंट की दीवारें भी उत्खनन में मिलीं।

एएसआई की खुदाई में एक ही अवधि में बनाए गए तीस से अधिक पिलर बेस पाए गए हैं। ये पिलर दो पंक्तियों में हैं और पंक्तियाँ समानांतर हैं। पिलर बेस पंक्तियाँ उत्तर-दक्षिण दिशा में हैं। एक दीवार को दूसरी दीवार पर लगाया गया है। फ़र्श की कम से कम तीन परतें दिखाई देती हैं। एक अष्टकोणीय पवित्र यज्ञ कुंड भी मिला है। रिपोर्ट में कहा गया है कि ये तथ्य पहले से मौजूद संरचना की विशालता को साबित करते हैं।

मंदिर तोड़ा नहीं गया था

राम मंदिर के समर्थक और हिंदूवादी संगठनों से जुड़े लोग बार-बार इस बात की दुहाई देते रहे हैं कि अयोध्या में भगवान राम के जन्मस्थान पर विक्रमादित्य के शासनकाल का एक प्राचीन मंदिर था। प्राचीन किताबों में इस बात का उल्लेख मिलता है कि अयोध्या का जीर्णोद्धार उज्जैन के सम्राट विक्रमादित्य के द्वारा करवाया गया था। विक्रमादित्य के पहले अयोध्या का वैभव लगभग ख़त्म हो गया था। महाकवि कालिदास, जो सम्राट विक्रमादित्य के नवरत्नों में से एक थे, उन्होंने चंद्रगुप्त विक्रमादित्य द्वारा अयोध्या में मंदिरों के जीर्णोद्धार के संबंध में लिखा है। यह भी कहा जाता है कि 57 ईस्वी पूर्व सम्राट विक्रमादित्य ने श्रावस्ती के बौद्ध राजा को हराकर अयोध्या को उसका पुराना वैभव लौटाया था और सभी ज़मींदोज़ हो चुके देवालयों का जीर्णोद्धार करावाया था। कहा जाता है कि सन् 1528 में बाबर ने भगवान राम के जिस मंदिर को तोड़कर वहीं मस्जिद बनवाई थी, उसे विक्रमादित्य ने बनवाया था। लेकिन अदालत में भगवान की अर्ज़ी में जो बात कही गई, वो भक्तों के दावे से अलग थी। रामलला विराजमान के नाम से कोर्ट में जो वाद दायर हुआ था उसमें कहा गया था कि मंदिर में मामूली तोड़फोड़ की गई थी। एक बात और कही गई थी कि मस्जिद बनाने में जो सामग्री लगाई गई, वह अधिकांश उस मंदिर से निकाली गई सामग्री ही थी। मंदिर की सामग्री जो मस्जिद में लगाई गई थी, वही सामग्री अदालत में मंदिर के पक्ष में पुरातात्विक साक्ष्य साबित हुई।

सबसे आखिर में फैज़ाबाद की कोर्ट में 1 जुलाई 1989 को एक सूट दायर हुआ। उसमें तीन वादी थे। पहले वादी थे 'श्रीराम जन्मभूमि अयोध्या

में विराजमान भगवान श्रीराम' जिन्हें 'भगवान श्री रामलला विराजमान' कहा गया, दूसरा वादी बनाया गया 'जन्मस्थान श्रीराम जन्मभूमि अयोध्या' को और इन दोनों का प्रतिनिधित्व कर रहे थे इलाहाबाद हाईकोर्ट के पूर्व जज देवकीनंदन अग्रवाल। ये उस सूट में तीसरे वादी थे। इस सूट में कहा गया कि 'भगवान श्री रामलला विराजमान' और 'जन्मस्थान' दोनों ही 'न्यायिक व्यक्ति' हैं और इन्हें किसी भी सूट में पक्षकार नहीं बनाया गया है। विवाद भगवान के जन्मस्थान से जुड़ा है, ऐसे में बिना इनका पक्ष सुने या वाद में बिना इनके पक्षकार बने कोई भी आदेश इन पर लागू नहीं होगा। इसी आधार पर रामलला विराजमान और जन्मस्थान को इस मामले में पक्षकार बनाया गया। मुस्लिम पक्ष ने तब इसका कोई ख़ास विरोध नहीं किया था।

रामलला विराजमान के नाम पर दायर वाद में कहा गया कि राजा विक्रमादित्य के शासनकाल में अयोध्या में राम जन्मभूमि पर बनवाया गया एक प्राचीन मंदिर था जिसे बाबर के सिपहसालार मीर बाकी ने 'आंशिक रूप से तोड़ा और मस्जिद बनाई'। यानी मंदिर को पूरी तरह से नहीं तोड़ा गया था। मस्जिद बनाने में जो सामग्री लगाई गई वह अधिकांश उसी मंदिर से निकाली गई सामग्रियाँ थीं जिसमें हिंदू देवी-देवताओं की नक्काशी वाले कसौटी पिलर भी थे।[11]

प्रश्न यह है कि अयोध्या में राम जन्मभूमि के जिस मंदिर को तोड़कर उसकी जगह पर मस्जिद बनाई वह विक्रमादित्य की बनवाई गई थी,उसके क्या ऐतिहासिक साक्ष्य हैं? रोबर्ट मोंटगोमरी मार्टिन जिसे ब्रिटिश हुकूमत ने पूर्वी भारत के ऐतिहासिक एवं भौगोलिक तथ्यों को संग्रहित करने की ज़िम्मेवारी सौंपी थी, पहला व्यक्ति था जिसने अपने दस्तावेज़ में विक्रमादित्य की पौराणिक कहानी का ज़िक्र किया। उसने मस्जिद के भीतर काले पत्थर के खंभों (कसौटी पिलर) का भी जिक्र किया था और कहा कि ये एक हिंदू इमारत से लिए गए हैं। बाद में एएसआई ने इन्हीं खम्भों को मंदिर के पक्ष में सबसे मजबूत साक्ष्य माना और सुप्रीम कोर्ट ने भी उस सबूत को स्वीकार किया।

अयोध्या का इतिहास लिखने वाले अवधवासी लाला सीताराम ने अपनी पुस्तक में लिखा है कि विध्वंसित श्रीराम-जन्मस्थान मंदिर का निर्माण विक्रमादित्य ने कराया था।[12] लेकिन वह विक्रमादित्य कौन था? क्या वह ईसा पूर्व 57 में विक्रमी संवत का प्रवर्तक था? या चौथी शताब्दी ईसवी का गुप्त सम्राट चंद्रगुप्त

द्वितीय? इस बारे में वे किसी अंतिम निर्णय पर नहीं पहुँचे हैं। एक जगह वे विक्रमादित्य का समय 57 ईसा पूर्व देते हैं तो दूसरी जगह उसे चौथी शताब्दी का चंद्रगुप्त द्वितीय बताते हैं। जन्मस्थान के विषय में वे एक महत्वपूर्ण जानकारी देते हैं कि इस स्थान को 'यज्ञवेदी' भी कहते थे और 'हम अपने बचपन में वहाँ से जले हुए चावल के दाने खोद-खोदकर लाते थे। संभवत: ये चावल विक्रमादित्य के यज्ञ-शेष ही रहे होंगे'।[13] वे लिखते हैं कि 'विक्रमादित्य ने फिर से यज्ञ कराकर इस स्थान को पवित्र किया था'। उन्होंने ये भी लिखा है कि 'रामचंद्रजी के पुराने मंदिर में थोड़ा ही हेर-फेर हुआ है। मस्जिद में जो मध्य का गुंबद है वह प्राचीन मंदिर का ही मालूम होती है और बहुत से स्तंभ ज्यों के त्यों खड़े हैं। ये सुदृढ़ काली कसौटी के पत्थर के बने हैं'।[14] वे लिखते हैं कि 'बहुत थोड़े ही तोड़-फोड़ से मंदिर, मस्जिद में बदल गई'। यहाँ ध्यान देने वाली बात ये है कि यही बात रामलला विराजमान की याचिका में भी कही गयी थी कि 'मंदिर आंशिक रूप से तोड़ा और मस्जिद बनाई'। अवधवासी लाला सीताराम की किताब 1932 में प्रकाशित हुई थी और रामलला विराजमान की याचिका 1989 में दायर हुई।

साल 1934 में अयोध्या में बड़ा हिन्दू-मुस्लिम संघर्ष हुआ जिसमें वैरागियों के नेतृत्व में हिन्दुओं की विशाल भीड़ ने बाबरी ढ़ाँचे पर आक्रमण कर दिया और उसके शिखरों को बहुत क्षति पहुंचाई थी।[15] जिसके कारण ब्रिटिश सरकार ने मस्जिद के गुंबदों का नए सिरे से निर्माण कराया था। उस पुनर्निर्माण के समय इस ढाँचे के गुंबदों का रूप हिंदू-मंदिर शिखर से बदलकर गोलनुमा कर दिया गया। इस तथ्य की पुष्टि इससे होती है कि 6 दिसम्बर 1992 को जब वह ढाँचा ढहाया गया तो गुंबदों में इस्तेमाल की गई ईंटों पर 1930 खुदा मिला था।[16] यह तथ्य उस समय समाचार-पत्रों में ईंटों के चित्रों के साथ प्रकाशित हुआ था।[17]

सुप्रीम कोर्ट ने अपने फैसले में यह तो माना है कि विवादित जगह पर मंदिर के अवशेष मिले हैं। लेकिन उसने ये भी कहा कि इसके सबूत नहीं हैं कि मंदिर को तोड़कर ही मस्जिद बनायी गई। सुप्रीम कोर्ट ने अपने फैसले में कहा कि भारतीय पुरातत्व सर्वेक्षण यानी एएसआई का निष्कर्ष है कि जो विवादित स्थल के नीचे का बड़ा सा ढाँचा था वह बारहवीं सदी में बनाया गया था। उसमें पचासी स्तंभ थे और वे सत्रह कतारों में बनाए गए थे। एएसआई का निष्कर्ष है कि वह हिंदू धार्मिक ढाँचा था जिस पर मस्जिद बनी थी।[18] कोर्ट ने एएसआई के निष्कर्ष

को स्वीकार किया कि वह हिंदू मंदिर था, लेकिन ये नहीं कहा कि उसे तोड़कर मस्जिद बनाया गई थी। चूँकि एएसआई की रिपोर्ट कहती है कि बारहवीं सदी में मंदिर था और मस्जिद 1528 में बनी थी, तो ऐसे में इस 400 साल की बीच की अवधि में क्या हुआ, इसके साक्ष्य उपलब्ध नहीं हैं।

काशी, मथुरा... बाकी ही रहेगा!

सुप्रीम कोर्ट के फैसले से राम जन्मभूमि का विवाद आखिरकार सुलझ गया। लेकिन 'अयोध्या तो झाँकी है, काशी-मथुरा बाकी है' कहने वाले लोगों के मन में एक अलग तरह का उत्साह था। हिंदूवादी नेता सुब्रमण्यम स्वामी ने फैसले के तत्काल बाद प्रतिक्रिया दी थी कि 'अब बारी काशी और मथुरा की है। मैं इस मुद्दे को उठाऊँगा'। फैसले से पहले ही, जिस दिन सुप्रीम कोर्ट ने अयोध्या मामले में सुनवाई पूरी की थी, उसके अगले दिन 17 अक्टूबर 2019 को साधु संतों की शीर्ष संस्था अखिल भारतीय अखाड़ा परिषद ने ऐलान कर दिया था कि अयोध्या मुद्दे का समाधान होने के बाद काशी और मथुरा के मंदिरों की मुक्ति के लिए आंदोलन तेज़ किया जाएगा। संतों ने वजह भी बताई थी कि केंद्र और राज्य दोनों जगह भाजपा की सरकार है, तो ऐसे में इस आंदोलन के लिए इससे बेहतर समय नहीं हो सकता।

जनसंघ के नए अवतार में भाजपा 1980 में अस्तित्व में आई थी। जनसंघ के दो बड़े नेता अटल बिहारी वाजपेयी और लालकृष्ण आडवाणी देश के बड़े नेता बन चुके थे। वे दोनों जनता पार्टी प्रयोग में मंत्री रहकर सत्ता का अनुभव हासिल कर चुके थे। उन्हें अंदाज़ा था कि सत्ता में रहकर क्या किया जा सकता है और उससे भी बड़ी बात कि उसे कैसे करवाया जा सकता है। संघ परिवार यानी राष्ट्रीय स्वयंसेवक संघ और उससे उपजी या प्रेरणा लेकर बनी संस्थाएँ हिंदू संस्कृति को राष्ट्रवाद का मंत्र बनाने में जुटी थी। ऐसा पहले की तुलना में अधिक समर्पण और जोश के साथ हो रहा था। साल 1984 के लोकसभा चुनाव में भाजपा को महज़ दो सीटों पर जीत मिली थी और भाजपा के वे दो विजयी सांसद वाजपेयी और आडवाणी नहीं थे। वे थे चंदू पाटिया रेड्डी जिन्होंने पीवी नरसिम्हा राव को हनामकोडा, आँध्र प्रदेश की सीट पर हराया था और दूसरे थे एके पटेल जो गुजरात की मेहसाणा सीट से जीते थे। ये महज़ संयोग

ही है कि आज की भाजपा के दो सबसे बड़े नेता नरेंद्र मोदी और अमित शाह दोनों ही मेहसाणा से हैं। मोदी का जन्म वडनगर में हुआ जो मेहसाणा जिले में है। अमित शाह की आरंभिक शिक्षा मेहसाणा में हुई थी। एके पटेल को अटल बिहारी वाजपेयी ने 1998 में अपनी सरकार में मंत्री बनाया था।

लेकिन 1984 से 1989 आते-आते राम जन्मभूमि आंदोलन के कंधे पर चढ़कर हिंदुत्व की राजनीति ने भाजपा को पचासी सीटों पर पहुँचा दिया और उसे किंगमेकर की भूमिका में ला खड़ा किया। वीपी सिंह की सरकार भाजपा की बैसाखी पर खड़ी थी और मंडल पर कमंडल के हावी होते ही लड़खड़ाकर गिर पड़ी। अगले तीन साल में राम जन्मभूमि आंदोलन अपनी पूरी ताकत के साथ कुलाँचे भरते हुए दौड़ रहा था।

1989 में ही विश्व हिंदू परिषद ने बाबरी मस्जिद के स्थान पर राम मंदिर बनाने की घोषणा कर दी जिसके लिए कार सेवा शुरू की गई थी। कार सेवा संस्कृत के दो शब्दों 'कर' और 'सेवा' से मिलकर बना है। 'कर' का अर्थ हाथ होता है और सिखों में सेवा का एक अर्थ आध्यात्मिक प्रेम और पूजा है। कहते हैं कि सिखों के छठे गुरु हरगोबिंद ने अमृतसर में स्वर्णमंदिर के निर्माण में कार सेवा को ही उचित माना था और उन्होंने मुगल बादशाह हुमायूँ तक की पेशकश ठुकरा दी थी। जब 1984 में ऑपरेशन ब्लू स्टार के दौरान मंदिर को नुकसान पहुँचा तो हालाँकि उसकी मरम्मत सरकारी मदद से हुई, लेकिन उसमें भी कार सेवा का प्रयोग किया गया। इसमें निहंग सरदारों ने प्रमुख भूमिका निभाई थी।

निहंगों का संबंध राम जन्मभूमि आन्दोलन से भी था और ये निहंग ही थे जिन्होंने मुसलमानों के विरोध के बावजूद 1855-57 में विवादित स्थल पर भगवान राम की मूर्ति रखकर वहाँ विधि-विधान से पूजा करवाई थी। ऐसे में उसी कार सेवा को अपने अभियान का एक मुख्य हथियार बनाकर विश्व हिंदू परिषद ने राम मंदिर निर्माण को हिंदुत्व का आंदोलन बनाने का प्रयास किया।

साल 1991 में लोकसभा और उत्तर प्रदेश विधानसभा दोनों के लिए चुनाव हुए। 'मंदिर वहीं बनाएँगे' का नारा चुनावी मौसम में गूंज रहा था। उस दौर में लालकृष्ण आडवाणी सबसे लोकप्रिय नेता नज़र आ रहे थे। बेशक वे देश में सर्वप्रिय नहीं थे, लेकिन काफी लोकप्रिय थे और पार्टी के लोग उनकी तुलना सरदार पटेल से करने लगे थे, हालाँकि अभी केंद्र की सत्ता में भाजपा को आने

में कुछ साल बाकी थे। बहरहाल, 1991 के चुनावों में केंद्र में नरसिम्हा राव की सरकार बनी और उत्तर प्रदेश में बीजेपी के कल्याण सिंह मुख्यमंत्री बने। उत्तर प्रदेश में राम मंदिर को लेकर गतिविधियाँ तेज़ हो गई।

कल्याण सिंह, राष्ट्रीय स्वयंसेवक संघ के समर्पित कार्यकर्ता रहे थे। ऐसे में विश्व हिंदू परिषद और हिंदुत्व की शक्तियों को लगा कि मंदिर निर्माण का अनुकूल समय आ गया है। साल 1989 के बाद विश्व हिंदू परिषद कार सेवा का दूसरा चरण 1990 में चला चुका था। सरकार बनने के बाद तीसरे चरण की तारीख 6 दिसंबर 1992 की तय की गई। भारी संख्या में वहाँ समर्थकों से पहुँचने का आह्वान किया गया। हज़ारों कार सेवक अयोध्या में जमा हो गए। आयोजकों को पूरा यकीन था कि कल्याण सिंह सरकार उन्हें रोकेगी नहीं, लेकिन केंद्र में काँग्रेस की राव सरकार को लेकर उन्हें दुविधा थी। दिसंबर आते-आते 'एक धक्का और दो, बाबरी मस्जिद तोड़ दो' का नारा बुलंद किया जाने लगा। सरकारों को छोड़कर शायद ही किसी को शक हो कि उस दिन अयोध्या में क्या होने वाला था। उसके बाद वहाँ क्या और कैसे हुआ इस पर बहुत से लोगों ने विस्तार से लिखा है। लिहाज़ा यहाँ मैं बस ये बताते आगे बढ़ता हूँ कि बाबरी मस्जिद के चारों ओर पुलिस की चौकसी के बावजूद एक कार सेवक बाबरी मस्जिद के गुंबद पर चढ़ गया। कोई दोपहर का वक्त था। वहाँ से उसने भगवा झंडा लहराया जिसे बाकी कार सेवकों ने आखिरी धक्के के लिए हरी झंडी समझ ली। वे उसी ओर दौड़ पड़े और बाबरी मस्जिद शहीद हो गई। वहाँ से एक और नारा बुलंद किया गया- 'ये तो अभी झाँकी है, काशी-मथुरा बाकी है'।

लेकिन सुप्रीम कोर्ट ने अपने फैसले में काशी-मथुरा विवाद पर हमेशा हमेशा के लिए ताला जड़ दिया। अयोध्या मामले में फैसला सुनाने वाले जजों को भी इस बात का एहसास रहा होगा कि ये अब एक नए विवाद की शुरूआत की कोशिश हो सकती है। इसलिए कोर्ट ने अपने फैसले से 'काशी-मथुरा' जैसे किसी भी धार्मिक स्थल से जुड़े किसी भी विवाद के लिए अदालत का दरवाज़ा हमेशा के लिए बंद कर दिया। अयोध्या मामले में फैसला सुनाने वाले पाँचों जजों की बेंच ने देश के तमाम विवादित धर्मस्थलों पर भी अपना रुख़ स्पष्ट कर दिया था। कोर्ट के फैसले से साफ हो गया था कि काशी और मथुरा में धार्मिक स्थलों की मौजूदा स्थिति से कोई छेड़-छाड़ नहीं की जाएगी।

सुप्रीम कोर्ट ने अपने 1,045 पेज के फैसले में 11 जुलाई 1991 को लागू हुए प्लेसेज़ ऑफ वर्शिप (स्पेशल प्रोविज़न) एक्ट, 1991 का ज़िक्र करते हुए साफ कर दिया कि काशी और मथुरा के संदर्भ में यथास्थिति बनी रहेगी। कोर्ट ने अपने फैसले में लिखा है कि यह कानून देश में संविधान के मूल्यों को मज़बूत करता है। बेंच ने कहा, 'देश ने इस एक्ट को लागू करके संवैधानिक प्रतिबद्धता को मज़बूत करने और सभी धर्मों को समान मानने और सेक्युलरिज़्म को बनाए रखने की पहल की है।[19] सुप्रीम कोर्ट की पाँच जजों वाली बेंच ने इलाहाबाद हाईकोर्ट के जस्टिस डीवी शर्मा की उस राय को भी दरकिनार कर दिया जिसमें कहा गया था कि धार्मिक स्थलों को लेकर सभी तरह के विवाद कोर्ट में लाए जा सकते हैं।[20] जस्टिस शर्मा इलाहाबाद हाईकोर्ट की उस बेंच में शामिल थे, जिन्होंने 2010 में अयोध्या मामले पर फैसला दिया था। उन्होंने कहा था कि प्लेसेज़ ऑफ वर्शिप एक्ट लागू होने से पहले के भी धार्मिक स्थल से जुड़े विवाद की इस कानून के तहत सुनवाई की जा सकती है। इसी प्लेसेज़ ऑफ वर्शिप एक्ट 1991 को ठीक से लागू करने की मांग समय-समय पर होती रहती है।

प्लेसेज ऑफ वर्शिप एक्ट, 1991

अयोध्या भूमि विवाद में पूजा स्थल अधिनियम 1991 का अपना एक महत्वपूर्ण स्थान है। इसकी एक अलग कहानी है। इसके बगैर इस विवाद की पूरी तस्वीर साफ नहीं होगी। शायद इसी वजह से सुप्रीम कोर्ट ने भी इसको अपने फैसले में जगह दी। यह कानून नरसिम्हा राव की सरकार लेकर आई थी। इसकी पृष्ठभूमि में अयोध्या विवाद ही था। नरसिम्हा राव बहुत ही चतुर और दूरदृष्टि वाले राजनेता थे। कहते हैं कि राव को शायद एक साल पहले ही अयोध्या में बाबरी विध्वंस जैसा कुछ होने की आशंका हो गई थी। अयोध्या के अलावा काशी और मथुरा जैसे धार्मिक स्थलों पर भी हिंदुत्ववादी संगठन दावा कर रहे थे। इनकी स्थिति अयोध्या की तरह ही थी। वे दावा कर रहे थे कि पुराने मंदिर को तोड़कर यहाँ भी मुगल काल में मस्जिद बनाई गई थी। उसी वक्त एक थ्योरी यह आई कि मुगल काल में उत्तर भारत के 40,000 मंदिरों को तोड़कर मस्जिदें बनाई गईं। सुप्रीम कोर्ट का फैसला आने के बाद 40,000 मंदिरों के तोड़े जाने की थ्योरी व्हाट्सऐप(समूहों) में एक बार फिर बहुत तेज़ी से चल पड़ी थी। यह महज़ संयोग नहीं रहा होगा।

लेकिन 1991 में राव सरकार को इस तरह के दावों से देश में साम्प्रदायिक सौहार्द्र बिगड़ने का खतरा लगा ही होगा। जिस बाबरी विध्वंस की आशंका उन्हें रही होगी, वैसा किसी और धार्मिक स्थल पर न हो इसके लिए कानून पारित किया गया। उसी कानून का नाम था प्लेसेज़ ऑफ़ वर्शिप (स्पेशल प्रोविज़न) एक्ट, 1991। इस एक्ट के मुताबिक 15 अगस्त 1947 को भारत की आज़ादी के दिन से धार्मिक स्थानों की जो स्थिति थी, वो उसी तरह बरकरार रहेगी। 15 अगस्त 1947 के पहले बने धार्मिक संस्थानों और स्थलों को लेकर कोई कानूनी प्रक्रिया शुरु नहीं होगी। यानी 1991 के बाद किसी भी धार्मिक स्थल की प्रकृति में परिवर्तन करना गैरकानूनी हो गया। ऐसा करने वालों के लिए तीन साल की कैद का प्रावधान हुआ। और सबसे महत्वपूर्ण बात यह कि अगर कोई नेता इस गैरकानूनी कृत्य में दोषी पाया गया तो उसके चुनाव लड़ने पर पाबंदी लगा दी गई। इसके लिए जन प्रतिनिधित्व कानून में बदलाव कर दिया गया। यही वजह है कि अयोध्या के बाद किसी दूसरे मामले में राजनीतिक दलों के नेताओं ने लगभग चुप्पी साध रखी है।

लेकिन 1991 के इस कानून में एक बड़ी कमज़ोरी थी। राम जन्मभूमि-बाबरी मस्जिद विवाद को इसके दायरे से बाहर रखा गया। प्लेसेज़ ऑफ़ वर्शिप एक्ट में राम जन्मभूमि-बाबरी मस्जिद विवाद को शामिल नहीं करना उस समय की सियासी मजबूरी होगी, लेकिन इस अपवाद ने उस विवाद की खिड़की खुली छोड़ दी थी। मेरा ऐसा मानना है कि एक तरह से इस कानून के ज़रिए राव सरकार ने अयोध्या आंदोलन के पैरोंकारों से कहा कि बाबरी मस्जिद के साथ जो करना है कर लो, लेकिन दूसरी जगहों से अपना दावा ख़त्म कर दो।

राव की राजनीतिक सूझबूझ के हिसाब से देखें तो इसका एक और मतलब हो सकता है। हालाँकि नरसिम्हा राव अब दुनिया में नहीं हैं और उनकी राय जानने का हमारे पास कोई माध्यम नहीं है। फिर भी मेरी राय में राव ने अयोध्या विवाद के लिए एक खिड़की खोलकर प्रेशर कुकर जैसी स्थिति को नियंत्रित करने की अपनी तरफ से एक कोशिश की। उस वक्त अयोध्या मामले को ताकत के ज़ोर पर दबाने से बहुत बड़ा साम्प्रदायिक बवाल मच सकता था। राव जानते थे कि सच हो या गलत, काँग्रेस पर यह आरोप लोगों के जेहन में गहरा उतरने लगा था कि धर्म के नाम पर देश का बँटवारा होने के बावजूद सभी सरकारें हिंदुओं

की कीमत पर मुसलमानों को तरजीह देती रही हैं। अयोध्या को राव शायद एक सेफ्टी वॉल्व की तरह इस्तेमाल करना चाहते थे। साथ ही दूसरा अयोध्या न पनपे, इसके लिए उन्होंने कानून बनवा लिया था। नरसिम्हा राव के स्तर पर यह एक समाधान था। सुप्रीम कोर्ट का समाधान अब आया है और वह राव सरकार की नींव पर ही खड़ा दिखता है।

सुप्रीम कोर्ट के फैसले में प्लेसेज़ ऑफ वर्शिप एक्ट वाली बात को समझने में 'काशी- मथुरा बाकी' वालों को थोड़ा वक्त लगा। और जब उन्हें बात समझ में आई तो लगा कि अब इस नारे का क्या होगा ! अब इस एक्ट को असंवैधानिक घोषित कराने की कोशिश होने लगी है। प्लेसेज़ ऑफ वर्शिप एक्ट को बहुत जल्द सुप्रीम कोर्ट में चुनौती देने की तैयारी चल रही है।[21] लेकिन, अब इस बात की उम्मीद बहुत कम लगती है कि अदालतें ऐसे किसी दावे पर अपना समय गँवाएंगी।

लाहौर की मस्जिद और अयोध्या का फैसला !

अयोध्या मामले में जब भगवान श्रीरामलला विराजमान को पक्षकार बनाया गया तो उनके साथ उसी याचिका में "जन्मस्थान" को भी पक्षकार बनाया गया था। सुप्रीम कोर्ट ने रामलला विराजमान को न्यायिक व्यक्ति मानते हुए विवादित ज़मीन का मालिकाना हक तो दे दिया लेकिन जन्मस्थान को न्यायिक व्यक्ति मानने से इनकार कर दिया। इलाहाबाद हाईकोर्ट ने भी सर्वसम्मति से देवता की मूर्ति यानी "श्रीरामलला विराजमान" को न्यायिक व्यक्ति मान लिया क्योंकि इस बारे में पहले से ही स्थापित कानून है। सिविल प्रोसीज़र कोर्ड के ऑर्डर 32 के मुताबिक देवता की स्थापित मूर्ति को नाबालिग माना जाता है। जबकि हाईकोर्ट के तीन में से दो जजों ने माना था कि "जन्मस्थान" भी न्यायिक व्यक्ति है। आसान शब्दों में कहें तो न्यायिक व्यक्ति या "लीगल एंटिटी" उसे कहा जाता है जिसके पास संपत्ति रखने का अधिकार होता है, जो किसी के खिलाफ केस कर सकता है और जिसके खिलाफ केस किया भी जा सकता है।

रामलला विराजमान के वकील के परासरन ने रामलला और जन्मस्थान दोनों को न्यायिक व्यक्ति साबित करने की दलील दी थी। लेकिन कोर्ट ने जन्मस्थान को न्यायिक व्यक्ति मानने से इनकार कर दिया। कोर्ट ने ऐसा करते समय अस्सी

साल पुराने प्रिवी काउंसिल के फैसले का हवाला दिया जो बहुत रोचक है। वह मामला भी एक मस्जिद विवाद से जुड़ा है। वहाँ भी मस्जिद गिरा दी गई थी और विवाद का काल भी राम जन्मभूमि-बाबरी मस्जिद के आसपास का है। लेकिन यह विवाद हिन्दू बनाम मुस्लिम नहीं था, यहाँ दूसरा पक्ष सिख था।[22]

पाकिस्तान के सबसे पुराने शहर लाहौर के पास नौलखा बाज़ार में एक गुरुद्वारा है शहीदगंज गुरुद्वारा। यहाँ सालों भर सिख श्रद्धालुओं की भीड़ लगी रहती है। पहले वहाँ मुगल शासक शाहजहाँ के समय की एक मस्जिद थी। जो सन् 1653 के आसपास बननी शुरू हुई थी। यह उस समय की बात है जब शाहजहाँ ने अपने शहज़ादे दारा शिकोह को सूबेदारी सौंप कर लाहौर भेजा था। इस मस्जिद को अब्दुल्ला ख़ान ने बनवाया था, जो कभी दारा शिकोह का खानसामा था और, बाद में वह तरक्की करता हुआ शहर कोतवाल बन गया था। इसलिए इस मस्जिद का नाम अब्दुल्ला ख़ान मस्जिद पड़ गया। दिल्ली दरबार के सत्ता-संघर्ष में जब दारा शिकोह के छोटे भाई औरंगजेब ने सबको परास्त कर दिया, तो कहानी बदल गई। यह वह दौर था जब मुगल और सिख फौज के बीच लंबी लड़ाई शुरू हो चुकी थी। कहते हैं, तब यही वह जगह थी जहाँ सिखों को पकड़कर लाया और प्रताड़ित किया जाता था। सिख इतिहासकार बताते हैं कि यहाँ पर बड़ी संख्या में सिखों को लाकर मारा गया था। कहा जाता है कि इस मस्जिद के सामने चौराहे पर लाहौर के गवर्नर ज़कारिया ख़ान ने सिखों के स्थानीय नेता भाई तारू सिंह को अपने सामने इतना प्रताड़ित करवाया कि उनकी जान चली गई। तारू सिंग की शहादत का जिक्र जीसी नारंग लिखित *ट्रांफोर्मेशन ऑफ सिखिज्म* के अध्याय छह में किया गया है।

बाद में जब 1799 में पंजाब में सिखों का शासनकाल शुरू हुआ, तो इस चौराहे का नामकरण शहीद तारू सिंह चौक कर दिया गया। जहाँ मस्जिद थी, उसी परिसर में गुरुद्वारा शहीद गंज बनाया गया। साल 1849 में महाराजा रणजीत सिंह के निधन के बाद जब पंजाब का शासन ब्रिटिश फौज के हाथ आ गया, तो चीज़ें एक बार फिर बदलने लगीं। सन् 1850 में लाहौर निवासी नूर मोहम्मद ख़ुद को मस्जिद का मुतवल्ली (संरक्षक) घोषित करते हुए इस पर कब्ज़े के लिए अदालत पहुँच गया, लेकिन अदालत उसकी दलीलों से सहमत नहीं हुई। 1883 तक उसने कई बार अदालत का दरवाज़ा

खटखटाया, लेकिन हर बार उसकी अपील खारिज हो गई। इसके बाद के लंबे दौर तक गुरुद्वारा महंत हरनाम सिंह के संरक्षण में रहा। इधर जब नई सदी का आगमन हुआ तो पंजाब में गुरुद्वारा सुधार आंदोलन शुरू हो गया। लंबे आंदोलन के बाद सन् 1925 में सिख गुरुद्वारा एक्ट बना और गुरुद्वारे का प्रबंधन शिरोमणि गुरुद्वारा प्रबंधन समिति के पास आ गया। इस बीच 1935 में लाहौर जिला अदालत में उस जगह को मस्जिद घोषित करने के लिए एक और याचिका डाली गई, लेकिन इस बार भी अदालत ने कहा कि वहाँ यथास्थिति बनी रहनी चाहिए। 7 जुलाई 1935 को वह मस्जिद गिरा दी गई। यहाँ ध्यान देने वाली बात ये है कि 1935 में अब्दुल्ला ख़ान मस्जिद गिराई गई थी और 1934 में अयोध्या में बाबरी मस्जिद पर हमला हुआ था जिसमें मस्जिद को भारी क्षति पहुँची थी। अब्दुल्ला ख़ान मस्जिद का मामला बाद में प्रिवी काउंसिल में गया। इस केस में मस्जिद और उसके आसपास की ज़मीन को "न्यायिक व्यक्ति" के तौर पर दावा किया गया और इस आधार पर उस ज़मीन का मालिकाना हक़ मस्जिद को दिए जाने की माँग की गई। लेकिन प्रिवी काउंसिल के जजों ने मस्जिद की ज़मीन को न्यायिक व्यक्ति मानने से इनकार कर दिया।

सुप्रीम कोर्ट ने 1940 के प्रिवी काउंसिल के उस फैसले को आधार बनाते हुए अयोध्या मामले में 'जन्मस्थान' को न्यायिक व्यक्ति मानने से इनकार कर दिया। प्रिवी काउंसिल ने मस्जिद को एक लीगल एंटिटी यानी न्यायिक व्यक्ति नहीं मानने के पीछे एक तर्क दिया जो अयोध्या मामले में अहम साबित हुआ। वह तर्क था कि अगर मस्जिद को न्यायिक व्यक्ति मान लेते हैं तो वह ख़ुद में एक संपत्ति नहीं रहेगी जिसको लेकर मुकदमा दायर किया गया। मस्जिद उसी संपत्ति की मालकिन बन जाएगी। यह अचल संपत्ति नहीं रहेगी। इसी तर्क को आधार बनाकर सुप्रीम कोर्ट की पांच जजों की बेंच ने कहा कि शहीद गंज से लेकर अयोध्या तक भारत जैसे देश में धार्मिक संपत्ति को लेकर परस्पर विरोधी दावे स्वाभाविक हैं, ऐसे में अदालतें इस बात में नहीं उलझ सकतीं कि किस सम्प्रदाय की आस्था का दावा ज़्यादा मज़बूत है।[23]

एक जज का फैसला

अयोध्या मामले में फैसला सुनाने वाली पाँच सदस्यीय बेंच ने फैसला लिखते समय कई परंपराओं को तोड़ा। सर्वसम्मत फैसला किस जज ने लिखा, यह किसी को नहीं पता। फैसला लिखने की जो न्यायिक परंपरा है उसके मुताबिक सर्वसम्मत फैसला कोई एक जज लिखता है। फैसला लिखने वाले जज का नाम फैसला लिखते समय ऊपर ही होता है जिससे पता चलता है कि किसने लिखा है और फैसला के सबसे नीचे बेंच में शामिल सभी जजों का नाम होता है। फैसले की मूल प्रति पर सबके हस्ताक्षर होते हैं। अगर किसी मामले में जजों की राय अलग-अलग होती है तो प्रत्येक जज अपना फैसला ख़ुद लिखता है। अयोध्या मामले में हाईकोर्ट के फैसले में तीनों जजों ने अलग अलग फैसला लिखा था। जिन मुद्दों पर दो जजों की राय एक थी, वही बहुमत के फैसले का आधार बना।

सुप्रीम कोर्ट का यह फैसला एक और वजह से ख़ास बना। पाँच जजों के सर्वसम्मत फैसले के अलावा उनमें से एक जज ने अलग से अपनी राय लिखी है। कोर्ट का मुख्य फैसला कुल 929 पृष्ठों का है जिसपर सभी जजों के हस्ताक्षर हैं। इन 929 पृष्ठ के अलावा 116 पृष्ठ और हैं, जिसे कोर्ट की भाषा में "अड्डेन्डम" (Addendum) कहा जाता है। हिंदी में इसका मतलब होता है परिशिष्ट। अक्सर आपने पुस्तकों में देखा होगा, पुस्तक के अंत में जो अतिरिक्त अध्याय जोड़ा जाता है, उसे परिशिष्ट कहते हैं। किसी भी दस्तावेज़ के आखिर में जोड़े जाने वाली सूचना को परिशिष्ट कहते हैं।

अयोध्या के फैसले में भी परिशिष्ट जोड़ा गया है। कुल 116 पन्नों के इस परिशिष्ट में एक जज ने अलग से अपनी राय दर्ज कराई है। लेकिन उसमें भी जज का नाम नहीं लिखा है। अलग से राय देने वाले जज साहब ने अपने नोट के आखिरी पृष्ठ पर लिखा है कि बाबरी मस्जिद वाली जगह ही भगवान श्रीराम का जन्मस्थान है। अयोध्या फैसले में 116 पन्नों का यह अड्डेन्डम पाँच में से किसी एक जज की स्वतंत्र राय बताता है। अल्पमत की राय होने के चलते अड्डेन्डम में कही गई बातों का कोई न्यायिक मूल्य नहीं है, लेकिन इसमें कही गई बातें रोचक हैं।

सर्वसम्मत जजमेंट के 929वें पृष्ठ पर इस अड्डेन्डम के बारे में एक पैरा लिखा गया है। इसमें कहा गया है कि 'हममें से एक ने ऊपर दिए तर्कों और दिशा निर्देशों

से सहमत होते हुए भी अलग कारण दर्ज कराया है कि क्या विवादित ढाँचा हिन्दू श्रद्धालुओं की आस्था और विश्वास के अनुसार भगवान राम की जन्मस्थली है? विद्वान जज ने जो कारण बताए हैं वह अड्डेन्डम में दर्ज हैं। इसमें लिखा गया है कि कि मस्जिद बनने से पहले और उसके बाद भी हिंदुओं की हमेशा से यह आस्था और विश्वास रही है कि भगवान राम का जन्मस्थान वहीं जगह है, जहाँ पर बाबरी मस्जिद बनाई गई थी जो मौखिक और दस्तावेज़ी साक्ष्यों से सिद्ध होता है'।[24] अड्डेन्डम लिखने वाले जज ने उन गवाहों की गवाही का भी ज़िक्र किया है जिन्होंने वाल्मीकि रामायण, स्कंद पुराण के श्लोक और रामचरितमानस को आधार बनाकर विवादित स्थान को राम जन्मभूमि साबित करने की कोशिश की थी। अड्डेन्डम में वाल्मीकि रामायण को भगवान राम के जीवन का सबसे मुख्य और पुराना ग्रंथ कहा गया है।[25] इसमें कहा गया है कि वाल्मीकि रामायण भगवान राम के जीवन और उनकी लीलाओं पर सबसे पुराना ग्रंथ है जिसका रचनाकाल 300 से 200 ईसा पूर्व का है। इसे महाभारत और श्रीमद्भागवत से भी पहले का माना जाता है। वाल्मीकि रामायण के बालकांड के अठारहवें अध्याय में श्लोक संख्या आठ से लेकर बारह तक राम के जन्म और अयोध्या का विवरण है। अपने फैसले में सुप्रीम कोर्ट ने इनमें से दसवें श्लोक का उल्लेख किया:

प्रोद्यमाने जगन्नाथम् सर्वलोकनमस्कृतम्।
कोसल्याजनयद रामं दिव्यलक्षणंसंयुतम्॥

(बालकांड, अध्याय 18, श्लोक 10)

अर्थात, कौशल्या ने जिस पुत्र को जन्म दिया, वे सभी दिव्य लक्षणों से युक्त थे। वह कोई और नहीं, स्वयं भगवान विष्णु थे। वे जगत के स्वामी हैं जिन्हें सभी पूजते हैं।

वाल्मीकि रामायण में इस बात का ज़िक्र तो है कि भगवान राम का जन्म अयोध्या में राजा दशरथ और कौशल्या के पुत्र के रूप में हुआ। लेकिन जन्मस्थान को लेकर वाल्मीकि रामायण में कोई विवरण नहीं मिलता। लेकिन एक दूसरे धार्मिक ग्रन्थ स्कंद पुराण में इसका उल्लेख मिलता है कि राम जन्मभूमि के आसपास क्या है और राम का जन्म किस जगह हुआ। स्कंद पुराण के अयोध्या महात्म्य के वैष्णवकांड में उन स्थानों का ज़िक्र है, जिनके आसपास जन्मभूमि है।

ये स्थान हैं विघ्नेश्वर, पोंडरिक, वशिष्ठ कुंड और लोमश आश्रम।

वैष्णव कांड के 18वें और 19वें श्लोक में इन तीनों स्थानों से जन्म भूमि की स्थिति बताई गई है।[26]

तस्मात् स्थानत ऐशाने रामजन्म प्रवर्तते।
जन्मस्थानमिदं प्रोक्तं मोक्षादिफलसाधनम्।18॥
विघ्नेश्वरात् पूर्वभागे वासिष्ठादुत्तरे तथा।
लौमशात् पिश्चमे भागे जन्मस्थानं ततः स्मृतम ॥19॥

अर्थात्, उस स्थान के ईशान (उत्तर-पूर्व) कोण में राम का जन्म हुआ। इसे ही राम जन्मस्थान कहा गया है, जिसका दर्शन करने से मोक्ष की प्राप्ति होती है। श्लोक में वर्णित विघ्नेश्वर से पूर्व, वासिष्ठ से उत्तर और लोमशात के पश्चिम भाग में मौजूद इस स्थान को राम की जन्मभूमि कहा गया है।

अड्डेन्डम में तुलसीदास रचित रामचरितमानस का भी उल्लेख है। इसमें बालकांड के उस प्रसंग का वर्णन किया गया है जब रावण से त्रस्त देवता भगवान ब्रह्मा के पास सहायता के लिए जाते हैं और भगवान उन्हें आश्वासन देते हैं। ब्रह्मा की स्तुति से प्रसन्न भगवान विष्णु आकाशवाणी के ज़रिए देवताओं और पृथ्वी को धीरज बंधाते हुए आश्वासन देते हैं कि मैं राम के रूप में अवतार लूँगा।

जनि डरपहु मुनि सिद्ध सुरेसा। तुम्हहि लागि धरिहउँ नर बेसा॥
अंसन्ह सिहत मनुज अवतारा। लेहउँ दिनकर बंस उदारा॥१॥
कस्यप अदिति महातप कीन्हा। तिन्ह कहुँ मैं पूरब बर दीन्हा॥
ते दसरथ कौसल्या रूपा। कोसलपुरी प्रगट नरभूपा॥२॥

(रामचरित मानस, बालकांड, चौपाई 1 और 2)

अर्थात्, हे मुनि, सिद्ध और देवताओं के स्वामियों, डरो मत। तुम्हारे लिए मैं मनुष्य का रूप धारण करूँगा और उदार (पवित्र) सूर्यवंश में अंशों सहित मनुष्य का अवतार लूँगा। कश्यप और अदिति ने भारी तप किया था। मैं पहले ही उनको वर दे चुका हूँ।

तिन्ह के गृह अवतरहिउँ जाई। रघुकुल तिलक सो चारित भाई॥
नारद बचन सत्य करिहउँ। परम सक्ति समेत अवतरिहउँ॥3॥

(रामचरित मानस, बालकांड, चौपाई 1 और 2)

अर्थात् – वे ही दशरथ और कौसल्या के रूप में मनुष्यों के राजा होकर श्री अयोध्यापुरी में प्रकट हुए हैं। उन्हीं के घर जाकर मैं रघुकुल के चार श्रेष्ठ भाइयों के रूप में अवतार लूँगा। नारद के सब वचन मैं सत्य करूँगा और अपनी पराशक्ति के सहित अवतार लूँगा।[27]

स्कंद पुराण, वाल्मिकी रामायण और रामचरितमानस के इन उद्धरणों के आधार पर अड्डेन्डम में कहा गया है कि इतने सारे धार्मिक ग्रंथों से साबित होता है कि हिंदुओं का यह मानना कि विवादित ज़मीन ही भगवान राम की जन्मभूमि है, निराधार नहीं है।[28]

अयोध्या फैसले में सिख धर्म की भूमिका

अड्डेन्डम में जज ने गुरु नानक देव जी के अयोध्या आगमन और श्रीराम जन्म-मंदिर के दर्शन का ज़िक्र भी किया है। जज ने लिखा है कि राजेन्द्र सिंह नामक एक गवाह ने इलाहाबाद हाईकोर्ट में दिए अपने बयान में कहा था कि गुरु नानक देव जी ने सन् 1510-11 के बीच अयोध्या श्रीराम जन्म-मंदिर के दर्शन किए थे। यह समय बाबर के भारत पर आक्रमण से (सन् 1526) से बहुत पहले का है।

गवाह राजेन्द्र सिंह ने कई "जन्मसाखियों" का भी हवाला दिया है जिसमें गुरु नानक देव जी के अयोध्या आगमन और श्रीराम जन्म-मंदिर के दर्शन का ज़िक्र है। इसमें कहा गया है कि बाद में नौंवे गुरु, गुरु तेगबहादुर जी और दसवें गुरु, गुरु गोबिंद सिंहजी ने भी श्रीराम जन्म-मंदिर के दर्शन किये थे। राजेंद्र सिंह ने ये साबित करने की कोशिश की थी कि सन् 1528 में बाबरी मस्जिद के बनने के पहले से ही गुरु नानक देव समेत तमाम तीर्थयात्री अयोध्या जाकर राम जन्मभूमि के दर्शन करते रहे थे। राजेंद्र सिंह ने ख़ुद को सिख धर्म की किताबों, संस्कृति और इतिहास के जानकार के तौर पर पेश किया था। गुरु नानक से संबंधित बातें राजेंद्र सिंह ने अपने "एग्जामिनेशन-इन-चीफ़" में कही थीं। एग्जामिनेशन-इन-चीफ़ में गवाह को बोलने का मौका दिया जाता है, उससे प्रतिप्रश्न नहीं किए जाते।

अपने बयान के साथ ही राजिंदर ने कई सारी जन्मसाखियों का भी ज़िक्र किया। साखियाँ सिख धर्म गुरुओं से जड़ी हुई कथाएँ हैं। इन्हीं साखियों में गुरु नानक देव जी के अयोध्या जाकर राम जन्मभूमि के दर्शन करने की बात कही

गई है। इलाहाबाद उच्च न्यायालय ने 2010 में भूमि विवाद पर फैसला सुनाया था। इस फैसले को लिखने वाले जस्टिस सुधीर अग्रवाल ने भी अपने जजमेंट में कुछ जन्मसाखियों की बात कही थी, जिन्हें गवाहों द्वारा उल्लिखित किया गया था। एग्जामिनेशन-इन-चीफ़ में राजेंद्र सिंह के बयान को सुप्रीम कोर्ट में भी उद्धृत किया गया। सुप्रीम कोर्ट के सर्वसम्मत फैसले के अतिरिक्त जोड़े गए 116 पृष्ठ के परिशिष्ट (अड्डेन्डम) में राजेंद्र सिंह की गवाही को विस्तार से जगह मिली है।

इस संदर्भ में एक और अहम वाकया सुप्रीम कोर्ट के ऐतिहासिक फैसले में दर्ज है। 161 साल पहले विवादित ढाँचे के अंदर सबसे पहले घुसने वाला व्यक्ति एक निहंग सिख था। कोर्ट के फैसले में थानेदार शीतल दूबे की ओर से 28 नवंबर 1858 को दर्ज एक शिकायत का हवाला दिया गया जिसमें कहा गया है कि 'इस दिन एक निहंग सिख फकीर सिंह खालसा ने विवादित ढाँचे के अंदर घुसकर पूजा का आयोजन किया और अंदर श्री भगवान का प्रतीक चिह्न भी उसने स्थापित किया। 30 नवंबर 1858 को स्थानीय निवासी मोहम्मद सलीम ने एक एफआईआर दर्ज करवाई जिसमें कहा गया कि 'निहंग सिख, बाबरी ढांचे में घुस गए हैं, राम नाम के साथ हवन कर रहे हैं'।

यानी राम मंदिर के लिए पहली एफआईआर हिंदुओं के खिलाफ नहीं, सिखों के खिलाफ दर्ज हुई थी। अवध के थानेदार रहे शीतल दूबे की एक रिपोर्ट के हवाले से ऐसा दावा किया जाता रहा है कि पंजाब के निहंग सिंह ने 28 नवंबर 1858 को बाबरी मस्जिद में प्रवेश किया था और उसके बीचोंबीच श्रीराम की पूजा की थी। निहंग सिंह ने वहाँ न सिर्फ़ हवन और पूजा की, बल्कि उस परिसर के भीतर श्रीराम का प्रतीक भी बनाया। उस वक्त उसके साथ पचीस और सिख थे, जिन्होंने मस्जिद में धार्मिक झंडे उठाए और मस्जिद की दीवारों पर चारकोल से "राम-राम" लिखा था। सुनवाई के दौरान भी कोर्ट में इस घटना का ज़िक्र हुआ था।

सुप्रीम कोर्ट के फैसले के अलावा ऐसे भी ऐतिहासिक सुबूत मिलते हैं कि 1664 में अयोध्या के संतों और महंतों के आग्रह पर गुरु गोबिंद सिंह ने निहंगों की सेना लेकर मुगलों की सेना से भीषण युद्ध किया था। इस जंग में मुगलों को न केवल हार का सामना करना पड़ा बल्कि भारी जानमाल का नुकसान भी उठाना पड़ा था। कुछ दिन अयोध्या में रुकने के बाद गुरु गोबिंद

सिंह स्थानीय लोगों को अयोध्या सौंप कर वापस चले गए थे। अयोध्या के ब्रह्मकुण्ड गुरुद्वारा में आज भी वो हथियार मौजूद हैं जिनसे निहंगों की सेना ने मुगलों से जंग की थी।

अनुच्छेद 142 के इस्तेमाल की ज़रूरत क्यों ?

सुप्रीम कोर्ट ने अपने फैसले में स्वीकार किया कि 22 और 23 दिसंबर 1949 की मध्य-रात्रि को मस्जिद में देवी देवताओं की मूर्तियों का रखा जाना गलत था। 6 दिसंबर 1992 को मस्जिद का गिराया जाना गैरकानूनी कृत्य था और मुसलमानों को उनके प्रार्थना स्थल से गलत ढंग से बेदखल किया गया। इतना सब कहने और मानने के बाद भी कोर्ट ने विवादित ज़मीन का मालिकाना हक मुस्लिम पक्ष को नहीं दिया, इससे मुस्लिम पक्ष असंतुष्ट है। मुस्लिम पक्ष को लगता है कि कोर्ट ने उसके साथ न्याय नहीं किया है और न्याय के नाम पर अनुच्छेद 142 के तहत विशेष अधिकार का जो प्रयोग हुआ है, उसकी ज़रूरत नहीं थी।

सुप्रीम कोर्ट ने जब मुस्लिम पक्ष को पाँच एकड़ ज़मीन देने और निर्मोही अखाड़े को मंदिर निर्माण के लिए बनने वाले ट्रस्ट में उचित प्रतिनिधित्व देने का आदेश दिया तो अनुच्छेद 142 को लेकर खूब चर्चा हुई। मुस्लिम पक्ष के केस हारने और निर्मोही अखाड़ा की याचिका 'लॉ ऑफ लिमिटेशन' यानी परिसीमन कानून के तहत सुनवाई योग्य नहीं होने के बावजूद कोर्ट ने इसी अनुच्छेद के तहत मिले विशेष अधिकार के तहत यह आदेश पारित किया था।[29]

अयोध्या मामले में सुप्रीम कोर्ट को अपने इस विशेष अधिकार के इस्तेमाल करने की ज़रूरत थी या नहीं, इसे समझने से पहले यह जानना ज़रूरी है कि आखिर यह अनुच्छेद 142 है क्या और संविधान में इस विशेष प्रावधान को रखने की ज़रूरत क्या थी?

अनुच्छेद 142 में लिखा है कि सुप्रीम कोर्ट के सामने लंबित किसी वाद या विषय में पूर्ण न्याय के लिए आवश्यक होने पर कोर्ट ऐसा कोई आदेश पारित कर सकता है। यह अनुच्छेद सुप्रीम कोर्ट को किसी मामले में किसी व्यक्ति या संस्था का हस्तक्षेप सुनिश्चित करने, किसी दस्तावेज़ को पेश करने की मंज़ूरी देने या किसी जाँच का आदेश देने की शक्ति प्रदान करता है। यूनियन कार्बाइड बनाम

भारत संघ के मामले में सुप्रीम कोर्ट ने तो यह भी कह दिया कि 'सुप्रीम कोर्ट को अनुच्छेद 142 के तहत यह शक्ति है कि वह लंबित दांडिक कार्रवाइयों को समाप्त कर दे और पक्षकारों के बीच समझौता करा दे'।[30]

कहने का आशय यह है, कि सुप्रीम कोर्ट को यह अधिकार है कि न्याय की खातिर जहाँ उसे उचित लगे, वह अपने इस अधिकार का प्रयोग कर सकता है। कोर्ट ने अपने फैसले में लिखा है कि पूर्ण न्याय के लिए जहाँ पर्याप्त कानून नहीं हो, व्यवस्था नहीं हो, वहाँ सुप्रीम कोर्ट इस अधिकार के तहत उचित व्यवस्था कर सकता है।[31]

ज़ाहिर है, अयोध्या जैसे संवेदनशील विवाद में अगर सुप्रीम कोर्ट इस विशेषाधिकार का प्रयोग नहीं करता तो भला और कहाँ करता? क्योंकि अदालती लड़ाई में जब किसी की जीत होती है, तो दूसरे का हारना तय होता है। और यह मामला ऐसा था कि किसी को हारना मंज़ूर नहीं था, क्योंकि यह लड़ाई न्याय के लिए कम "नाक" की लड़ाई ज़्यादा थी। तभी तो इलाहाबाद हाईकोर्ट ने सुन्नी वक़्फ़ बोर्ड और निर्मोही अखाड़ा, दोनों के सूट को "लॉ ऑफ लिमिटेशन" के तहत समय सीमा बाधित मानने के बाद भी विवादित ज़मीन को तीन बराबर हिस्से में बांटकर एक-एक हिस्सा उनको भी दे दिया था। हाईकोर्ट के फैसले की यह कहकर आलोचना हुई थी कि कोर्ट ने न्याय नहीं किया है और पंचायती फैसला किया है। सुप्रीम कोर्ट ने भी ज़मीन को तीन हिस्से में बाँटने के हाईकोर्ट के फैसले को गलत ठहराया है। सुप्रीम कोर्ट ने कहा है कि विवादित ज़मीन को तीन हिस्से में बाँटना न तो कानून सम्मत है और न ही शांति और सद्भाव के लिहाज़ से ही उचित है। कोर्ट ने कहा कि विवादित ज़मीन मात्र 1500 वर्ग गज का टुकड़ा है जिसे तीन हिस्से में बाँटने से किसी भी पक्षकार के उद्देश्य की पूर्ति नहीं होगी।

अब यहाँ प्रश्न उठ सकता है कि अन्याय किसके साथ हो रहा था या हुआ जिसे सुप्रीम कोर्ट ने अपने इस विशेष अधिकार से ठीक करने की कोशिश की? निर्मोही अखाड़े के मामले में कोर्ट ने अपने आदेश में लिखा है कि "लॉ ऑफ लिमिटेशन" के तहत उसका दावा समय बाधित है अर्थात सूट दायर करने की समय सीमा के बाद दायर किया गया इसलिए निर्मोही अखाड़े का मंदिर में सेवायत का अधिकार खारिज होता है'। लॉ ऑफ लिमिटेशन के तहत किसी सिविल सूट में वाद दायर करने की समय सीमा तय होती है। उस समय सीमा

के बाद दावा स्वतः रद्द हो जाता है। लेकिन कोर्ट ने माना कि विवादित स्थान पर निर्मोही अखाड़ा की एक ऐतिहासिक उपस्थिति और भूमिका रही है। इसलिए कोर्ट ने निर्मोही अखाड़े के लिए अपने विशेष अधिकार का प्रयोग किया।

सर्वोच्च अदालत ने माना कि निर्मोही अखाड़ा का सूट समय बाधित है जबकि सुन्नी जबकि वक़्फ़ बोर्ड का सूट समय बाधित नहीं है।[32]

हालाँकि हाईकोर्ट ने सुन्नी वक़्फ़ बोर्ड के सूट को समय बाधित बताया था लेकिन सुप्रीम कोर्ट ने उसे स्वीकार नहीं किया। सुप्रीम कोर्ट ने अपने फैसले में लिखा कि 16 दिसंबर 1949 को जुमे की नमाज़ पढ़ी गई थी और जुमे की अगली नमाज़ 23 दिसंबर को पढ़ी जानी थी। लेकिन उसी दिन मस्जिद में मूर्तियाँ रख दी गईं। सूट 18 दिसंबर 1961 को दायर हुआ जो लॉ ऑफ लिमिटेशन की तय सीमा बारह साल के भीतर है। लेकिन मुस्लिम पक्ष विवादित ज़मीन पर कब्ज़ा साबित नहीं कर पाया इसलिए कोर्ट ने मुस्लिम पक्ष के दावे को खारिज कर दिया। सुप्रीम कोर्ट ने मुस्लिम पक्ष के लिए भी अनुच्छेद 142 के तहत मिले विशेष अधिकार का प्रयोग करते हुए ज़मीन देने का आदेश दिया। ऐसे में सवाल तो बनता ही है कि क्या मुस्लिम पक्ष के साथ भी अन्याय हुआ है, जिसकी भरपाई के लिए कोर्ट ने अपने विशेषाधिकार का प्रयोग किया?

सुप्रीम कोर्ट ने अपने फैसले में लिखा है कि 22-23 दिसंबर 1949 को मस्जिद में मूर्तियाँ रखकर उसे अपवित्र किया गया। 1992 में उसे ख़त्म कर(विवादित ढाँचा विध्वंस) दिया गया। ऐसे में अगर मुस्लिम पक्ष को नज़रअंदाज़ किया गया तो इस मामले में न्याय नहीं होगा, जिनको एक सेक्यूलर देश में गलत तरीके से मस्जिद से बेदखल किया गया। इसलिए कोर्ट को अनुच्छेद 142 के तहत अपने विशेष अधिकार का इस्तेमाल करते हुए ये सुनिश्चित करना चाहिए कि मुस्लिम समाज के साथ जो गलत हुआ है, उसका सुधार होना चाहिए। अयोध्या मामले की संवेदनशीलता को देखते हुए सुप्रीम कोर्ट ने अनुच्छेद 142 के अपने विशेषाधिकार के सहारे संतुलन बनाने कोशिशे की। निर्मोही अखाड़ा की विवादित जगह पर मौजूदगी और पूजा पाठ निर्विवादित है लेकिन स्थापित कानूनी सिद्धांत के तहत उनका सूट सुनवाई के योग्य नहीं पाया गया, फिर भी कोर्ट ने निर्मोही अखाड़ा की महत्वपूर्ण भूमिका को स्वीकारा। मुस्लिम पक्ष को उनके इबादत स्थल से बेदखल किया गया और उनके साथ अन्याय हुआ, कोर्ट

ने यह मानकर उनके दर्द पर मरहम लगाने की कोशिश की। हाईकोर्ट के पास ऐसा कोई विशेषाधिकार नहीं है, लेकिन सुप्रीम कोर्ट को देश के संविधान ने यह अधिकार ऐसे ही जटिल मामलों के लिए दिया है। जब न्याय की किताब में लिखे कानून पूर्ण न्याय करने के किये पर्याप्त नहीं होते, तो उस स्थिति में सुप्रीम कोर्ट अपने इस अधिकार का प्रयोग करता है।

एक संयोग यह भी है, कि अयोध्या विवाद में ही सुप्रीम कोर्ट ने अनुच्छेद 142 के तहत मिले विशेषाधिकार का प्रयोग पहले भी किया है। बाबरी विध्वंस से जुड़े मुकदमे की सुनवाई में हो रहे विलम्ब के चलते सुप्रीम कोर्ट ने 19 अप्रैल 2017 को अपने इसी अधिकार के तहत एक मामले को रायबरेली से लखनऊ ट्रांसफर कर दिया था। भोपाल गैस त्रासदी के पीड़ितों को राहत देने के लिए भी सुप्रीम कोर्ट ने इस अधिकार का इस्तेमाल 1991में किया था। इसके अलावा अनुच्छेद 142 का इस्तेमाल सज़ा पूरी होने के बाद भी जेलों में बंद हज़ारों कैदियों को रिहा करने के लिए भी 2014 में किया जा चुका है।

एक टुकड़ा ज़मीन, 2.77 एकड़ की कहानी

राम जन्मभूमि-बाबरी मस्जिद विवाद से संबंधित हर रिपोर्ट और हर लेख में अयोध्या में विवादित ज़मीन का माप 2.77 एकड़ बताया जा रहा था। लेकिन सुप्रीम कोर्ट ने अपने फैसले में भगवान रामलला को मात्र 1500 वर्ग गज यानी 0.31 एकड़ ज़मीन ही दिया। ऐसा क्यों हुआ, इसके पीछे एक रोचक कहानी है। राम मंदिर आंदोलन की पृष्ठभूमि में जब 1991 में उत्तर प्रदेश में भारतीय जनता पार्टी की सरकार बनी, तो तत्कालीन मुख्यमंत्री कल्याण सिंह ने अयोध्या में पर्यटन को बढ़ावा देने और तीर्थ यात्रियों के लिए ज़रूरी सुविधा की व्यवस्था के नाम पर बाबरी मस्जिद के आसपास 2.77 एकड़ जमीन का अधिग्रहण किया। इसी 2.77 एकड़ में मस्जिद के तीनों गुम्बद, सीता रसोई और राम चबूतरा वाली विवादित 0.31 एकड़ ज़मीन भी शामिल थी। 7 अक्टूबर 1991 को जारी अधिसूचना में ज़मीन अधिग्रहण का उद्देश्य बताया गया था कि 'रामायण की समृद्ध विरासत को दर्शाने और भगवान राम के जीवन दर्शन को लोगों तक पहुंचाने के लिए एक भव्य रामकथा पार्क का निर्माण किया जाएगा और पर्यटन की दृष्टि से अयोध्या का विकास किया जाएगा'।

अधिग्रहण के बाद इस ज़मीन को विश्व हिंदू परिषद वाले राम जन्मभूमि न्यास को दे दिया गया। इस अधिग्रहण को मोहम्मद हाशिम द्वारा हाईकोर्ट में चुनौती दी गई। बाबरी विध्वंस के ठीक पाँच दिन बाद यानी 11 दिसंबर 1992 के अपने फैसले में हाईकोर्ट ने उस अधिग्रहण को रद्द कर दिया। हाईकोर्ट की तीन सदस्यीय बेंच के जज जस्टिस ब्रजेश माथुर ने अपने फैसले में लिखा कि यह अधिग्रहण मंदिर मस्जिद विवाद में हिंदुओं को फायदा पहुँचाने के लिए हुआ है। 2.77 एकड़ ज़मीन वाला अधिग्रहण रद्द होने के बावजूद यह आंकड़ा हाईकोर्ट से होता हुआ सुप्रीम कोर्ट तक पहुंच गया जिसका ज़िक्र हाईकोर्ट के फैसले में भी कहीं नहीं है।[33]

अयोध्या में दुसरी बार ज़मीन का अधिग्रहण 1993 में हुआ। केंद्र की तत्कालीन नरसिम्हा राव सरकार ने अयोध्या कानून के तहत 1993 में विवादित ज़मीन के पास ख़ाली पड़ी सभी ज़मीन को अधिग्रहित कर लिया। 6 दिसंबर 1992 को जब कार सेवकों ने बाबरी मस्जिद के ढाँचे को तोड़ दिया, तब केंद्र की काँग्रेस सरकार 1993 में राम मंदिर पर एक अध्यादेश लेकर आई। यह अध्यादेश बिल के रूप में संसद से पारित होकर अयोध्या एक्ट बना। इस कानून के तहत विवादित 2.77 एकड़ ज़मीन के अलावा आसपास की 67.70 एकड़ ज़मीन भी अधिग्रहित की गई। तब सरकार ने इस ज़मीन के अधिग्रहण का मकसद बताया था कि वहाँ मंदिर, मस्जिद और श्रद्धालुओं के लिए जनसुविधाएँ, एक पुस्तकालय और संग्रहालय बनाया जाएगा।

सुकून की सुबह

अयोध्या विवाद को लेकर सुप्रीम कोर्ट के फैसले का इंतज़ार पूरे देश के साथ साथ अयोध्या के लोगों को भी था। लेकिन दोनों की वजह अलग थी। यूँ तो अयोध्या के स्थानीय समुदायों में हमेशा से भाईचारा रहा है, लेकिन इस मंदिर-मस्जिद विवाद ने समय-समय पर इनके जीवन और आपसी संबंधों को बहुत प्रभावित किया है। ऐसे में, फैसले के अगले दिन 10 नवंबर 2019 की सुबह अयोध्यावासियों के लिए एक नया सूरज निकला। लखनऊ के वरिष्ठ पत्रकार शशिकांत ने *आउटलुक* पत्रिका (आउटलुक हिंदी वेबसाइट, 15 नवंबर 2019 का लेख) में लिखा कि 'सुप्रीम कोर्ट के फैसले के बाद अयोध्यावासियों के चेहरे

पर राहत का एहसास था। संतों और महंतों की इस नगरी में विवाद के अंत की शांति भी महसूस की जा सकती थी। लेकिन इसके ठीक एक दिन पहले यानि शनिवार की सुबह जिस दिन फैसला आना था, सरयू तट से लेकर राम जन्मभूमि के आसपास के इलाकों में उम्मीद की जगह आशंका तैर रही थी। राम जन्मभूमि-बाबरी मस्जिद विवाद पर सुप्रीम कोर्ट का फैसला जानने की उत्सुकता के साथ हर अयोध्यावासी के मन में आशंका भी थी। फैसले से पहले प्रशासन की व्यापक तैयारियों को देखते हुए बाजारों में आम दिनों की तरह चहल-पहल नहीं थी'।

शशिकांत ने लिखा कि '7 नवंबर को दो दिवसीय पंचकोसी परिक्रमा की तैयारियों के साथ ही प्रशासन ने जगह-जगह बैरिकेडिंग लगाने का काम शुरू कर दिया था। राम जन्मभूमि, कनक मंदिर, हनुमान गढ़ी की ओर जाने वाले रास्तों पर बैरियर लगाकर कड़ी चेकिंग की जा रही थी। स्थानीय लोगों को भी शहर में आने-जाने के लिए पहचान-पत्र साथ लेकर चलना ज़रूरी हो गया था। बाहर से आए लोगों के लिए तो मुश्किलें ज़्यादा थीं। शुक्रवार की शाम जब ख़बर आई कि शनिवार की सुबह सुप्रीम कोर्ट फैसला सुनाएगा, तो शासन ने सख्ती और बढ़ा दी। रात से ही बाहर से आने वाली बड़ी गाड़ियों का प्रवेश लगभग प्रतिबंधित कर दिया गया। होटलों और धर्मशाला मालिकों को ख़ाली कराने के निर्देश दे दिए गए। अनजाने भय से घिरे लोग ज़रूरी सामान की खरीदारी करते भी देखे गए। शनिवार को फैसले के वक्त पूरे अयोध्या में सुरक्षाबलों की कड़ी चौकसी थी। लोग घर में ही टीवी पर फैसले की ख़बर आने का इंतज़ार कर रहे थे। सड़कों पर सुरक्षाबलों की गश्त अधिक, आम लोगों की तादाद कम हो गई थी। मीडिया को कुछ ख़ास इलाकों में ही कवरेज की अनुमति थी। फैसले की तस्वीर जैसे-जैसे साफ हुई और प्रतिक्रियाओं का दौर शुरू हुआ, लोगों का भय दूर होने लगा। अयोध्या ही नहीं, उत्तर प्रदेश के अधिकतर जिलों में कमोबेश इसी तरह के हालात थे। मुकदमे से जुड़े पक्षों ने जिस तरह फैसले का स्वागत किया, उससे शांति कायम रहने को लेकर प्रशासन का भरोसा भी बढ़ने लगा'।

फैसले के तत्काल बाद मीडिया के कैमरों की भीड़ के बीच बाबरी मस्जिद के पक्षकार इक़बाल अंसारी ने अपनी बात रखी, 'हम तो पहले ही कह रहे थे

कि सुप्रीम कोर्ट से जो भी फैसला आएगा, हमें मंज़ूर होगा। अब जब फैसला आ गया है, हम खुश हैं। जिसको इस पर राजनीति करनी है, वह करे। हम आगे कहीं नहीं जाएंगे'। आगे चलकर कई मुस्लिम पक्षकारों ने सुप्रीम कोर्ट के फैसले के खिलाफ पुनर्विचार याचिका दायर की, लेकिन इक़बाल अंसारी ने अपनी तरफ से कोई याचिका दायर नहीं की। अयोध्या में माहैल बिल्कुल शांत था। राम जन्मभूमि थाना इलाके के टेढ़ी बाजार में रहने वाले हाजी महबूब ने कहा, 'फैसला आने के पहले तक एक अंदेशा तो था ही मन में। लेकिन अब जब फैसला आ गया है, तो माहौल सामान्य होने लगा है'। बाबरी मामले के पक्षकार रहे हाजी महबूब ट्रांसपोर्ट कारोबार से जुड़े रहे हैं। उन्होंने कहा, 'शासन की सख्ती और चुस्ती से कुछ परेशानियाँ तो रहीं, लेकिन हिफ़ाजत का सुकून भी कहीं मन में रहता था। फैसले ने इस मसले को ख़त्म कर दिया है। नई पीढ़ी अब आगे बढ़ना चाहती है। अयोध्या अब शांति और सुकून से जीना चाहता है'।

फैसला आने से पहले तमाम आशंकाएँ थीं, इसलिए उत्तर प्रदेश सरकार ने व्यापक तैयारियाँ की थीं। मुख्यमंत्री योगी आदित्यनाथ ख़ुद इस पर नज़र बनाए हुए थे। डीजीपी ओपी सिंह तैयारियों को जमीन पर उतारने के लिए कड़ी मशक्कत कर रहे थे। प्रदेश के आला अधिकारी मानकर चल रहे थे कि सुप्रीम कोर्ट का फैसला 13-14 नवंबर को आएगा। लेकिन अचानक 8 नवंबर 2019 को सुप्रीम कोर्ट के मुख्य न्यायाधीश रंजन गोगोई ने प्रदेश के मुख्य सचिव राजेंद्र तिवारी और डीजीपी को तलब कर लिया। देर शाम तय हुआ कि अगले दिन यानी शनिवार की सुबह फैसला आएगा तो प्रशासन के भी हाथ-पांव फूल गए। राज्य सरकार केंद्र से मिली सुरक्षा बल की चालीस कंपनियों को नाकाफी मान रही थी।

फैसले के वक्त ख़ुद मुख्यमंत्री पुलिस मुख्यालय में मौजूद थे। उन्हें इस बात का एहसास तो था ही कि इस मौके पर जरा-सी चूक प्रदेश की जनता पर भारी पड़ेगी और उनके सियासी विरोधियों को भी आलोचना का बड़ा मौका दे देगी। सरकार मान कर चल रही थी कि न तो मीडिया को कवरेज से रोका जा सकता है, और न ही आम लोगों को अयोध्या में रामलला के दर्शन से। प्रदेश के पचहत्तर जिलों में से इक्कीस को संवेदनशील माना गया। इनमें मुजफ्फरनगर, अलीगढ़, मुरादाबाद, आज़मगढ़, वाराणसी और कानपुर भी थे। राजधानी होने

के नाते लखनऊ पर भी ख़ास नज़र रखी गई। शासन ने हर जिले में एक कंट्रोल रूम स्थापित किया। आपात स्थिति के लिए अस्थायी जेल के इंतज़ाम किए गए। सैकड़ों संदिग्ध लोगों को हिरासत में ले लिया गया। चार सौ से अधिक लोग जेल भी भेजे गए।

इन सबके बीच सबसे बड़ी चुनौती सोशल मीडिया के ज़रिए अफ़वाह फैलाने की कोशिशों पर लगाम कसने की थी। डीजीपी के मुताबिक उन्होंने आइआइटी कानपुर की मदद से सोशल मीडिया सर्विलांस का विशेष प्लान बनाया। सोशल मीडिया पर सख्ती दिखाते हुए शासन ने फैसला आने से पहले ही तकरीबन छिहत्तर मामले दर्ज किए और बयालीस लोगों को गिरफ्तार कर लिया। इसके बावजूद कई संवेदनशील इलाकों में इंटरनेट सेवाओं को कुछ समय के लिए स्थगित करना पड़ा। प्रशासन की कोशिशें कारगर साबित हुई। सामाजिक और धार्मिक संगठनों ने भी सकारात्मक माहौल बनाने में अहम भूमिका निभाई। फैसला आने से पहले सद्भाव की अपील से शुरू हुआ सिलसिला फैसले के चौतरफा स्वागत और भाईचारे की पहल की ओर बढ़ रहा था। इससे प्रशासन की राह भी आसान हो गई थी। राष्ट्रीय सुरक्षा सलाहकार अजीत डोभाल ने राज्य के चीफ़ सेक्रेटरी राजेन्द्र कुमार तिवारी को 28 नवंबर को चिट्ठी लिखकर राज्य में शांति व्यवस्था बरकरार रखने के लिए उनकी तारीफ की थी।

पुनर्विचार की अनसुनी गुज़ारिश

सुप्रीम कोर्ट के फैसले के दिन ही यह तय हो गया था कि इस मामले में पुनर्विचार की माँग की जाएगी। लेकिन पुनर्विचार याचिका कौन-कौन दायर करेगा, इसको लेकर अनिश्चितता थी। दो मुख्य मुस्लिम पक्षकारों इक़बाल अंसारी, जो हाशिम अंसारी के पुत्र हैं और सुन्नी वक़्फ़ बोर्ड ने सुप्रीम कोर्ट के फैसले के खिलाफ पुनर्विचार याचिका नहीं दायर करने का फैसला किया था। मुस्लिम पक्षकारों में से एक जमीयत उलेमा-ए-हिन्द ने पुनर्विचार याचिका दायर करने का फैसला किया। ऑल इंडिया मुस्लिम पर्सनल लॉ बोर्ड ने भी कुछ पक्षकारों को पुनर्विचार याचिका दायर करने के लिए राज़ी कर लिया था। जब ऑल इंडिया मुस्लिम पर्सनल लॉ बोर्ड ने पुनर्विचार याचिका दायर करने का फैसला किया तो देश भर से करीब सौ मुस्लिम हस्तियों ने सुप्रीम कोर्ट के फैसले को चुनौती देने का विरोध किया। एक बयान जारी कर अपील की गई, 'अयोध्या विवाद को कायम रखने

से सिर्फ मुस्लिमों को ही नुकसान होगा। हमें अपने कड़वे अनुभवों से सीखना चाहिए। हम साथी मुसलमानों से आग्रह करते हैं कि वे इस पर मंथन करें कि तीन दशक से ज्यादा पुराने राम जन्मभूमि-बाबरी मस्जिद विवाद के दौरान हमें क्या हासिल हुआ और हमने क्या खोया है?' बयान में सुप्रीम कोर्ट के फैसले पर असंतोष तो जताया गया, लेकिन मामले को आगे न बढ़ाने की अपील की गई। बयान में कहा गया कि, 'कई लोगों ने मुस्लिम समाज को आगे बढ़ने की सलाह दी है। अपने साथी मुसलमानों से हमारी अपील है कि इस मंदिर-मस्जिद विवाद से दूर हो जाएँ क्योंकि इससे सिर्फ संघ परिवार के असली एजेंडे को छिपाने में मदद मिलेगी। कोर्ट में विवाद को जारी रखना मुस्लिम विरोधी प्रोपेगेंडा और इस्लामोफोबिया को बढ़ाएगा और साम्प्रदायिक ध्रुवीकरण होगा। दूसरी तरफ इस मामले को आगे न बढ़ाने से मुस्लिमों को बहुसंख्यक समुदाय के धर्मनिरपेक्ष लोगों की सद्भावना और सहानुभूति मिलेगी। यह समुदाय और देश के सर्वोत्तम हित में होगा'।[34]

पुनर्विचार याचिका का विरोध करने वाले बयान पर हस्ताक्षर करने वालों में कई विद्वान-शोधार्थी, आन्दोलनकारी, वकील, पत्रकार, कारोबारी, कवि, अभिनेता, फिल्म-निर्माता और थिएटर जगत के लोग शामिल थे। इनमें फिल्म अभिनेता नसीरूद्दीन शाह और शबाना आज़मी के अलावा सामाजिक कार्यकर्ता आरिज मोहम्मद, वकील एजे जावेद, लेखक व स्तंभकार अब्दुल कादेर मुकदम, संगीतकार अफ़ाक आज़ाद, पत्रकार आफ़ताब ख़ान, होटल व्यवसाई और ऐक्टिविस्ट अफ़जल पटेल, फिल्म लेखक अंजुम राजाबाली और कारोबारी आरिफ़ कपाड़िया जैसे लोग भी शामिल थे।

इधर हिंदू पक्ष ने अभी अपना पत्ता नहीं खोला था। इसकी वजह ये थी कि मुस्लिम पक्ष को तो इस बात को लेकर कोई दुविधा नहीं थी कि पुनर्विचार याचिका में कहना क्या है और मांगना क्या है, साथ ही मुकदमा हारने के बाद उनके पास पुनर्विचार याचिका दायर करने की वजह भी थी और ज़रूरत भी। लेकिन हिंदू पक्षकारों में दुविधा थी। क्योंकि विवादित भूमि पर मंदिर बनाने के लिए कोर्ट ने फैसला दे दिया था और पुनर्विचार याचिका दायर करने पर इस बात की आशंका थी कि कहीं लोगों में ये संदेश न जाये कि इनकी वजह से मंदिर निर्माण के काम में देरी हो रही है।

पहली पुनर्विचार याचिका 2 दिसंबर 2019 को जमीयत उलेमा-ए-हिंद ने पक्षकार एम सिद्दिकी की तरफ से दायर की। याचिका में कहा गया कि सुप्रीम कोर्ट ने सन 1934 में मस्जिद पर हुए हमले, 1949 में मस्जिद के भीतर मूर्ति रखने और 1992 में मस्जिद विध्वंस को मुस्लिम समुदाय के साथ नाइंसाफ़ी माना। इन घटनाओं को गैरकानूनी करार दिया, लेकिन कोर्ट ने उसे नज़रअंदाज़ भी कर दिया। जिन हिंदुओ ने मस्जिद तोड़ी थी, उन्हीं को ज़मीन दे दी गई। याचिका में कहा गया कि सुप्रीम कोर्ट द्वारा अनुच्छेद 142 के तहत विशेष अधिकार का प्रयोग करना गलत था और अगर पूर्ण न्याय के लिए इसका प्रयोग किया गया, तो इस मामले में पूर्ण न्याय तभी हो सकता था जब मस्जिद का पुनर्निर्माण होता। जमीयत उलेमा-ए- हिंद की इस याचिका के दायर होते ही एक नया विवाद उठ खड़ा हुआ।

जमीयत उलेमा-ए-हिन्द ने 2 दिसंबर 2019 को अपनी पुनर्विचार याचिका दायर की तो कहा यह गया कि बाकी मुस्लिम पक्षकार अपनी पुनर्विचार याचिका उसी हफ्ते दायर करेंगे। याचिका दायर करने के लिए अब ज़्यादा दिन नहीं बचे थे। 9 नवंबर का सुप्रीम कोर्ट का फैसला था और पुनर्विचार याचिका दायर करने की तीस दिन की मियाद ख़त्म होने वाली थी। फिर 3 दिसंबर 2019 को सवेरे करीब नौ बजे एक ख़बर आई कि मुस्लिम पक्ष ने अयोध्या मामले से एडवोकेट राजीव धवन को "हटा" दिया है। मतलब पुनर्विचार याचिका पर सुनवाई के दौरान राजीव धवन मुस्लिम पक्ष के वकील नहीं होंगे। इस बात की जानकारी ख़ुद डॉ धवन ने अपने फेसबुक पोस्ट के ज़रिए दी। यह चौंकाने वाली ख़बर थी क्योंकि सुप्रीम कोर्ट के फैसले के बाद जिस दिन ऑल इंडिया मुस्लिम पर्सनल लॉ बोर्ड ने पुनर्विचार याचिका दायर करने का फैसला किया था, उसी दिन यह भी तय हुआ था कि मुस्लिम पक्ष के वकील डॉ राजीव धवन ही होंगें। यह भी तय हुआ था कि मुस्लिम पक्षकारों की तरफ से पुनर्विचार याचिका सामूहिक रूप से दायर की जाएगी।

जमीयत उलेमा-ए-हिन्द के फैसले से राजीव धवन आहत थे। डॉ धवन ने अपने फेसबुक पेज पर लिखा था कि जमीयत उलेमा-ए-हिंद के प्रमुख अरशद मदनी के निर्देश के बाद उन्हें केस से हटा दिया गया है। उन्होंने जमीयत के फैसले को तत्काल स्वीकार करते हुए एक चिट्ठी भी लिखी थी, जिसमें डॉ धवन

ने लिखा था कि केस से हटाने के लिए उनके ख़राब स्वास्थ्य की झूठी अफ़वाह फैलाई जा रही है, जो उचित नहीं है। एक बात उन्होंने और लिखी थी कि, 'वह उद्देश्य जिसको लेकर यह लड़ाई है, हम से या किसी और से बहुत बड़ा है'। राजीव धवन की इन बातों से साफ था कि पुनर्विचार याचिका दायर करने वाले मुस्लिम पक्षकारों के बीच किसी बात को लेकर मतभेद हो गया था। इस मतभेद को समझने के लिए मैंने कुछ लोगों से बात की तो पता चला कि राजीव धवन की अगुवाई में मुस्लिम पक्षकारों की तरफ से पुनर्विचार याचिका तैयार हो रही थी।

राजीव धवन को याचिका पर "फाइनल टच" देना अभी बाकी था। लेकिन उनको बिना बताए एडवोकेट एजाज़ मक़बूल ने जमीयत वाली याचिका दायर कर दी। यह बात राजीव धवन को बुरी लग गई और उन्होंने मान लिया कि जमीयत उलेमा-ए-हिन्द ने उन्हें मुकदमे से अलग करने का फैसला कर लिया है। जमीयत के अध्यक्ष अरशद मदनी ने सफाई दी कि दरअसल डॉ धवन का स्वास्थ्य ठीक नहीं है, इसलिए एजाज़ मक़बूल ने याचिका दायर की है। लेकिन सचाई कुछ और थी। मुस्लिम पक्ष के एक मेरे जानने वाले ने बताया था कि दरअसल अरशद मदनी पुनर्विचार याचिका दायर करने के पक्ष में नहीं थे। लेकिन जब ऑल इंडिया मुस्लिम पर्सनल लॉ बोर्ड ने याचिका दायर करने का फैसला कर लिया तो अरशद मदनी को मजबूरी में यह फैसला लेना पड़ा। अरशद मदनी को लगा था कि राजीव धवन के चलते ही पुनर्विचार याचिका दायर हो रही थी। यही नहीं डॉ धवन मुस्लिम पक्षकारों की तरफ से फैसले भी लेने लगे थे, इससे अरशद मदनी ख़ुश नहीं थे। इसलिए वे धवन को मुकदमे से बाहर करना चाहते थे।

राजीव धवन के नाम पर मुस्लिम पक्षकारों में मतभेद उभर कर सामने आ गया। जैसे ही यह बात सामने आई कि जमीयत उलेमा-ए-हिन्द ने राजीव धवन को मुकदमे से हटा दिया है, मुस्लिम पर्सनल लॉ बोर्ड सहित तमाम मुस्लिम पक्षकारों ने इस फैसले की आलोचना की। बहुत लोगों को लगा कि राजीव धवन के साथ ठीक नहीं हुआ। लेकिन राजीव धवन को इस मुकदमे से 'हटाए' जाने से मंदिर पक्ष के कुछ लोगों को एक बार फिर उन्हें भला-बुरा कहने का मौका मिल गया। सोशल मीडिया पर डॉ धवन के खिलाफ ख़ूब टीका-टिप्पणी हुई। उसी दिन शाम होते-होते ऑल इंडिया पर्सनल लॉ बोर्ड ने एक बयान जारी कर अयोध्या

मामले में राजीव धवन के महत्वपूर्ण योगदान की न केवल सराहना की, बल्कि यह भी ऐलान कर दिया कि उनकी तरफ से दायर होने वाली पुनर्विचार याचिका में वकील राजीव धवन ही होंगे।

अगले दिन तक जमीयत उलेमा-ए-हिन्द को यह बात समझ में आ गई थी कि राजीव धवन को अयोध्या केस से बाहर करने से गलत संदेश गया है। जमीयत ने अपनी गलती सुधारने की कोशिश की। एक प्रेस वक्तव्य जारी किया गया जिसमें कहा गया था कि 'बाबरी मस्जिद से जुड़े केस में डॉ राजीव धवन के हम लोगों पर अहसान हैं। धवन साहब बाबरी केस में जमीयत उलेमा हिन्द के लिए हमेशा पेश हुए हैं, हम उन्हें इस केस से हटाने के बारे में सोच भी नहीं सकते। कुछ गलतफ़हमियाँ हो गई हैं, जिसे उनसे मिलकर दूर कर लिया जाएगा'। लेकिन राजीव धवन को यह बात दिल पर लग गई थी। अरशद मदनी ने उनसे मिलकर माफी मांगने की गुजारिश की। लेकिन धवन साहब ने मिलने से इनकार कर दिया। लेकिन मुझे यह पता था कि राजीव धवन मान जाएंगे क्योंकि अयोध्या मुकदमे को लेकर वे बहुत संवेदनशील थे। वो कहते थे कि 'दिस कॉज इस बिगर दैन एनी वन ऑफ अस'।

ऑल इंडिया मुस्लिम पर्सनल लॉ बोर्ड की अगुवाई में सात मुस्लिम पक्षकारों ने 6 दिसंबर को पुनर्विचार याचिका दाखिल की। मुझे बताया गया कि 6 दिसंबर को याचिका दायर करने का एक सांकेतिक महत्व था क्योंकि इसी तारीख को बाबरी विध्वंस हुआ था। बोर्ड ने कहा कि उनकी तरफ से राजीव धवन वकील होंगे। जमीयत उलेमा-ए-हिंद और ऑल इंडिया मुस्लिम पर्सनल लॉ बोर्ड की याचिकाओं में कोई विशेष अंतर नहीं था, सब में एक जैसी बातें ही कही गई थी। इसकी वजह ये थी कि जमीयत ने जो याचिका दायर की थी, बकौल राजीव धवन, वो उन्हीं की देखरेख में तैयार हुई थी।

मुस्लिम पक्षकारों की पुनर्विचार याचिका दायर होने के बाद हिंदू पक्षकारों की बारी थी। हिंदू पक्ष की तरफ से पहली याचिका हिंदू महासभा ने 9 दिसंबर को दायर की। हिंदू महासभा ने सुन्नी वक़्फ बोर्ड को पाँच एकड़ ज़मीन देने का विरोध किया और दूसरी माँग यह की कि कोर्ट के फैसले में बाबरी विध्वंस को गैरकानूनी बताने वाली टिप्पणी हटाई जाए। उसी दिन एक और पुनर्विचार याचिका दायर हुई। देश के चालीस बुद्धिजीवियों ने मिलकर एक याचिका दायर की जिसमें 9

नंवबर के फैसले को एकतरफा बताते हुए, फैसले पर पुनर्विचार की मांग की गई थी। इन बुद्धिजीवियों में इतिहासकार इरफ़ान हबीब, हर्ष मंदर, शबनम हाशमी, नंदिनी सुंदर, फ़राह नक़वी, जयति घोष, जॉन दयाल, प्रभात पटनायक, मधु भंडारी जैसे नाम शामिल थे। इनके वकील प्रशांत भूषण थे। इसके पहले भी इन बुद्धिजीवियों ने कोर्ट से अयोध्या मामले में उन्हें पक्षकार बनाने और उनकी बात सुनने की मांग की थी लेकिन कोर्ट ने उसे खारिज कर दिया था। 11 दिसंबर को जब ख़बर आई कि अगले दिन यानी 12 दिसंबर को सुप्रीम कोर्ट की पाँच जजों की बेंच सभी पुनर्विचार याचिकाओं पर सुनवाई करने वाली है, तो आख़िरी पुनर्विचार याचिका निर्मोही अखाड़े की तरफ से दायर हुई। याचिका में कहा गया था कि निर्मोही अखाड़ा के सेवायत अधिकार, कब्ज़े और लिमिटेशन के बारे मे कोर्ट के फैसले के निष्कर्ष सही नहीं हैं और कोर्ट को अपने फैसले पर पुनर्विचार करना चाहिए। याचिका में यह भी कहा गया था कि कोर्ट ने अपने फैसले में कहा था कि मंदिर निर्माण के लिए गठित होने वाले ट्रस्ट में निर्मोही अखाड़ा को पर्याप्त प्रतिनिधित्व दिया जाएगा, लेकिन सरकार ने उनका प्रतिनिधित्व अभी तक सुनिश्चित नहीं किया है।

11 दिसंबर 2019 की शाम तक कुल अठारह पुनर्विचार याचिकायें दाखिल हो चुकी थीं। इनमें से नौ याचिकाएँ पक्षकारों की तरफ से दायर की गई थीं। बाकी नौ याचिकाएं उन लोगों की तरफ से दायर की गई थी जो पक्षकार नहीं थे लेकिन फैसले पर पुनर्विचार चाहते थे। यह भी जानना रोचक है कि इलाहाबाद हाईकोर्ट के फैसले के खिलाफ सुप्रीम कोर्ट में चौदह अपीलें आई थीं, जबकि सुप्रीम कोर्ट के फैसले के खिलाफ पुनर्विचार याचिकाओं की संख्या उससे अधिक थी।

12 दिसंबर 2019 को फैसला सुनाने वाले पाँचों जज पुनर्विचार याचिका पर विचार करने के लिए बैठने वाले थे। नियम के मुताबिक फैसला सुनाने वाले जज ही पुनर्विचार याचिका पर सुनवाई करते हैं। लेकिन जस्टिस रंजन गोगोई के रिटायर हो जाने के बाद उनकी जगह पर जस्टिस संजीव खन्ना को बेंच में शामिल किया गया था। बाकी चार जज पुरानी बेंच के थे जिसमें शामिल थे: जस्टिस एस ए बोबडे जो अब मुख्य न्यायाधीश बन चुके थे, जस्टिस अशोक भूषण, जस्टिस डी वाई चंद्रचूड़ और जस्टिस एस अब्दुल नज़ीर।

पुनर्विचार याचिका पर सुनवाई को लेकर लोगों के मन में उत्सुकता थी। पाँचों जजों को मिलकर यह तय करना था कि इन पुनर्विचार याचिकाओं पर सुनवाई की ज़रूरत है या नहीं। अगर जजों को लगता कि पुनर्विचार याचिका पर 'ओपन कोर्ट' में सुनवाई की ज़रूरत है तो फिर मामला एक बार लटकने का अंदेशा था। सबरीमला मंदिर में सभी उम्र की महिलाओं के प्रवेश से जुड़े सुप्रीम कोर्ट के आदेश के खिलाफ पुनर्विचार याचिका का उदाहरण लोगों के सामने था, जिसमें दर्जनों पुनर्विचार याचिकाएँ दायर थीं और कई नई याचिकायें दायर हो गईं। उस मामले में ओपन कोर्ट में सुनवाई हुई थी। पुनर्विचार याचिकाओं पर लंबी सुनवाई के बाद मामला बड़ी बेंच को भेज दिया गया था। इसलिए अयोध्या मामले में पुनर्विचार याचिकाओं को लेकर इसी तरह की आशंका थी।

दोपहर एक बजकर चालीस मिनट पर पाँचों जज 'इन चैंबर' पुनर्विचार याचिकाओं पर विचार के लिए बैठे। चूँकि 'इन चैंबर' सुनवाई में कोई वकील और पक्षकार नहीं होता है, इसलिए किसी को पता नहीं चला कि अंदर क्या चल रहा है। करीब चार बजकर पंद्रह मिनट पर ख़बर आई कि सुप्रीम कोर्ट ने अयोध्या मामले में दायर सभी अठारह पुनर्विचार याचिकाओं को खारिज कर दिया है। कोर्ट ने अपने फैसले में लिखा था कि 'वी डू नॉट फाइंड एनी ग्राउंड टू एंटरटेन द पेटिशन्स, पेटिशन्स आर डिसमिस्ड' (हम इन याचिकाओं पर विचार करने का कोई आधार नहीं पाते और ये याचिकाएँ खारिज की जाती हैं)। इन चैंबर सुनवाई के दौरान ही सभी पुनर्विचार याचिकाएँ खारिज हो गई थीं, इसलिए किसी वकील को दोबारा बहस करने का मौका नहीं मिला।

मुस्लिम पक्ष को इस फैसले का अहसास तो पहले से ही था, लेकिन पुनर्विचार याचिका दायर करने के पीछे उनका मकसद कोर्ट के फैसले की कमियों को बताना था। अगर पुनर्विचार याचिकाओं पर खुली अदालत में सुनवाई होती तो उनकी सारी बातें और फैसले के विरोध की उनकी सारी दलीलें मीडिया द्वारा भी कवर होतीं और दुनिया के सामने आ पातीं। हालाँकि असंतुष्ट पक्षकारों के पास क्यूरेटिव पेटिशन दायर करने का विकल्प अभी बाकी था, लेकिन ऐसा कहने भर के लिए था। अब इस बात की संभावना पूरी तरह ख़त्म हो चुकी थी कि कोर्ट अपने फैसले में कोई बदलाव करेगा। 12 दिसंबर, 2019 के फैसले के बाद अयोध्या में

राममंदिर निर्माण की सारी कानूनी अड़चने अब दूर हो चुकी थी।

फैसला सुनाने वाले जज

रामचरितमानस में तुलसीदास लिखते है, 'हानि लाभ, जीवन मरन, जस अपजस विधि हाथ'। अर्थात जो कुछ करता है, सब विधाता करता है। अयोध्या विवाद में फैसला सुनाने का यश जिसे मिलना था, ऐसा लगता है नियति ने पहले से तय कर रखा था। तभी तो सुनवाई तत्कालीन मुख्य न्यायाधीश दीपक मिश्रा के समय शुरू हुई लेकिन फैसला सुनाने का अवसर जस्टिस रंजन गोगोई को मिला। यही नहीं, जस्टिस गोगोई ने शुरू में जब पाँच जजों की बेंच का गठन किया था, उसमें जस्टिस अशोक भूषण और जस्टिस अब्दुल नज़ीर का नाम नहीं था। लेकिन "विधि" का विधान तय था और अयोध्या विवाद का फैसला सुनाने का सौभाग्य इन्हें भी मिला।

शुरू में अयोध्या मामले की सुनवाई तत्कालीन मुख्य न्यायाधीश जस्टिस दीपक मिश्रा, जस्टिस अशोक भूषण और जस्टिस अब्दुल नज़ीर की तीन सदस्यों वाली बेंच कर रही थी। जस्टिस दीपक मिश्रा अयोध्या विवाद पर फैसला सुनाकर जाना चाहते थे। लेकिन ऐसा हो नहीं पाया और उनको बिना फैसला सुनाए ही जाना पड़ा। उसके बाद मुख्य न्यायाधीश रंजन गोगोई ने ख़ुद की अगुवाई में पाँच सदस्यीय बेंच का गठन किया। बेंच के अन्य सदस्य थे जस्टिस शरद अरविंद बोबडे, जस्टिस नूथलापती वेंकट रमन्ना, जस्टिस उदय उमेश ललित और जस्टिस धनंजय यशवंत चंद्रचूड।

सुप्रीम कोर्ट की बेंच जब 10 जनवरी 2019 को सुनवाई के लिए बैठी तो मुस्लिम पक्ष के वकील राजीव धवन ने कहा कि इस बेंच में शामिल जस्टिस यूयू ललित 1994 में कल्याण सिंह के लिए बतौर वकील पेश हो चुके हैं। लेकिन, साथ ही धवन ने ये भी कहा कि वो जस्टिस ललित को बेंच से हटने के लिए नहीं कह रहे हैं। वो तो बस जानकारी के लिए बता रहे हैं।

हिंदू पक्ष से वरिष्ठ वकील हरीश साल्वे ने जवाब दिया कि कल्याण सिंह का मामला अलग था, इसलिए इस मुकदमे में जस्टिस ललित के होने से कोई फ़र्क नहीं पड़ता। लेकिन जस्टिस ललित ने ख़ुद को बेंच से अलग करने का फैसला कर लिया और सुनवाई 29 जनवरी के लिए टल गई थी। साल 1994 के जिस

केस के चलते जस्टिस ललित को अयोध्या मुकदमे की सुनवाई से अलग होना पड़ा, वह बाबरी विध्वंस का मामला था। बाबरी विध्वंस के समय उत्तरप्रदेश के मुख्यमंत्री कल्याण सिंह थे। मुख्यमंत्री होने के नाते कल्याण सिंह ने जुलाई 1992 में सुप्रीम कोर्ट में शपथपत्र दिया था कि बाबरी मस्जिद के ढाँचे को यथावत रखा जाएगा। लेकिन 6 दिसंबर 1992 को 464 साल तक खड़ी रही बाबरी मस्जिद शहीद हो गई। इस वजह से 24 अक्टूबर 1994 को सुप्रीम कोर्ट ने अदालत की अवमानना पर कल्याण सिंह को एक दिन की सज़ा और बीस हज़ार रूपये जुर्माने की सज़ा भी सुनाई थी। इसी मामले में जस्टिस यूयू ललित, कल्याण सिंह की तरफ से पेश हुए थे।[35]

मुख्य न्यायाधीश ने 25 जनवरी 2019 को अयोध्या ज़मीन विवाद की सुनवाई के लिए नई बेंच का गठन किया। इस बेंच में जस्टिस ललित और जस्टिस रमना की जगह दो जस्टिस अशोक भूषण और जस्टिस अब्दुल नज़ीर को शामिल किया गया। जस्टिस रमना अयोध्या मामले से अलग क्यों हुए, इसको लेकर कोई आधिकारिक जानकारी नहीं दी गई।

फैसला सुनाने वाले जजों का संक्षिप्त परिचय

जस्टिस रंजन गोगोई

अयोध्या मामले में नियत समय में सुनवाई पूरी करना और समय पर फैसला सुनाने का एकमात्र श्रेय मुख्य न्यायाधीश रंजन गोगोई को जाता है। तत्कालीन मुख्य न्यायाधीश दीपक मिश्रा भी अयोध्या विवाद में फैसला सुनाकर जाना चाहते थे। लेकिन परिस्थितियाँ ऐसी बदलीं कि उनको बिना फैसला सुनाए ही जाना पड़ा। जस्टिस गोगोई के समय भी परिस्थितियाँ अनुकूल नहीं थी, लेकिन अयोध्या मामले की सुनवाई के दौरान उन्होंने कई बार कहा था कि हमारे पास समय कम है और हमें इस पर फैसला सुनाना है' और उन्होंने ऐसा कर दिखाया। सुनवाई के दौरान उन्होंने जब सभी पक्षकारों से 18 अक्टूबर तक दलीलें पूरी करने की समय सीमा तय की थी तो कहा था कि उनके पास मात्र चार हफ्ते का समय (रिटायर होने

में) शेष है। इन चार हफ़्तों में अगर फैसला लिखा जाता है तो किसी चमत्कार से कम नहीं होगा। और उन्होंने इस चमत्कार को तीन हफ़्ते में ही कर दिखाया। जस्टिस गोगोई 17 नवंबर को सेवानिवृत्त होने से पहले दक्षिण अमेरिकी देशों, मध्य पूर्व और कुछ अन्य देशों की यात्रा पर जाने वाले थे। उन्होंने अपनी प्रस्तावित विदेश यात्राओं को अयोध्या पर फैसला लिखने के लिए रद्द कर दिया। मुख्य न्यायाधीश के रूप में जस्टिस रंजन गोगोई का करीब साढ़े तेरह महीने का कार्यकाल बहुत उथल-पुथल भरा रहा। मुख्य न्यायाधीश बनने से ठीक पहले जस्टिस गोगोई चार जजों की ऐतिहासिक प्रेस कॉन्फ्रेंस का हिस्सा थे। उन्हें मुख्य न्यायाधीश के रूप में यौन उत्पीड़न का आरोप भी झेलना पड़ा।[36] अपने कार्यकाल में उन्होंने अयोध्या के अलावा कुछ ऐतिहासिक फैसले सुनाए, जिनमें मुख्य न्यायाधीश के ऑफिस को आरटीआई के दायरे में लाने, राफेल डील, सबरीमला मंदिर और सरकारी विज्ञापनों में नेताओं की तस्वीर प्रकाशित करने पर पाबंदी जैसे मामले शामिल हैं। लेकिन अब उन्हें अयोध्या के फैसले के लिए ही याद किया जाएगा।

जस्टिस शरद अरविंद बोबडे

अयोध्या मामले की सुनवाई पूरी होने के तत्काल बाद जस्टिस बोबडे का मनोनयन देश के अगले मुख्य न्यायाधीश के रूप में हो गया था। परंपरा के मुताबिक मौजूदा मुख्य न्यायाधीश सेवानिवृत होने से करीब एक महीना पहले नए मुख्य न्यायाधीश के नाम की सिफ़ारिश सरकार को भेजता है और सरकार की सहमति के बाद उसके नाम पर मुहर लग जाती है। जस्टिस गोगोई ने जस्टिस बोबडे के नाम की सिफ़ारिश 18 अक्टूबर 2019 को भेज दी थी। जस्टिस बोबडे ने 18 नवंबर को देश के मुख्य न्यायाधीश के पद की शपथ ली थी। उनका कार्यकाल 23 अप्रैल 2021 तक होना था।

अयोध्या के अलावा जस्टिस बोबडे ने कई महत्वपूर्ण मामलों की सुनवाई की हैं। साल 2018 में उन्होंने कर्नाटक राजनीतिक विवाद पर रातभर काँग्रेस

व जनता दल(सेक्यूलर) की याचिका पर सुनवाई की थी, जिसके बाद वहाँ दोबारा सरकार बन गई थी। जस्टिस बोबडे निजता के अधिकार के लिए गठित संविधान पीठ में शामिल रहे और आधार को लेकर उस बेंच में भी रहे जिसने कहा था कि जिन लोगों के पास आधार नहीं है उन्हें सुविधाओं से वंचित नहीं किया जाएगा। जस्टिस बोबडे ने 1978 में नागपुर विश्वविद्यालय से एलएलबी की डिग्री हासिल करने के बाद बार काउंसिल ऑफ महाराष्ट्र में नामांकन कराया। उन्होंने इक्कीस साल तक बंबई हाईकोर्ट की नागपुर बेंच में प्रैक्टिस की और सुप्रीम कोर्ट में भी पेश हुए। उन्हें 1998 में वरिष्ठ वकील के रूप में नामित किया गया और बाद में मार्च 2000 में बंबई उच्च न्यायालय के अतिरिक्त न्यायाधीश के रूप में पदोन्नत किया गया था।

जस्टिस अशोक भूषण

जब तत्कालीन मुख्य न्यायाधीश दीपक मिश्रा की अगुवाई वाली तीन सदस्यीय बेंच अयोध्या मामले की सुनवाई कर रही थी, तो जस्टिस अशोक भूषण उस बेंच के सदस्य थे। लेकिन जब जस्टिस रंजन गोगोई ने पाँच सदस्यीय बेंच का गठन किया, तो उसमें जस्टिस अशोक भूषण शामिल नहीं थे। जस्टिस यूयू ललित के नाम पर विवाद होने के बाद जब नई बेंच का गठन हुआ, तो जस्टिस अशोक भूषण उस बेंच में शामिल हुए। यूपी के जौनपुर के रहने वाले जस्टिस अशोक भूषण सुप्रीम कोर्ट में जज बनने से पहले केरल हाईकोर्ट के चीफ़ जस्टिस थे। जस्टिस भूषण के बड़े फैसलों पर गौर करें तो इनमें इच्छा-मृत्यु का अधिकार और दिल्ली सरकार और उप-राज्यपाल के बीच अधिकारों पर दिया फैसला शामिल है। वह आधार कानून की संवैधानिकता परखने वाली पाँच सदस्यीय संविधान पीठ में भी रहे। अयोध्या पर इस्माइल फ़ारुक़ी केस में मस्जिद को इस्लाम का अभिन्न हिस्सा न मानने वाली टिप्पणी पर दाखिल पुनर्विचार की माँग को खारिज करने का फैसला भी उन्होंने दिया था।

जस्टिस डीवाई चंद्रचूड़

अयोध्या मामले की सुनवाई करने वाली बेंच के चौथे जज थे जस्टिस चंद्रचूड़। जस्टिस चंद्रचूड़ वरिष्ठता-क्रम में नवंबर 2022 में देश के मुख्य न्यायाधीश बनने के क्रम में आते थे। अयोध्या के फैसले को लेकर जब सुप्रीम कोर्ट में लोगों से बात होती थी तो अक्सर लोग कहते थे कि 'सर्वसम्मत फैसले की गुंजाइश कम है'। और उसी क्रम में लोग जस्टिस चंद्रचूड़ का नाम लेते थे कि उनका फैसला साथी जजों से अलग हो सकता है। इसकी वजह भी थी। 30 सितंबर 2018 को *टाइम्स ऑफ इंडिया* की एक रिपोर्ट में छपा था कि 'अगर जस्टिस डी वाई चंद्रचूड़ सोशल मीडिया पर होते तो शायद उन्हें भारी संख्या में दिल वाली इमोजी मिल रही होतीं'।

सुप्रीम कोर्ट में हालिया फैसलों को लेकर अट्ठावन साल के इस जज की चौतरफा तारीफ हो रही थी और उन्हें "द शाइनिंग स्टार ऑफ एससी", "लिबरल लॉयन" जैसे तमगों से नवाज़ा जा रहा था। आधार, प्राइवेसी, अडल्ट्री और सेक्शन 377 पर हालिया फैसलों में जस्टिस चंद्रचूड़ ने खुल कर "असहमतियों" की रक्षा में मूलभूत अधिकारों के पक्ष में आवाज़ बुलंद की'। सुप्रीम कोर्ट का जज बनने से पहले जस्टिस चंद्रचूड़ इलाहाबाद हाईकोर्ट के चीफ़ जस्टिस थे। वह केरल के सबरीमला मंदिर में महिलाओं के प्रवेश पर रोक को असंवैधानिक ठहराने, निजता को मौलिक अधिकार घोषित करने, दो बालिगों के बीच समलैंगिक संबंधों को अपराध की श्रेणी से बाहर करने, आईपीसी की धारा 497 को समानता के हक का उल्लंघन बताते हुए असंवैधानिक घोषित करने और इच्छा-मृत्यु के अधिकार जैसे फैसले दे चुके हैं। जस्टिस चंद्रचूड़ एक मुंबई बॉय के रूप में पले-बढ़े थे जिन्होंने दिल्ली आने से पहले कैथेड्रल और जॉन कैनन स्कूल से पढ़ाई की थी। उनके पिता वाईवी चंद्रचूड़ सबसे लंबे समय तक देश के मुख्य न्यायाधीश रहे थे।

जस्टिस एस अब्दुल नज़ीर

अयोध्या मामले में सुप्रीम कोर्ट का फैसला आने के तत्काल बाद जस्टिस अब्दुल नज़ीर की सुरक्षा बढ़ानी पड़ी थी। ख़ुफ़िया एजेंसियों से मिली

सूचनाओं के आधार पर सरकार ने उनको और उनके परिवार को ज़ेड कैटेगरी सुरक्षा मुहैया कराई थी। जस्टिस अब्दुल नज़ीर हिंदू-मुस्लिम समुदायों से जुड़े अयोध्या मामले की सुनवाई करने वाली बेंच के लिए स्वाभाविक पसंद थे। जस्टिस दीपक मिश्रा के समय अयोध्या मामले की सुनवाई करने वाली तीन सदस्यीय बेंच में जस्टिस नज़ीर भी शामिल थे। ईस्माइल फ़ारुक़ी मामले में जस्टिस नज़ीर ने अपने अल्पमत के फैसले में कहा था कि इस मामले की सुनवाई एक बड़ी पीठ को करनी चाहिए। जस्टिस नज़ीर उस पीठ का भी हिस्सा थे, जिसने तीन तलाक की संवैधानिकता पर फैसला सुनाया था।[37]

जस्टिस नज़ीर उस पीठ का भी हिस्सा थे, जिसने तीन तलाक की संवैधानिक वैधता के मामले पर फैसला सुनाया था। जस्टिस नज़ीर ने तत्कालीन मुख्य न्यायाधीश जस्टिस जे एस खेहर के साथ अपने अल्पमत के फैसले में तत्काल तीन तलाक को असंवैधानिक घोषित नहीं किया था और इस प्रथा पर छह महीने की रोक लगाने की हिमायत करते हुये सरकार से इस संबंध में कानून बनाने को कहा था जबकि पांच सदस्यीय संविधान पीठ के तीन जजों जस्टिस कुरियन जोसेफ, जस्टिस आर एफ नरीमन और जस्टिस यू यू ललित ने बहुमत से फैसला देते हुए तत्काल तीन तलाक को असंवैधानिक घोषित किया था।

जस्टिस नज़ीर निजता के अधिकार को मूल अधिकार घोषित करने वाले नौ सदस्यों वाली संविधान पीठ के सदस्य भी थे। जस्टिस नज़ीर ने कर्नाटक हाईकोर्ट में साल 1983 में वकील के तौर पर अपने करियर की शुरुआत की थी। उन्हें 2003 में हाईकोर्ट का एडिशनल जज बनाया गया था। फरवरी 2017 में वे सुप्रीम कोर्ट के जज नियुक्त हुए थे।

* लंबाई मापने का पुराना तरीका जिसमें स्कॉटलैंड और इंगलैंड में 1 एल्ल 37 से 45 ईंच तक होता था https://www.dictionary.com/BROWSE/ELL?S=T

अध्याय 3

मंदिर से पहले मस्जिद पर एक फैसला

इस्माइल फ़ारुक़ी बनाम भारत सरकार का मामला

14 मार्च 2018 को एक बार फिर जब तत्कालीन मुख्य न्यायाधीश जस्टिस दीपक मिश्रा की अगुवाई वाली बेंच अयोध्या मामले पर सुनवाई के लिए बैठी तो इस विवाद में एक नए पहलू का प्रवेश हुआ। मुस्लिम पक्ष के वकील डॉ राजीव धवन ने दलील दी कि 1994 में इस्माइल फ़ारुक़ी और अन्य बनाम भारत सरकार मामले में सुप्रीम कोर्ट के उस फैसले पर दोबारा विचार किए जाने की ज़रूरत है जिसमें कहा गया कि मस्जिद इस्लाम का अनिवार्य भाग नहीं है। यह फैसला सैद्धांतिक रूप से गलत है। इस्माइल फ़ारूक़ी मामले में सुप्रीम कोर्ट के पांच जजों की संवैधानिक बेंच ने फैसला सुनाते हुए कहा था कि मस्जिद में नमाज़ पढ़ना इस्लाम का अनिवार्य हिस्सा नहीं है। नमाज़ कहीं पर भी पढ़ी जा सकती है, खुली जगह में भी। लेकिन सरकार ऐसे धार्मिक स्थलों का अधिग्रहण नहीं कर सकती है जिनका कोई ऐतिहासिक महत्व हो। अयोध्या की मस्जिद के साथ ऐसा कुछ नहीं है। इसका मक्का-मदीना या अमृतसर के स्वर्ण मंदिर जैसा धार्मिक महत्व नहीं है।

इस्माइल फ़ारुक़ी मुकदमा भी अयोध्या भूमि विवाद से जुड़ा था। बाबरी मस्जिद के टूटने के बाद केंद्र सरकार ने 7 जनवरी 1993 को अध्यादेश लाकर विवादित ज़मीन के आसपास के सड़सठ एकड़ ज़मीन का अधिग्रहण कर लिया।

इस सड़सठ एकड़ ज़मीन में विवादित स्थल का हिस्सा भी था। विवादित हिस्सा मतलब जिसे हिंदू राम मंदिर बताते थे और मुस्लिम जिसे सिर्फ बाबरी मस्जिद मानते थे। केंद्र सरकार के इस फैसले को इस्माइल फ़ारुक़ी ने सुप्रीम कोर्ट में चुनौती दी। चुनौती का आधार यह था कि इस जगह से लोगों की धार्मिक भावनाएँ जुड़ी हुई हैं। संविधान के अनुच्छेद पच्चीस और छब्बीस के मुताबिक लोगों को धार्मिक स्वतंत्रता का अधिकार है। ऐसे में सरकार इसका अधिग्रहण नहीं कर सकती।

अयोध्या टाइटल सूट को छोड़ अब इस्माइल फ़ारूकी फैसले पर सुनवाई शुरू हुई। सुनवाई इस बात को लेकर हो रही थी कि इस्माइल फ़ारुक़ी मामले में जजमेंट पाँच जजों का है इसलिए इसे बड़ी बेंच यानी सात जजों वाली बेंच को भेजा जाना चाहिए। मुस्लिम पक्ष की दलील थी कि जब तक इस बात पर बड़ी बेंच सुनवाई नहीं कर लेती कि मस्जिद इस्लाम का आवश्यक भाग है या नहीं यानी नमाज़ पढ़ने के लिए मस्जिद होना ज़रूरी है या नहीं, तब तक भूमि विवाद पर सुनवाई नहीं होनी चाहिए। आठ दिन सुनवाई इसी बात को लेकर होती रही कि यह मामला बड़ी बेंच को जाना चाहिए या नहीं। चूँकि सुनवाई नियमित नहीं हो रही थी और बेंच अक्सर दोपहर 2 बजे से 4 बजे के बीच ही सुनवाई करती थी, तो यह आठ दिन की सुनवाई जो 14 मार्च से शुरू हुई थी, वो 20 जुलाई तक चलती रही। 20 जुलाई को कोर्ट ने फैसला सुरक्षित रख लिया। 27 सितंबर को फैसला आना था। लोग परेशान थे कि सुनवाई अयोध्या भूमि विवाद पर हो रही थी, यह मुद्दा कहाँ से आ गया?

27 जुलाई को तीन जजों की बेंच ने दो-एक के बहुमत से फैसला सुनाया कि सुप्रीम कोर्ट के 1994 में इस्माइल फ़ारुक़ी मामले में दिए गए फैसले को बड़ी बेंच को भेजे जाने की ज़रूरत नहीं है। कोर्ट ने कहा कि 1994 का इस्माइल फ़ारुक़ी फैसला सिर्फ ज़मीन अधिग्रहण को लेकर था। ज़मीन विवाद से इसका लेना-देना नहीं है। अयोध्या भूमि विवाद की सुनवाई इस मुकदमे के तथ्यों और सबूतों के आधार पर ही होगी। जस्टिस दीपक मिश्रा और जस्टिस अशोक भूषण ने इस्माइल फ़ारुक़ी मामले में पांच जजों की संविधान पीठ के फैसले पर मुहर लगाई। जबकि बेंच के तीसरे जज जस्टिस अब्दुल नज़ीर ने इस मामले को बड़ी बेंच को भेजने के पक्ष में फैसला दिया था।

बहुत लोगों के मन में सवाल था कि पाँच जजों की बेंच के फैसले पर तीन जजों वाली बेंच कैसे सुनवाई कर सकती है और इस पर मुहर लगा सकती है? लेकिन तकनीकी रूप में तीन जजों की बेंच ने सुनवाई केवल इस मुद्दे पर की गई थी कि उस फैसले पर विचार करने के लिए बड़ी बेंच के पास भेजे जाने की ज़रूरत है या नहीं। इस तरह 14 मार्च से 27 सितंबर तक, यानी करीब साढ़े छह महीने तक इस्माइल फ़ारुक़ी केस के चक्कर मे अयोध्या मामला टाइटल सूट से भटकता रहा। तब तक मुख्य न्यायाधीश दीपक मिश्रा के सेवानिवृत होने का समय नज़दीक आ चुका था। वे अक्टूबर 2018 को सेवानिवृत हो रहे थे। उन्होंने 29 अक्टूबर को अयोध्या मामले की सुनवाई की अगली तारीख तय कर दी थी। राजीव धवन की बात सच साबित हुई थी: 'मी लॉर्ड, आप कितनी भी कोशिश कर लें, अयोध्या मामले में फैसला, आपके कार्यकाल में नहीं आ सकता'।

मस्जिद तोड़ने वाले हिंदू तालिबान

इस्माइल फ़ारुक़ी मामले पर सुनवाई के दौरान तकनीकी पहलूओं पर बहस चल रही थी। मुस्लिम पक्ष मामले को बड़ी बेंच के पास भेजने के पक्ष में दलीलें दे रहा था और हिंदू पक्ष उसका विरोध कर रहा था। इसी बीच 13 जुलाई 2018 को सुनवाई के दौरान मुस्लिम पक्ष के वकील राजीव धवन द्वारा मस्जिद तोड़ने वालों को "हिंदू तालिबान" कहे जाने पर कोर्टरूम में बहुत विवाद हुआ था।[1]
13 जुलाई को सुन्नी वक़्फ़ बोर्ड और मुस्लिम पक्षकारों की तरफ से पेश वकील राजीव धवन ने बाबरी विध्वंस की तुलना अफ़गानिस्तान के बामियान में तालिबानियों द्वारा बुद्ध की प्रतिमा तोड़ने से कर दी। राजीव धवन ने कहा कि बामियान में मुस्लिम तालिबान ने बुद्ध की मूर्ति तोड़ी थी जबकि "हिंदू तालिबान" ने बाबरी मस्जिद गिराई थी।

इसी दिन, सुन्नी वक़्फ़ बोर्ड की तरफ से दलील देते हुए राजीव धवन ने दलील दी कि इस पर शिया वक़्फ़ बोर्ड को बोलने का कोई अधिकार नहीं है। शिया वक़्फ़ बोर्ड की दलील थी कि बाबरी मस्जिद मीर बाकी ने बनवाई थी और वह एक शिया था। ऐसे में शिया वक़्फ़ बोर्ड के पास बाबरी मस्जिद पर अधिकार होना चाहिए और शिया वक़्फ बोर्ड ने मामले को संविधान पीठ में भेजने का विरोध किया था।

हिंदू तालिबान वाली बात पर कोर्टरूम में उस दिन तो कुछ ख़ास चर्चा नहीं हुई। लेकिन मीडिया ने जब इसे मिर्च-मसाला लगाकर परोसा, तो अगले दिन इसी मुद्दे पर कोर्टरूम में जमकर हंगामा हुआ। हिन्दू और मुस्लिम पक्ष के वकीलों में तीखी झड़पें हुईं। अगले दिन जब मुख्य न्यायाधीश दीपक मिश्रा की अध्यक्षता वाली तीन सदस्यीय पीठ मामले पर सुनवाई के लिए बैठी तो हिन्दू महासभा के वकील हरिशंकर जैन ने पिछली सुनवाई में राजीव धवन के हिन्दू तालिबान शब्द का इस्तेमाल करने पर कड़ी आपत्ति जताई। जैन ने कहा कि इस शब्द से उन्हें गहरी पीड़ा हुई है और इससे हिन्दुओं की छवि ख़राब हुई है। उन्होंने कोर्ट से ऐसे शब्दों पर रोक लगाने और दिशा-निर्देश देने की मांग की। लेकिन तभी राजीव धवन खड़े हो गए और उन्होंने कहा कि वे अपनी बात पर कायम हैं।

अभी यह बहस चल ही रही थी कि कोर्टरूम में मौजूद एक वकील राजीव धवन की बात पर ज़ोर-ज़ोर से चिल्लाने लगा। उस वकील ने कहा कि आप पूरे हिन्दू समुदाय को हिन्दू तालिबान कैसे कह सकते हैं। लेकिन धवन शब्द दोहराते हुए अपनी बात पर कायम रहे। भगवान रामलला के वकील सी एस वैद्यनाथन ने कोर्ट से धवन के रवैये पर अंकुश लगाने की मांग की और कहा कि ये रवैया ठीक नहीं है। कोर्ट मे चारों ओर से शोर बढ़ने लगा। तभी मुख्य न्यायाधीश ने कहा कि वकीलों को कोर्ट की मर्यादा और भाषा के संयम का ध्यान रखना चाहिए। प्रयोग किया गया शब्द अवांछित और संदर्भ से अलग था। ऐसे शब्दों का इस्तेमाल नहीं होना चाहिए। लेकिन धवन ने कहा कि वे उनसे सहमत नहीं हैं और उन्हें असहमत होने का हक है। जब धवन अपनी बात पर अंत तक अड़े रहे तो मुख्य-न्यायाधीश ने कहा कि कोई अपनी बात पर अड़ा रहे तो क्या किया जा सकता है। बाद में जस्टिस अशोक भूषण ने राजीव धवन से उस बात को खत्म करने को कहा और मुख्य मामले पर बहस शुरू हो गई।

राजीव धवन ने दो बातें कही थी: पहली तो यह कि हिंदू तालिबान ने बाबरी मस्जिद तोड़ी थी और दूसरी यह कि शिया वक़्फ़ बोर्ड को बोलने का अधिकार नहीं है। मेरे मन में सवाल था कि आखिर राजीव धवन की दोनों बातों में क्या संबंध हो सकता है?

मैंने इस सवाल का जवाब ढूँढ़ने की कोशिश की तो पता चला कि अफ़गानिस्तान का बामियान, शिया मुस्लिमों का शहर है जहाँ बुद्ध की मूर्तियों का

विध्वंस हुआ था। *बीबीसी* की एक रिपोर्ट में इस बात का ज़िक्र है कि बामियान में शिया मुस्लिमों की बहुलता थी जिसे सुन्नी समुदाय से ताल्लुक रखने वाले तालिबान दुश्मन या काफ़िर मानते थे।[2] मई 1999 में महीनों तक चले युद्ध के बाद तालिबान ने जब बामियान की पहाड़ियों पर कब्ज़ा कर लिया तब ज़्यादातर स्थानीय निवासी या तो भाग गए या गिरफ़्तार कर लिए गए। बुद्ध की प्रतिमा तोड़ने के काम में तालिबानियों ने उन्हीं स्थानीय शिया कैदियों को लगाया था। राजीव धवन ने शायद इसीलिए कहा होगा कि शिया वक़्फ़ बोर्ड को बोलने का अधिकार नहीं है।

ज़मीन ही लौटा दो माय लार्ड !

अयोध्या ज़मीन विवाद मामले में सुनवाई की एक और तारीख़ तय हुई थी। पाँच सदस्यीय संविधान पीठ 26 फरवरी 2019 को इस मामले पर सुनवाई करने वाली थी। उस दिन कोर्ट को यह तय करना था कि सुनवाई कब से होगी और कैसे होगी, नियमित होगी या नहीं। बार-बार सुनवाई टलने से भारतीय जनता पार्टी की अगुवाई वाली मोदी सरकार पर राम मंदिर को लेकर भारी दबाव था। 2019 का लोकसभा चुनाव सिर पर था, और ऐसे में सरकार कोई ख़तरा मोल लेना नहीं चाहती थी क्योंकि सरकार को पता था कि साधु-संतों और रामभक्त मतदाताओं की नाराज़गी लोकसभा चुनाव में भारी पड़ सकती है।

साधु संत और रामभक्त सरकार पर दबाव बना रहे थे कि सरकार को राममंदिर निर्माण के लिए अध्यादेश लाना चाहिए, लेकिन सरकार मामले को "अदालत में विचाराधीन" कहकर इसपर चर्चा करने से बच रही थी। ऐसे में साधु संतों को लग रहा था कि भारतीय जनता पार्टी इस मामले को लेकर गंभीर नहीं है और उसे ठंडे बस्ते में डालना चाहती है। आक्रोशित साधु संत कह रहे थे कि राम मंदिर निर्माण को मुद्दा बनाकर भाजपा प्रदेश से लेकर केंद्र की सत्ता तक पहुंच चुकी है और मौजूदा समय में कई प्रांतों और केंद्र में भाजपा की सरकार है, फिर भी राम मंदिर निर्माण के लिए पार्टी की तरफ से कोई पहल नहीं हो रही है। ऐसे में 2019 के लोकसभा चुनाव में उन्हें इसका खामियाज़ा भुगतना पड़ सकता है। भाजपा इस नाराज़गी को हर हाल में कम करना चाहती थी।

साधु संतों और रामभक्तों की इसी नाराज़गी को कम करने के लिए और राम मंदिर के निर्माण को लेकर पार्टी की प्रतिबद्धता दिखाने के लिए सरकार ने 29 जनवरी 2019 को सुप्रीम कोर्ट में एक अर्ज़ी दाखिल की। अर्ज़ी में सरकार ने अयोध्या में राम जन्म भूमि से जुड़े 0.313 एकड़ जमीन को छोड़कर बाक़ी जमीन को वापस करने की माँग की। विवादित स्थल के आसपास की 67.703 एकड़ अधिग्रहीत ज़मीन को सरकार इसके असल मालिकों को लौटाना चाहती थी। सरकार की ओर से दायर अर्ज़ी में कहा गया कि सिर्फ 0.313 एकड़ ज़मीन ही विवादित है, बाकी नहीं। इसलिए बाकी ज़मीन उसके असली मालिकों को लौटाने की इजाज़त दी जानी चाहिए। चूँकि 2003 में सुप्रीम कोर्ट ने विवाद के निपटारे तक पूरी ज़मीन पर यथास्थिति बनाए रखने का आदेश दिया था, इसलिए न तो उस ज़मीन पर कोई निर्माण हो सकता था और न ही ज़मीन को उनके मूल मालिकों को लौटाया जा सकता था। हालाँकि सरकार को पता था कि बिना मामले के अंतिम निपटारे के कोर्ट गैर विवादित ज़मीन को वापस लौटाने की इजाज़त नहीं दे सकता था क्योंकि 2003 के "असलम भूरे बनाम अन्य" के मामले में सुप्रीम कोर्ट की संविधान पीठ ने अपने फैसले में कहा था कि विवादित और अविवादित ज़मीन को अलग करके नहीं देखा जा सकता।[3] इस आदेश के बावजूद सरकार ने ज़मीन वापस करने की अर्ज़ी लगाई। केंद्र सरकार ने जिस ज़मीन को सौंपने की इजाज़त मांगी थी, उसका एक बड़ा हिस्सा करीब बयालीस एकड़ ज़मीन राम जन्मभूमि न्यास के नाम पर था। ऐसा करके साधु संतों और रामभक्तों को संदेश दिया गया कि गैर विवादित ज़मीन वापस मिलने पर राम जन्मभूमि न्यास वहाँ मंदिर निर्माण का काम शुरू करेगा। सरकार की इस अर्ज़ी पर सुनवाई तो नहीं हुई, लेकिन सरकार ऐसा करके शायद लोगों तक ये संदेश पहुँचाना चाहती थी कि वो मंदिर निर्माण को लेकर गंभीर है।

अध्याय 4

सुनवाई की मुख्य दलीलें

कुछ इतिहास और अदालत में घटीं घटनाएँ

अयोध्या मामले की सुनवाई, सुप्रीम कोर्ट के इतिहास में केशवानंद भारती मामले के बाद चलने वाली सबसे लम्बी सुनवाई थी। अयोध्या मामले की सुनवाई चालीस दिन चली लेकिन 1972-73 में केशवानंद भारती मामले में अड़सठ दिन सुनवाई चली थी। इस केस में सुप्रीम कोर्ट की तेरह सदस्यीय संविधान पीठ ने संविधान के मूलभूत ढांचे की व्याख्या की थी।[1] इलाहाबाद हाईकोर्ट ने अयोध्या की विवादित ज़मीन को तीन हिस्से में बाँटा था। एक-एक हिस्सा उसने तीनों पक्षकारों यानी रामलला विराजमान, निर्मोही अखाड़ा और सुन्नी वक़्फ़ बोर्ड को दिया था। हाईकोर्ट के फैसले के खिलाफ कुल चौहद अपीलें सुप्रीम कोर्ट में दायर हुई थीं। इसके अलावा भी कुछ लोगों ने अलग से याचिकायें दायर की थीं। सुप्रीम कोर्ट ने हाईकोर्ट के फैसले को पलटते हुए निर्मोही अखाड़ा और सुन्नी वक़्फ़ बोर्ड दोनों के दावे को खारिज कर दिया और पूरी विवादित ज़मीन रामलला विराजमान को दे दी। कोर्ट इस नतीजे पर कैसे पहुँचा, इसे समझने के लिए चालीस दिन की सुनवाई में दोनों पक्षों की तरफ से दी गई दलीलों को समझना होगा। सुनवाई शुरू होने से पहले की घटनाएँ जितनी रोचक थी, सुनवाई के दौरान कोर्टरूम की दलीलें भी उतनी ही रोचक थीं।

देश के नामी वकीलों की टीम दोनों पक्ष से थी, लेकिन दोनों टीमों में एक अंतर था। हिंदू पक्ष के वकील जहाँ अपने-अपने पक्षकारों की तरफ से दलील दे रहे थे, वहीं मुस्लिम पक्ष के वकील मस्जिद के पक्ष में अदालत में एक साथ खड़े थे। मिसाल के तौर पर निर्मोही अखाड़े की ओर से वकील सुशील कुमार जैन, रामलला विराजमान की ओर से के परासरन, सी एस वैद्यनाथन और पी एस नरसिम्हा, राम जन्मभूमि पुनरूद्धार समिति के लिए पी एन मिश्रा, ऑल इंडिया हिन्दू महासभा की ओर से विकास सिंह, हिंदू महासभा के लिए हरिशंकर जैन, गोपाल सिंह विशारद के लिए रंजीत कुमार और निर्वाणी अखाड़ा के महंत धर्मदास की ओर से जयदीप गुप्ता दलील दे रहे थे।

कई बार तो ऐसा लगा कि हिंदू पक्षकार आपस में एक दूसरे के खिलाफ लड़ रहे हैं। निर्मोही अखाड़ा, रामलला विराजमान के "नेक्स्ट फ्रेंड" की ओर से दायर याचिका का विरोध भी कर रहा था।

लेकिन मुस्लिम पक्ष के वकील बँटे नहीं थे। मुस्लिम पक्ष के वकीलों ने आपस में मुद्दे बाँट लिए थे कि उनको किन-किन कानूनी पहलुओं पर दलीलें देनी है। ये बात और है कि मध्यस्थता और पुनर्विचार याचिका दायर करने के मामले में मुस्लिम पक्षकारों का मतभेद सामने आ गया था। मुस्लिम पक्ष के वकीलों की अगुवाई राजीव धवन कर रहे थे। उन्होंने ज़मीन के मालिकाना हक को लेकर मुस्लिम पक्ष की ओर से मुख्य बहस की थी। ज़फ़रयाब जिलानी ने ऐतिहासिक सबूत, जैसे मस्जिद के इमाम के वेतन, रख-रखाव आदि को लेकर दलीलें दीं। जबकि तीसरे वकील शेखर नाफड़े ने कानून के सिद्धांत "रेसजुडीकेटा" और "एस्टोपल" को लेकर दलीलें दीं।

"रेसजुडीकेटा" न्याय का एक सिद्धांत है जिसके अनुसार यदि किसी विषय पर कोर्ट अन्तिम निर्णय दे चुका हो तो यह मामला फिर से उसी कोर्ट में नहीं उठाया जा सकता। "एस्टोपल" के सिद्धांत के मुताबिक कोर्ट किसी पक्षकार को उसके पुराने कहे हुए या किए हुए दावे से मुकरने से रोक सकता है। इन्हीं दोनों कानूनी सिद्धांतों को आधार बनाकर मुस्लिम पक्ष निर्मोही अखाड़ा के वाद का विरोध कर रहा था। मीनाक्षी अरोड़ा को भारतीय पुरातत्व सर्वेक्षण की रिपोर्ट पर बहस करने की ज़िम्मेवारी थी, उन्होंने मंदिर के पक्ष में पुरातत्व विभाग की रिपोर्ट के खिलाफ बहस की थी। मुस्लिम पक्ष के एक

और वकील निज़ाम पाशा थे जिन्होंने पवित्र क़ुरान की आयतों के आधार पर इस्लामिक कानून पर बहस की और साबित करने की कोशिश की कि बाबरी मस्जिद इस्लामिक सिद्धांतों के मुताबिक मस्जिद होने की योग्यता रखती थी। हिंदू पक्ष के मुताबिक बाबरी मस्जिद इस्लामिक सिद्धांतों के मानदंड पर मस्जिद की योग्यता नहीं रखती थी।

6 अगस्त को सुप्रीम कोर्ट की पाँच सदस्यीय बेंच अयोध्या मामले पर नियमित सुनवाई के लिए बैठ रही थी। एक महत्वपूर्ण भूमि विवाद पर संविधान पीठ सुनवाई करने जा रही थी। न्यायपालिका के इतिहास में अपने आप में यह पहला मौका था। संविधान पीठ तो उन मामलों पर सुनवाई करती है जिनमें कोई संवैधानिक महत्व का प्रश्न निहित होता है। लेकिन यह एक ज़मीन विवाद था और इससे पहले ख़ुद सुप्रीम कोर्ट ऐसा कह चुका था कि अयोध्या मामला एक संपत्ति विवाद है।

तत्कालीन मुख्य न्यायाधीश दीपक मिश्रा की अध्यक्षता वाली तीन सदस्यीय खंडपीठ ने आठ फरवरी, 2018 को इसी मामले की सुनवाई के दौरान कहा था, 'मामला चाहें जो भी हो, कुल मिलाकर यह एक भूमि विवाद है'। उसी समय उन्होंने यह भी कहा था कि अयोध्या मामले का फैसला विवाद के लंबे इतिहास के आधार पर नहीं बल्कि साक्ष्यों के आधार पर ही किया जायेगा और दीवानी अपील के अलावा इसे कोई अन्य शक्ल देने की इजाज़त नहीं दी जायेगी।

हिंदू पक्ष की दलील

हिंदू पक्ष का मानना यह था कि अयोध्या के कोट रामचंद्र मोहल्ला जिसे रामकोट कहा जाता है, वहीं भगवान विष्णु राम के रूप में अवतरित हुए थे। भगवान राम के जन्मस्थान पर एक प्राचीन मंदिर था। मुगल शासक बाबर जब भारत आया, तो सन 1528 में उस मंदिर को तोड़कर उसकी जगह पर मस्जिद बना दी गई जिसे बाबरी मस्जिद के नाम से जाना जाता था। 6 दिसंबर 1992 को वह मस्जिद गिरा दी गई। हिंदू पक्ष उस ज़मीन पर अपना दावा कर रहा था।

मुस्लिम पक्ष का दावा था कि बाबरी मस्जिद खाली ज़मीन पर बनी थी, मंदिर तोड़कर नहीं बनाई गई थी। यह मस्जिद बाबर ने या उसके कहने पर उसके

सेनापति मीर बाकी ने बनवाई थी। मुसलमानों को भगवान राम के अस्तित्व और यह मानने में कोई ऐतराज़ नहीं था कि भगवान राम अयोध्या में पैदा हुए थे। उनका ऐतराज़ हिन्दुओं के इस दावे को लेकर था कि भगवान राम का जन्मस्थान मस्जिद वाली जगह पर ही था और दूसरा यह कि मंदिर को तोड़कर मस्जिद बनाई गई थी। लड़ाई इसी को लेकर थी।

चालीस दिन की सुनवाई में दोनों पक्ष पौराणिक, ऐतिहासिक और पुरातात्विक सबूतों के ज़रिए अपने-अपने दावे साबित करने की कोशिश कर रहे थे। हिंदू पक्ष ने वाल्मीकि रामायण, स्कंद पुराण के श्लोक और रामचरितमानस की चौपाइयों को विवादित भूमि को राम जन्मभूमि साबित करने के लिए सबूत के रूप में पेश किया। मुस्लिम पक्ष मस्जिद को इस्लामिक सिद्धांतों के अनुरूप साबित करने के लिए क़ुरान की आयतों की दलीलें पेश कर रहा था। रामलला विराजमान के वकील के परासरन की दलील थी कि करोड़ों श्रद्धालुओं का विश्वास है कि भगवान राम अपने जन्मस्थान (विवादित जमीन) पर विराजमान हैं, यह अपने आप में ठोस सबूत है कि यहीं भगवान राम की जन्मस्थली है। इसके अलावा और किसी सबूत की ज़रूरत नहीं है। उनकी दलील यह थी कि 'हिंदू सालों से राम जन्मभूमि के लिए संघर्ष कर रहे हैं। हिंदुओं के लिए यह राम का जन्मस्थान है। वहीं मुस्लिमों के लिए यह एक ऐतिहासिक मस्जिद है। मुस्लिमों के लिए सभी मस्जिद एक समान होती है। लेकिन हम भगवान के जन्मस्थान को नहीं बदल सकते'। इसके लिए परासरन ने वाल्मीकि रामायण, स्कंद पुराण और रामचरितमानस के उद्धरणों का सहारा लिया था।

यह अपने आप में एक अनूठा मामला था जहाँ धार्मिक ग्रंथों को आधार बनाकर दलीलें पेश की जा रही थीं। हालाँकि कुछ ही दिन पहले सबरीमला मंदिर में सभी उम्र की महिलाओं के प्रवेश से जुड़े मामले में भी भगवान अयप्पा को ब्रह्मचारी साबित करने के लिए धार्मिक ग्रन्थों का सहारा लिया गया था लेकिन वहाँ साथ में संविधान में दिए गए मौलिक अधिकारों को भी आधार बनाया गया था।

वरिष्ठ वकील सी एस वैद्यनाथन भी रामलला के लिए पेश हो रहे थे। वैद्यनाथन ने हाईकोर्ट में पेश किये गए सबूतों और एएसआई की रिपोर्ट्स के आधार पर साबित करने की कोशिश की कि बाबरी मस्जिद का निर्माण मंदिर के अवशेष पर ही किया गया था। उन्होंने दलील दी कि 1992 में जब बाबरी

मस्जिद गिराई गई थी उस समय पत्थर के स्लैब मिले थे जिनमें बारहवीं या तेरहवीं शताब्दी में संस्कृत में लिखा एक शिलालेख मिला था। संस्कृत वाले शिलालेख को विवादित ढाँचा विध्वंस के समय *पाञ्चजन्य* के एक पत्रकार ने गिरते हुए देखा था। इस शिलालेख में साकेत के राजा गोविंद चंद्र का नाम लिखा है। सी एस वैद्यनाथन ने कहा कि यह शिलालेख एएसआई के निष्कर्षों का समर्थन करता है कि 'इस स्थान पर एक विशाल मंदिर था, विवादित स्थल पर मस्जिद या तो मंदिर के अवशेष पर बनी या मंदिर को गिरा कर बनाई गई'।[2] वैद्यनाथन ने विवादित स्थल की खुदाई के दौरान मिले खम्भों में श्री कृष्ण, शिव तांडव और श्री राम के बाल रूप की तस्वीरों का हवाला देते हुए कहा कि मस्जिदों में देवताओं की तस्वीरों वाले खम्बे नहीं होते, खम्बों पर बनी मूर्तियाँ और तस्वीर मंदिरों में ही होते है और हिन्दू परंपरा भी यही है।

उनकी दलील थी कि विवादित जगह पर भले ही मुस्लिम पक्षकारों द्वारों अपने कब्ज़े को सही ठहराने के लिए इसे कभी मस्जिद के तौर पर इस्तेमाल किया गया हो, पर शरीयत कानून के लिहाज़ से ये कभी वैध मस्जिद नहीं रही। वहाँ मिले स्तम्भों पर मिली तस्वीरें इस्लामिक आस्था और विश्वास के अनुरूप नहीं हैं। वैद्यनाथन ने इस मामले में मुस्लिम गवाहों की गवाही पेश करते हुए कहा कहा, 'एक मुस्लिम गवाह ने गवाही दी थी कि अगर मंदिर गिरा कर मस्जिद बनाई गई होती तो मुस्लिम उसको मस्जिद नहीं मानेंगे, मस्जिद ज़बरदस्ती कब्ज़े में ली गई ज़मीन पर नहीं बनाई जा सकती है'। उसी गवाह ने ये भी कहा था कि 'उसने मस्जिद में आखिरी बार नमाज़ पढ़ते समय देखा था कि उन पत्थरों पर कमल और दूसरी तस्वीरें थीं'। हिंदू पक्ष के सभी वकीलों की दलीलें इन्हीं तथ्यों को केंद्र में रखकर दी गई। इसके अलावा, रामलला विराजमान के साथ-साथ जन्मस्थान को पक्षकार बनाने पर मुस्लिम पक्ष को ऐतराज़ था, इसको लेकर कानून में 'न्यायिक व्यक्ति' की अवधारणा पर तकनीकी बहस भी हुई थी।

अयोध्या विवाद में भले ही लड़ाई मंदिर और मस्जिद के दावेदारों में चल रही थी, लेकिन वहाँ एक और दावेदार था जिसका मंदिर- मस्जिद से कोई लेना देना नहीं था। बुद्धिस्ट सभा की तरफ से एक याचिका दायर की गई थी जिसमें दावा किया गया कि विवादित जमीन बौद्धों की है और यह पहले एक बौद्ध स्थल था। अयोध्या में रहने वाले विनीत कुमार मौर्य ने बुद्धिस्ट सभा की तरफ से दायर

याचिका में कहा था कि बाबरी मस्जिद के निर्माण से पहले उस जगह पर बौद्ध धर्म से जुड़ा ढाँचा था। लेकिन बुद्धिस्ट सभा की याचिका पर सुनवाई से कोर्ट ने इनकार कर दिया था।

अयोध्या मामले की सुनवाई का एक रोचक पहलू यह भी था कि मुस्लिम पक्ष के वकील पुराण, रामायण और रामचरितमानस पढ़ रहे थे तो दूसरी तरह हिंदू पक्ष के वकील कुरान पढ़ रहे थे! दलीलें धार्मिक ग्रंथों से दी जा रही थीं। इसलिए एक दूसरे की दलीलों को काटने के लिए दोनों पक्ष के वकील एक दूसरे के धर्मग्रंथ पढ़ रहे थे। ईस्माइल फ़ारुक़ी से जुड़े मामले की सुनवाई के दौरान इस्लाम की अवधारणा और इस्लाम में मस्जिद के महत्व पर बात हुई थी। इस चालीस दिन की सुनवाई के दौरान भी मस्जिद और मस्जिद को लेकर कुरान की व्यवस्था पर चर्चा हुई। स्कंद पुराण, वाल्मीकि रामायण और रामचरितमानस के श्लोक और चौपाइयाँ कोर्ट में पढ़ी जा रही थीं और चूँकि सुनवाई की पल पल की ख़बर मीडिया में रिपोर्ट हो रही थी, तो सारी दुनिया को भी ये चीज़ें पढ़ने और सुनने को मिल रही थीं। ऐसे में यह कहना अतिशयोक्ति नहीं होगी कि दोनों समुदायों को एक दूसरे के धर्म और धर्मग्रंथों को समझने में मदद मिल रही थी। ऐसे ही तीन तलाक वाले मामले पर सुनवाई से मुस्लिमों और गैर मुस्लिमों को तलाक के बारे में समझने में मदद मिली थी।

मुस्लिम पक्ष की दलील

अयोध्या विवाद का मूल इसी बात में था कि हिंदुओं का मानना था कि भगवान राम के जन्मस्थान पर मंदिर था जिसे तोड़कर मस्जिद बनायी गई थी। जबकि मुस्लिम इसे मानने को तैयार नहीं थे। उनका मानना था कि मस्जिद ख़ाली ज़मीन पर बनाई गई थी, मंदिर तोड़कर नहीं। मुस्लिमों की दलील थी कि देश का मुसलमान भगवान राम को "इमाम-ए-हिंद" मानता है। राम के अस्तित्व को भी मानता है। उसे यह भी मानने में कोई ऐतराज़ नहीं है कि अयोध्या में राम का जन्मस्थान होगा। लेकिन उन्हें हिंदू पक्ष की इस बात पर ऐतराज़ था कि मस्जिद वाली जगह ही राम की ही जन्मभूमि है।

मुस्लिम पक्ष ने निर्मोही अखाड़े के इस दलील को मान लिया कि "राम चबूतरे" को जन्मस्थान समझकर पूजा होती थी और अखाड़े को वहाँ पूजा करने

का अधिकार है। लेकिन राम चबूतरे के भीतर हिंदुओं का कोई दावा नहीं हो सकता। मुस्लिम पक्ष ने पुरातत्व सर्वेक्षण की रिपोर्ट और सबूत, जिसके दम पर हिंदू उस विवादित ज़मीन पर दावा कर रहे थे, को ही खारिज कर दिया। मुस्लिम पक्ष की वकील मीनाक्षी अरोड़ा की दलील थी कि पुरातत्व विज्ञान, भौतिक विज्ञान और रसायन विज्ञान की तरह विज्ञान नहीं है। यह एक सामाजिक विज्ञान है इसलिए इस पर अधिक भरोसा नहीं किया जा सकता। यह एक कमज़ोर साक्ष्य है। मीनाक्षी अरोड़ा ने एएसआई की रिपोर्ट की प्रामाणिकता पर गम्भीर सवाल उठाते हुए कहा कि 2003 में जब एएसआई रिपोर्ट तैयार कर रही थी, उस समय देश में भाजपा की सरकार थी और एएसआई भाजपा सरकार के अधीन काम कर रही थी। मीनाक्षी अरोड़ा की इस दलील पर मुख्य न्यायाधीश जस्टिस रंजन गोगोई ने कहा कि एएसआई की रिपोर्ट अब मुकदमे का रिकॉर्ड बन चुका है और अगर आपने ट्रायल के दौरान निचली अदालत में इस पर सवाल नहीं उठाया तो अब अपील के दौरान सुनवाई में इस पर सवाल उठाने का कोई फायदा नहीं। बाद में राजीव धवन को कहना पड़ा कि एएसआई की रिपोर्ट पर सवाल उठाने का कोई मतलब नहीं है।

मुस्लिम पक्ष के वकील राजीव धवन ने दलील दी कि मसला सिर्फ इतना है कि विवादित स्थान पर जबरन कब्ज़ा करने वाले अब ज़मीन अपनी होने का दावा कर रहे हैं। राजीव धवन ने कोर्ट में कहा, '1992 में मस्जिद को गिराए जाने का मकसद हकीकत को मिटाया जाना था, उसके बाद कोर्ट में उस ज़मीन पर दावे किए जा रहे हैं। मस्जिद को बेवजह ध्वस्त किए जाने के इरादे से स्पष्ट होता है कि कोर्ट में दावे को सही साबित करने के लिए ऐसा किया गया'। मुस्लिम पक्ष ने ये भी दलील दी कि पुराने वक्त से बादशाह की ओर से वहाँ मस्जिद के मुतवल्ली (मस्जिद का देखभाल करने वाला) को मस्जिद की देख रेख के लिए 302 रुपए सालाना मिलता था। अँग्रेज़ों के वक़्त में मुतवल्ली को राजस्व हासिल करने के लिए कई गांव दे दिए गए। यह दर्शाता है कि मुसलमानों का वहाँ पर कब्ज़ा रहा है।

हिन्दू पक्ष की दलील थी कि बाबरी मस्जिद में वज़ू करने की कोई जगह नहीं थी। इसलिए यह इस्लाम के स्थापित नियम के खिलाफ थी। मुस्लिम पक्ष ने हिन्दू पक्ष के इस दावे का खंडन किया। मुस्लिम पक्ष की दलील थी कि बाबरी मस्जिद वैध मस्जिद थी या नहीं, वहाँ वज़ू करने की व्यवस्था थी या नहीं इसे

इस्लाम के सिद्धांतों पर परखने की ज़रूरत नहीं है। यह देखे जाने की ज़रूरत है कि वहाँ के लोग इसे मस्जिद मानते थे या नहीं! मुस्लिम पक्ष के वकील निज़ाम पाशा ने दलील दी कि वज़ू को लेकर हदीस में कहा गया कि यह बेहतर होगा कि वज़ू घर से कर के मस्जिद आया जाए। इसलिए विवादित ढाँचे पर वज़ू के लिए स्थान का नहीं होना कोई बड़ी बात नहीं है।

मस्जिद को लेकर हिन्दू पक्ष की एक और दलील थी कि विवादित ढाँचा जिसे मुस्लिम पक्ष मस्जिद कहता है, उसमें गुम्बद नहीं थी। निज़ाम पाशा ने दिल्ली के जमाली कमाली मस्जिद और सिद्दी सैयद मस्जिद का उदाहरण देते हुए कहा कि उस मस्जिद में कोई गुम्बद नहीं है पर जाली लगी हुई है जिसे "ट्री ऑफ लाइफ़" कहते हैं। यही नहीं वहाँ पर जो नक्काशी है उसमें पेड़ और फूल बने हुए हैं। हिन्दू पक्ष की यह भी दलील थी कि विवादित ज़मीन की खुदाई में ढाँचे के जो अवशेष मिले हैं उसमें पेड़ और फूल बने हैं जो मस्जिदों में नहीं होते।

हिन्दू पक्ष की दलील थी कि विवादित ढांचे के पास कब्र थी और ऐसे में वह मस्जिद नहीं हो सकती। मुस्लिम पक्ष ने दलील दी थी कि दिल्ली में हज़रत निज़ामुद्दीन दरगाह और अजमेर में दरगाह के पास कब्र मौजूद है और दोनों दरगाहों के पास मस्जिद भी है। विवादित ढाँचे को मस्जिद साबित करने के लिए और दलीलें भी दी गई थीं। निज़ाम पाशा की दलील थी कि यह कहना गलत है कि मस्जिद में खाना बनाया और खाया नहीं जा सकता। निज़ाम पाशा ने हदीस का हवाला देते हुए कहा कि मोहम्मद साहब ने मस्जिद में खाना खाया था। दलील यह भी दी गई कि अगर एक व्यक्ति भी मस्जिद में नमाज़ पढ़ता है तो उसके मस्जिद होने की स्थिति बरक़रार रहेगी। यह कहना कि बाबरी मस्जिद में सिर्फ दो वक़्त की नमाज़ होती थी इसलिए उसकी मस्जिद होने की स्थिति ख़त्म हो गई, यह ग़लत है।

अंत में निज़ाम पाशा ने निर्मोही के मोह पर कहा, 'निर्मोही का मतलब होता है मोह का अभाव और बैरागी का मतलब वैराग्य होता है। फिर भी ये लोग ज़मीन पर कब्ज़े की माँग पर अड़े हुए हैं! निर्मोही अखाड़े को संपत्ति से कोई लगाव नहीं होना चाहिए, लेकिन वे अभी भी इस पर दावा करते हैं। इसलिए बहस धार्मिक पहलुओं पर आधारित नहीं होनी चाहिए बल्कि कानूनी पहलू पर होनी चाहिए।

अयोध्या मामले की सुनवाई और जम्मू कश्मीर से अनुच्छेद 370 का हटाया जाना

सुनवाई शुरू होने के एक दिन पहले यानी 5 अगस्त 2019 को एक बड़ी ख़बर आ गई। केंद्र की नरेंद्र मोदी सरकार ने जम्मू कश्मीर का विशेष राज्य का दर्जा हटाने की घोषणा कर दी। मोदी सरकार का यह एक ऐसा कदम था कि उससे पहले शायद ही किसी को भरोसा था कि सरकार अनुच्छेद 370 इस तरीके से भी हटा सकती है। लेकिन यह कोई अचानक लिया गया फैसला नहीं था। इसकी भूमिका तो पहले से ही बनने लगी थी। कुछ दिन पहले से राज्य में अतिरिक्त सुरक्षा बलों की तैनाती की जा रही थी। अमरनाथ यात्रा रोक दी गई थी। तीर्थ यात्रियों और पर्यटकों को घाटी से वापस जाने को कहा गया था। लेकिन किसी को नहीं पता था कि आखिर ये सब क्यों हो रहा है!

5 अगस्त 2019 को राज्य में धारा 144 लगा दी गई, महबूबा मुफ़्ती और उमर अब्दुल्ला जैसे स्थानीय नेताओं को नज़रबंद कर दिया गया। जम्मू-कश्मीर में मोबाइल इंटरनेट सेवा भी बंद कर दी गई। पुलिस अधिकारियों और जिला मजिस्ट्रेटों को सैटेलाइट फोन दे दिए गए। लेकिन ऐसा क्यों हो रहा है, इसका किसी को कुछ नहीं पता था। हाँ, सबको यही लग रहा था कि "कुछ बड़ा" होने वाला है। मुख्यधारा की मीडिया भी कयास ही लगा पा रही थी कि कुछ बड़ा होने वाला है। सोशल मीडिया अनुमानों से भरा पड़ा था। कुछ लोग अनुमान लगा रहे थे कि मोदी सरकार शायद जम्मू-कश्मीर के विशेष राज्य के दर्जा से जुड़े अनुच्छेद 35ए और 370 को ख़त्म करने जा रही है। भाजपा के चुनावी घोषणापत्र में यह मुद्दा 2014 के लोकसभा चुनाव में भी रहा था और 2019 में भी था। लेकिन सब अनुमान था। "सूत्रों" से मिली जानकारी वाली ख़बर करने वाले पत्रकारों के सभी "सूत्र" असफल हो रहे थे। सब सरकारी घोषणा का इंतज़ार कर रहे थे। इसी बीच 5 अगस्त को गृहमंत्री अमित शाह ने राज्यसभा में घोषणा कर की कि जम्मू और कश्मीर अब विशेष राज्य नहीं रहेगा।

इसी पृष्ठभूमि में अगले दिन 6 अगस्त को अयोध्या मामले की सुनवाई के लिए संविधान पीठ बैठी थी, लेकिन सुनवाई को लेकर उस दिन भी आशंका थी क्योंकि इसके पहले कई मौकों पर सुनवाई के लिए केवल तारीख

ही मिली थी। लेकिन इस बार आशंका गलत साबित हुई। 6 अगस्त को सुनवाई शुरू हो गई।

सुनवाई के पहले दिन निर्मोही अखाड़ा को दलील देने का मौका मिला।[3] निर्मोही अखाड़ा ने विवादित ज़मीन पर अपना दावा पेश किया। अखाड़े की तरफ से वरिष्ठ वकील सुशील कुमार जैन ने दलील दी कि विवादित ज़मीन पर निर्मोही अखाड़े का कब्ज़ा सदियों से था। भगवान राम के जन्मस्थान (मंदिर) की पूजा और रखरखाव का इंतज़ाम भी निर्मोही अखाड़े के पास ही था। सुशील जैन ने दलील दी कि पूरी विवादित भूमि पर 1934 से ही मुसलमानों के प्रवेश करने पर मनाही है। 1934 से उस जगह पर नमाज़ नहीं पढ़ी जा रही है। 1949 से तो शुक्रवार यानी जुमे की नमाज़ भी नहीं पढ़ी गई, इसलिए वह "ढाँचा" मस्जिद नहीं रह गया। निर्मोही अखाड़ा को यह भी साबित करना था कि विवादित ज़मीन पर नियंत्रण को लेकर दायर उसका मुकदमा नियमों के मुताबिक सिविल सूट दायर करने की समय सीमा (लॉ ऑफ लिमिटेशन) का उल्लंघन नहीं करता। कोर्ट ने सूट दायर करने की समय सीमा को लेकर निर्मोही अखाड़ा की याचिका पर सवाल उठाया था।

सुप्रीम कोर्ट ने निर्मोही अखाड़े के वकील से सवाल किया कि 1949 में सरकार ने ज़मीन पर कब्ज़ा किया था, जबकि अखाड़े ने 1959 में कोर्ट का रुख़ किया। क्या यह सिविल सूट में दावे के लिए मुकदमा दायर करने की समय सीमा का उल्लंघन नहीं करता? निर्मोही अखाड़े की ओर से सुशील जैन ने दलील दी कि उस ज़मीन पर अखाड़ा का दावा पुराना है और ऐतिहासिक है। इसलिए यहां लॉ ऑफ लिमिटेशन लागू नहीं होता। इस पर कोर्ट ने कहा, चूँकि निर्मोही अखाड़े ने ज़मीन पर कब्ज़ा रहने का दावा किया है तो उन्हें ये साबित भी करना होगा। कोर्ट ने सबूत मांगा और कहा, 'अपने दावे को साबित करने के लिए कोई दस्तावेज़ दिखाइये' निर्मोही अखाड़ा के वकील सुशील जैन ने कहा, 'मी। लॉर्ड, दस्तावेज़ नहीं हैं। 1982 में एक डकैती पड़ी थी, जिसमें सारे महत्वपूर्ण दस्तावेज़ गायब हो गए'। निर्मोही अखाड़ा के दस्तावेज़ गायब होने की कहानी रोचक है।

निर्मोही अखाड़ा की दिलचस्पी और दस्तावेज़ की डकैती की कहानी

अयोध्या मामले की सुनवाई के दौरान बार-बार इस मुकदमे को हिन्दू पक्ष बनाम मुस्लिम पक्ष रिपोर्ट किया गया। मैंने भी ऐसा ही किया। राम मंदिर के पक्ष में दी गई दलील को हिन्दू पक्ष की दलील कहा गया और मस्जिद के लिए दी गई दलील को मुस्लिम पक्ष की दलील। लेकिन ऐसा नहीं था कि सुप्रीम कोर्ट में सभी हिन्दू पक्षकार एक साथ खड़े थे। मुस्लिम पक्षकारों में भी मतभेद था। दोनों की अपनी-अपनी वजहें थीं। हिन्दू पक्ष में निर्मोही अखाड़ा अलग लड़ाई लड़ रहा था जो हिन्दू पक्ष के दावे को कमज़ोर कर रहा था और मुस्लिम पक्ष में शिया वक़्फ़ बोर्ड राम मंदिर के पक्ष में लड़ रहा था। इस्लाम में शिया-सुन्नी विवाद पुराना है और अयोध्या मामले में भी दोनों के दो अलग पक्ष होने स्वाभाविक थे। हिन्दू पक्ष में निर्मोही अखाड़ा बनाम अन्य का मामला यहाँ बहुत रोचक है।

संविधान पीठ द्वारा अयोध्या मामले पर नियमित सुनवाई शुरू होने से पहले मुझे इस बात का अहसास नहीं था कि हिन्दू पक्ष आपस में ही इस तरह बँटे हैं। लेकिन जैसे-जैसे सुनवाई आगे बढ़ी, तस्वीर साफ होती गई। हिन्दू पक्ष के वकीलों के अलावा कोर्ट में सुनवाई के लिए कुछ ही लोग थे जो नियमित रूप से कोर्टरूम में बैठते थे, उनमें से एक थे निर्वाणी अखाड़ा के महंत धरमदास और दूसरे निर्मोही अखाड़ा के महंत राजा रामचंद्राचार्य। विश्व हिन्दू परिषद के चंपत राय भी कोर्ट रूम में जजों के आने से पहले ही मौजूद रहते थे।

महंत धरमदास की कदकाठी एकदम महंत वाली है। शरीर पर भगवा अंगरखा और हाथ में तुलसी माला लिए कोर्टरूम में प्रतिदिन मौजूद रहते थे। अँग्रेज़ी में होने वाली सुनवाई महंत धरमदास को बिल्कुल समझ में नहीं आती थी, ऐसा वो ख़ुद बताते थे। उनसे अक्सर मेरी बातचीत होती रहती थी। वे मिली-जुली अवधी और भोजपुरी में बोलते थे। मैं भी उनसे भोजपुरी में हालचाल पूछ लेता था। एक दिन सुनवाई के बाद मैंने महंत धरमदास से पूछ लिया कि, 'महंत जी, आज की बहस कैसी लगी?' धरमदास जी ने जवाब दिया था 'हमको त कुछ बुझाया नहीं कि कउन का बोला! हम त बस एतना जानते हैं कि जमीन जमीन कर रहे हो तो कागद दिखाओ, कागद काहे नहीं दिखाते!' उस समय मुझे महंत धरमदास की बात पूरी तरह समझ में नहीं आयी थी कि वो 'कागद' वाली

बात निर्मोही अखाड़े के लिए ही थी या किसी और के लिए कही गई थी। लेकिन सुप्रीम कोर्ट में सुनवाई के दौरान जब निर्मोही अखाड़ा के वकील सुशील जैन ने दस्तावेज़ गायब होने की बात कही तब बात समझ में आ गई थी। डकैती में दस्तावेज़ की चोरी वाली बात उस दिन की सबसे बड़ी ख़बर बनी थी। सबकी उत्सुकता उस डकैती के बारे में जानने की थी। इस मामले पर निर्मोही अखाड़ा के पूर्व पैरोकार महंत रामदास ने उस डकैती के बारे में बड़ा खुलासा करते हुए कहा कि 16 फरवरी 1982 को निर्मोही अखाड़ा में डकैती पड़ी थी जिसमें मंदिर के सोने के आभूषण समेत ज़मीन के दस्तावेज़ भी डकैत उठा ले गए थे। उस डकैती में जिन्हें आरोपी बनाया गया वो कोई और नहीं बल्कि इस मुकदमे के एक अन्य पक्षकार और वर्तमान में निर्वाणी अनी अखाड़ा हनुमानगढ़ी के महंत धरमदास समेत सत्रह लोग थे। इनके खिलाफ अयोध्या कोतवाली में मुकदमा भी दर्ज हुआ था लेकिन साक्ष्य के अभाव में दिसंबर 1985 में ही महंत धरमदास समेत सभी आरोपी बाइज़्ज़त बरी हो गए थे।

निर्मोही और निर्वाणी अखाड़े के मतभेद और आपसी रंजिश मुझे कोर्ट में भी दिख जाते थे। निर्वाणी अखाड़े के महंत धरमदास निर्मोही अखाड़े के लोगों से परहेज़ करते दिख जाते थे। मुख्य न्यायाधीश की कोर्ट, जिसमें अयोध्या मामले की सुनवाई हो रही थी, के दाहिने और बायें, दोनों तरफ मुकदमे से जुड़े लोगों और मीडिया के लिए बैठने की व्यवस्था थी। लेकिन ऐसा बहुत कम मौका आया जब दोनों पक्षों के लोग एक तरफ, एक साथ बैठे हों। सुनवाई के बाद कोर्ट से निकलते समय भी यह दूरी बरकरार रहती थी। एक बार कोर्ट नंबर एक के सामने विश्व हिंदू परिषद वाले चंपत राय के साथ दोनों पक्ष दिखे तो थे, लेकिन असहज लग रहे थे।

अखाड़ों का संक्षिप्त विवरण

वैष्णव संतों के मूलत: तीन अखाड़े हैं श्री दिगम्बर अखाड़ा, श्री निर्वाणी अखाड़ा और श्री निर्मोही अखाड़ा।

श्री निर्मोही अखाड़े की स्थापना 1720 में रामानंदाचार्य ने की थी। यह अखाड़ा भगवान राम के प्रति समर्पित है। इसीलिए अयोध्या आंदोलन से इस अखाड़े का नाम जुड़ा रहा। निर्मोही अखाड़ा, अखिल भारतीय अखाड़ा परिषद द्वारा मान्यता प्राप्त तेरह अखाड़ों में से एक है। निर्मोही शब्द का अर्थ है मोह रहित।

श्री निर्वाणी अखाड़ा की स्थापना अयोध्या में अभयरामदासजी नाम के संत ने की थी। आरंभ से ही यह अयोध्या का सबसे शक्तिशाली अखाड़ा रहा है। अयोध्या के प्रसिद्ध हनुमानगढ़ी पर इसी अखाड़े का अधिकार है। इस अखाड़े के मौजूदा महंत धरमदास हैं जो अयोध्या विवाद में सुप्रीम कोर्ट में केस की पैरवी कर रहे थे।

श्री दिगम्बर अणि अखाड़ा बैरागी वैष्णव संप्रदाय के तीन अखाड़ों में से एक है। यही इस संप्रदाय का सबसे बड़ा अखाड़ा है और बाकी दोनों अखाड़े इसके सहायक के रूप में काम करते हैं। वैसे नाम सुनकर बहुत से लोगों को लगता होगा कि ये साधु नागा होते हैं यानी कपड़े नहीं पहनते होंगे। लेकिन इस समुदाय की पहचान है माथे पर लगा उर्ध्वपुंड्र यानी एक प्रकार का तिलक, जटाजूट और सफ़ेद कपड़े इत्यादि। दिगंबर अखाड़े का धर्म ध्वज पांच रंगों का होता है। इस ध्वज पर हनुमान जी की फोटो होती है। इस अखाड़े के प्रमुख कृष्णदास महाराज है। देशभर में इस अखाड़े के लगभग 450 अखाड़े हैं।

निर्मोही अखाड़े और निर्वाणी अखाड़े के बीच के विवाद को समझना बहुत मुश्किल नहीं है। दोनों का दावा है कि रामलला के जन्मस्थान पर पूजा और सेवा का अधिकार उन्हीं का है। मतलब दोनों चाहते हैं कि अयोध्या में जब राम मंदिर बने, तो वहाँ पर पूजा-पाठ, पुजारी की नियुक्ति और मन्दिर के चढ़ावे पर उनका अधिकार हो। विवाद की जड़ यही है। सुप्रीम कोर्ट में जब निर्वाणी अखाड़ा के वकील जयदीप गुप्ता

ने अपना दावा किया तो पाँच जजों की पीठ के सदस्य जज जस्टिस भूषण ने कहा कि इलाहाबाद हाईकोर्ट ने निर्मोही अखाड़ा को सेवादार माना है। निर्वाणी अखाड़ा के वकील ने जवाब दिया कि हाईकोर्ट का वो फैसला गलत है। निर्वाणी अखाड़े की ओर से कहा गया कि अभी तो हम ही इकलौते सेवायत दावेदार हैं। जब वहाँ रिसीवर नियुक्त किए गए थे तब भी हमारा अखाड़ा ही सेवा, शोभायात्रा और उत्सव का आयोजन और देख रेख करता था, लेकिन बाद में हमें बाहर कर दिया गया।

निर्मोही अखाड़ा ने केवल निर्वाणी का ही विरोध नहीं किया था, बल्कि उसने रामलला विराजमान की याचिका का भी विरोध किया था। निर्मोही अखाड़ा ने रामलला की ओर से निकट सहयोगी देवकीनंदन अग्रवाल को बनाए जाने को लेकर रामलला विराजमान की याचिका का विरोध गया। निर्मोही अखाड़ा ने कहा कि वह देवकीनंदन अग्रवाल को निकट सहयोगी (नेक्स्ट फ्रेंड) नहीं मानता। यही नहीं, निर्मोही अखाड़ा ने यह भी कहा कि देवकीनंदन तो पुजारी भी नहीं हैं! इस पर सुप्रीम कोर्ट ने सवाल किया, 'जब आप किसी देवता के सेवादार यानी पुजारी के नाते अपना अधिकार मांगते हैं तो आप फिर उस देवता (रामलला विराजमान) की ओर से दायर अर्ज़ी का विरोध कैसे कर सकते हैं। यदि रामलला की याचिका खारिज हो गई तो फिर तो अपने आप ही सेवादार होने का आपका दावा भी खारिज हो जाएगा'। इस पर निर्मोही अखाड़ा के वकील सुशील जैन ने सफाई दी कि उनका विरोध रामलला विराजमान के स्थान की याचिका का नहीं है। उनका विरोध देवकीनंदन अग्रवाल को लेकर है जो रामलला के निकट मित्र होने का दावा करते हैं। उन्होंने कहा कि रामलला विराजमान और जन्मस्थान के वकील यदि निर्मोही अखाड़ा को जन्मस्थान पर बनने वाले मंदिर का सेवादार मान लेते हैं तो अखाड़ा ज़मीन पर अपना दावा छोड़ने को तैयार है। लेकिन रामलला के वकील अखाड़ा को सेवादार मानने को तैयार नहीं थे। निर्मोही अखाड़ा का दावा था कि सिर्फ निर्मोही अखाड़ा का नाम ही गैजेटियर और ऐतिहासिक दस्तावेज़ों में अंकित है। सिर्फ निर्मोही अखाड़ा ही हिंदू पक्ष का प्रतिनिधित्व करता है।

अदालत में निर्मोही अखाड़ा और राम जन्मभूमि न्यास भी साथ खड़े नहीं दिखे। 2019 के लोकसभा चुनाव से पहले केंद्र सरकार ने जब सुप्रीम कोर्ट में याचिका लगाकर अयोध्या में सरकार द्वारा अधिग्रहित 67.39 एकड़ गैर

विवादित ज़मीन वापस किए जाने की मांग की, तो केंद्र सरकार ने उस ज़मीन को राम जन्मभूमि न्यास को सौंपने का प्रस्ताव रखा। निर्मोही अखाड़ा इस याचिका के खिलाफ यह कहते हुए कोर्ट पहुँच गया कि, 'आप ऐसा कैसे कर सकते हैं? उस ज़मीन पर कई मंदिर हैं, अगर आपने किसी एक पार्टी (राम जन्मभूमि न्यास) को इसे दे दिया तो हमारे अधिकारों का क्या होगा?'

अपील पर सुनवाई के दौरान भी अखाड़ा ने जन्मभूमि न्यास की दलीलों का विरोध किया और निर्मोही अखाड़ा के वकील सुशील जैन ने कहा कि, 'राम जन्मभूमि न्यास ऐसी दलील क्यों दे रहा है कि बाबर ने मंदिर गिराया और मस्जिद बनाई ? हमने हमेशा कहा है कि वो मंदिर ही था। हमने कभी मुसलमानों को ज़मीन का हक नहीं दिया'। निर्मोही अखाड़ा के इसी दावे पर मुस्लिम पक्ष के वकील निज़ाम पाशा ने दलील दी कि निर्मोही अखाड़ा कहने को तो निर्मोही है लेकिन उसका मोह जमीन को लेकर है। निर्मोही का मोह स्वाभाविक था क्योंकि जब अयोध्या में राम जन्मभूमि पर राम मंदिर बनेगा तो धार्मिक और पर्यटन की दृष्टि से अयोध्या दुनिया के नक्शे पर स्थान पाएगा। दुनिया भर के रामभक्त अयोध्या में श्रीराम का दर्शन करने आएँगे और देश-दुनिया के श्रद्धालुओं का यहाँ ताँता लगा रहेगा। ज़ाहिर है कि अरबों रुपए का चढ़ावा आएगा। ऐसे में निर्मोही अखाड़े को चढ़ावे का मोह होना कोई आश्चर्य की बात नहीं है!

झाँसी की रानी का निर्मोही अखाड़ा से संबंध

बाबरी मस्जिद-रामजन्मभूमि विवाद में निर्मोही अखाड़ा के महंत रघुबर दास ने 1885 में फैज़ाबाद की जिला अदालत में पहली बार विवादित जगह पर मंदिर निर्माण के लिए याचिका दायर की थी। लेकिन उन्हें अनुमति नहीं मिली थी। मौजूदा मामले में निर्मोही अखाड़ा साल 1959 में एक पक्ष बना। सुप्रीम कोर्ट के सामने रखी दलील में निर्मोही अखाड़ा चाहता था कि उसे राम जन्मभूमि के प्रबंधन और पूजा का अधिकार मिले। अखाड़े की यह माँग बेवजह नहीं थी। राम जन्मभूमि का अंदरूनी हिस्सा सैकड़ों सालों से निर्मोही अखाड़े के अधिकार क्षेत्र में था। इसके अलावा बाहरी हिस्से में मौजूद सीता रसोई, चबूतरा और भंडार गृह भी अखाड़े के नियंत्रण में रहे हैं और ये कभी भी किसी भी मुकदमे में विवाद का

हिस्सा नहीं रहा है। लेकिन निर्मोही अखाड़े से एक चूक हो गई, और वो चूक ये थी कि कोर्ट बार-बार उनसे उनके दावे के पक्ष में कागजात और दस्तावेज़ मांगता रहा, लेकिन निर्मोही अखाड़ा कोई दस्तावेज़ नहीं दिखा पाया।

अयोध्या मामले की सुनवाई के दौरान निर्मोही अखाड़ा के वकील ने अखाड़ा का महत्त्व और प्राचीनता साबित करने के लिए कहा कि सन् सत्तावन (1857) के विद्रोह के दौरान झांसी की रानी की रक्षा ग्वालियर में निर्मोही अखाड़ा ने की थी। हालाँकि निर्मोही अखाड़ा एक संस्था के रूप में 1949 में रजिस्टर्ड हुआ लेकिन इसका इतिहास बहुत पुराना है। चौदहवीं शताब्दी में संत रामानंद ने इसे शुरू किया था। निर्मोही अखाड़ा दावा करता है कि वो सात शताब्दियों से भगवान राम की पूजा करते आ हैं। इसलिए बतौर सेवादार उनका हक सबसे पहला है।

भारतीय इतिहास के कई प्रतिष्ठित योद्धाओं का निर्मोही अखाड़े से घनिष्ठ संबंध रहा है। जिनमें धर्मयोद्धा वीर बंदा बैरागी, शिवाजी और झांसी की रानी भी शामिल हैं। इतिहासकार विलियम आर पिंच ने उल्लेख किया है कि शिवाजी के गुरु समर्थ रामदास के शिष्य वैष्णव दास ने औरंगजेब के काल में अयोध्या में हनुमानगढ़ी की रक्षा की थी।[4]

झांसी की रानी ने तो अपनी अंतिम सांस भी ग्वालियर स्थित निर्मोही अखाड़े गंगादास के मठ में ली थी और यहीं पर उनका अंतिम संस्कार हुआ। झांसी की रानी ने अपनी अंतिम लड़ाई 18 जून 1858 को ग्वालियर में फूलबाग नामक स्थान पर लड़ी थी। इसी स्थान पर आज उनका स्मारक भी है और उनके नाम से लक्ष्मीबाई कॉलोनी भी। इसी लक्ष्मीबाई कॉलोनी में महंत गंगादास जी की बड़ी शाला स्थित है, जो निर्मोही अखाड़े का मठ है और वैष्णव परंपरा के बावन पीठों में से एक है, जो रामानंदी संप्रदाय का द्वारा है। वैसे तो इस पीठ की स्थापना अकबर के काल में हुई, लेकिन वर्ष 1858 में इस पीठ के द्वाराधीश महंत गंगादास जी थे। अँग्रेज़ों से लड़ाई के कुछ दिन पूर्व झांसी की रानी द्वारा महंत गंगादास जी के साथ दार्शनिक वार्तालाप का भी उल्लेख इतिहास में मिलता है।[5]

बड़ी शाला के महंत रामसेवक दास महाराज बताते हैं कि ग्वालियर में 18 जून 1858 को जब रानी लक्ष्मीबाई अँग्रेज़ी सेना से लड़ते-लड़ते बुरी तरह घायल हो गईं तो उनके सैनिक उन्हें घायल अवस्था में उठाकर महंत गंगादास जी की कुटिया में

लेकर गए। गंगादास जी ने उनका सिर अपनी गोदी में रखकर गंगाजल पिलाया। रानी को जब आभास हो गया कि उनका अंतिम समय आ गया है तो उन्होंने महंत गंगादास जी से निवेदन किया कि अंग्रेज़ उनके मृत शरीर को हाथ न लगा पाएँ। सैकड़ों हथियारबंद बैरागी साधुओं ने रानी के लिए सुरक्षा कवच तैयार किया और दोनों तरफ से घंटों गोलियाँ चलती रहीं। जब रानी ने प्राण त्याग दिए तो बाबा गंगादास जी की कुटिया तोड़कर आनन-फानन में चिता तैयार की गई और महंत गंगादास ने वैदिक रीति से उनका अंतिम संस्कार कर दिया। इतिहास में उल्लेख है कि मठ के अंदर से दो बंदूकों से तो गोलियाँ तब तक चलती रहीं जब तक चिता जलकर पूरी तरह शांत नहीं हो गई। इस युद्ध में 745 बैरागी साधुओं ने अपने प्राणों की आहुति दी।[6]

अंग्रेजी सेना का कमांडर जब चिता तक पहुँचा तो उसके हाथ कुछ भी नहीं लगा। इस स्थान पर आज भी यह मठ अच्छी स्थिति में है और वहाँ मंदिर और समाधियाँ बनाई गई हैं। इस मठ में युद्ध में प्रयुक्त साधुओं के चिमटे, भाले, नेजे,बंदूक और एक छोटी-सी तोप आज भी सुरक्षित है। मठ के साधु और उनके अनुयाई झांसी की रानी के बलिदान दिवस पर हर वर्ष समारोह करते हैं।

शिया- सुन्नी आमने सामने

ऐसा नहीं था कि कोर्ट में हिंदू पक्ष ही आपस में लड़ रहे थे। मुसलमानों के बीच का शिया-सुन्नी विवाद भी अयोध्या मामले में दिखता रहा। जहाँ सुन्नी वक़्फ़ बोर्ड का दावा था कि मस्जिद सुन्नी वक़्फ़ की संपत्ति है, तो शिया वक्फ़ बोर्ड उसे अपनी संपत्ति बताता रहा। हालाँकि शिया वक़्फ़ बोर्ड का दावा बहुत पहले ख़ारिज़ हो चुका था लेकिन शिया वक़्फ़ बोर्ड के नेता उसे अपनी संपत्ति बताते हुए राम मंदिर निर्माण के लिए उस ज़मीन से दावा छोड़ने की बात करते थे। शिया वक़्फ़ बोर्ड के चैयरमैन वसीम रिज़वी तो बाकायदा राममंदिर निर्माण के लिए हिंदू पक्ष के साथ खड़े थे। और समझौते की जितनी कोशिशें हुईं, उसमें शिया वक़्फ़ बोर्ड सबसे आगे था।

1936 में दो मुस्लिम समुदायों शिया और सुन्नी के बीच इस बात पर क़ानूनी विवाद उठ गया कि मस्जिद किसकी है। वक़्फ़ कमिश्नर ने इस पर जाँच बैठाई। मस्जिद के मुतवल्ली यानी मैनेजर मोहम्मद ज़की का दावा था कि मीर बाक़ी शिया था, इसलिए यह शिया मस्जिद हुई। लेकिन ज़िला वक़्फ़ कमिश्नर मज़ीद ने 8 फ़रवरी 1941 को अपनी रिपोर्ट में कहा कि मस्जिद की स्थापना करने वाला बादशाह सुन्नी

था और उसके इमाम तथा नमाज़ पढ़ने वाले सुन्नी हैं, इसलिए यह सुन्नी मस्जिद हुई।

इसके बाद शिया वक़्फ़ बोर्ड ने सुन्नी वक़्फ़ बोर्ड के खिलाफ फैज़ाबाद के सिविल जज की अदालत में मुकदमा कर दिया। सिविल जज एस ए अहसान ने 30 मार्च 1946 को शिया समुदाय का दावा खारिज कर दिया। हाईकोर्ट ने भी ज़मीन के एक हिस्से को सुन्नी वक़्फ़ बोर्ड को ही दिया था।

सुनवाई और सियासत साथ-साथ

कुल मिलाकर किसी-न-किसी वजह से अयोध्या मामले की सुनवाई टलती जा रही थी। 2018 के नवंबर में पाँच राज्यों में विधानसभा के चुनाव होने थे और 2019 का लोकसभा चुनाव सामने था। राजस्थान, मध्य प्रदेश, छत्तीसगढ़, मिजोरम और तेलंगाना में विधानसभा चुनाव होने वाले थे। केन्द्र में भारतीय जनता पार्टी की नरेंद्र मोदी सरकार पर राम मंदिर को लेकर राम भक्तों, साधु संतों के साथ विश्व हिंदू परिषद का भी दबाव था। इस दबाव का असर साफ-साफ दिख रहा था। योगी आदित्यनाथ ने 6 नवंबर 2018 को 'दीपोत्सव' समारोह में कुछ बड़ी घोषणाएँ कीं। मुख्यमंत्री ने फैज़ाबाद का नाम बदलकर अयोध्या करने की घोषणा की। इसके अलावा अयोध्या में राजा दशरथ के नाम पर मेडिकल कॉलेज और मर्यादा पुरुषोत्तम भगवान राम के नाम पर एयरपोर्ट बनाए जाने की घोषणा की। भाजपा सरकार द्वारा रामभक्तों की नाराज़गी किसी प्रकार कम करने की कोशिश हो रही थी। इस दिशा में भाजपा ने एक और कोशिश की। उत्तर प्रदेश के मुख्यमंत्री योगी आदित्यनाथ ने अयोध्या में सरयू नदी के किनारे भगवान राम की काँसे की मूर्ति स्थापित करने की घोषणा कर दी जो दुनिया की सबसे ऊँची मूर्ति होने वाली थी। यह मूर्ति गुजरात में सरदार पटेल की 182 मीटर लंबाई वाली 'स्टैचू ऑफ यूनिटी' से भी ऊंची बनाने की योजना बनाई गई। इस परियोजना की कुल ऊँचाई 221 मीटर होने वाली थी। इसे 2021 तक पूरा कर लिए जाने की योजना बनाई गई।

25 नवंबर 2018 को विश्व हिन्दू परिषद ने राम मंदिर को लेकर प्रयागराज में धर्म संसद का आयोजन किया। विश्व हिंदू परिषद की धर्म संसद में तो मंदिर निर्माण की तारीख का ऐलान नहीं होने पर धर्म संसद में ही लोंगों ने हंगामा कर दिया। मतलब अब राम मंदिर चाहने वालों का धैर्य जवाब दे रहा था। भाजपा

को इसके सियासी नुकसान का अंदाज़ था। इसलिए उसके नेता और मंत्रियों ने लोगों की नाराज़गी को कम करने के लिए राम मंदिर को लेकर बयान देने शुरू कर दिए।

उत्तर प्रदेश के मुख्यमंत्री योगी आदित्यनाथ ने मंदिर निर्माण में देरी के लिए सुप्रीम कोर्ट को ज़िम्मेदार ठहराते हुए बड़ा बयान दिया। उन्होंने ने तो ये तक दावा कर दिया कि अगर सुप्रीम कोर्ट इस मामले में फैसला देने में सक्षम नहीं है तो अयोध्या मामले को उनके हवाले कर देना चाहिए और चौबीस घंटे के भीतर इसका समाधान हो जाएगा। योगी ने कहा कि अनावश्यक विलंब होने से संस्थानों से लोगों का भरोसा उठ जाएगा।[7]

कोर्ट में जब अयोध्या मामले पर नियमित सुनवाई चल रही थी तो बाहर इस मामले को लेकर सियासत भी जोरों पर थी। इस सियासत का असर सुप्रीम कोर्ट में चल रही सुनवाई पर भी दिख रहा था। कोर्ट में उत्तर प्रदेश सरकार के एक मंत्री के बयान का ज़िक्र भी हुआ जिसमें मंत्री ने कहा था कि ये सुप्रीम कोर्ट हमारा है। यूपी में योगी आदित्यनाथ सरकार के मंत्री मुकुट बिहारी वर्मा ने एक बयान में कहा, 'राम मंदिर का निर्माण किया जाएगा क्योंकि यह हमारा (भाजपा का) दृढ़ संकल्प है। ये मामला सुप्रीम कोर्ट में है और सुप्रीम कोर्ट हमारा है। न्यायपालिका, प्रशासन, देश के साथ-साथ राम मंदिर भी हमारे हैं'।[8] हालाँकि बाद में उन्होंने सफाई भी दी, 'सुप्रीम कोर्ट हमारा है का मतलब है कि हम सब इस देश के नागरिक हैं और हमारा सुप्रीम कोर्ट में विश्वास है। मैंने यह कभी नहीं कहा कि सुप्रीम कोर्ट हमारी पार्टी का है'। उसके कुछ ही दिन पहले राज्य के उप-मुख्यमंत्री केशव प्रसाद मौर्य ने भी एक विवादास्पद बयान दिया था। उन्होंने कहा था कि केंद्र सरकार अयोध्या में राम मंदिर के निर्माण के लिए संसद में एक कानून ला सकती है। उन दिनों इस तरह के बयान आम हो गए थे।

इस तरह के सियासी बयान जब बड़ी संख्या में आने लगे तो प्रधानमंत्री नरेंद्र मोदी ने ऐसे बयान बहादुरों को "अनाप शनाप" बयान देने से बचने की नसीहत दी। प्रधानमंत्री ने कहा, 'देश के सभी नागरिकों का सुप्रीम कोर्ट के प्रति सम्मान बहुत ज़रूरी है। जब मामला सुप्रीम कोर्ट में चल रहा हो, जब सुप्रीम कोर्ट लगातार दलीलें सुन रहा हो, तब ये बयान बहादुर कहाँ से आ गए? हमारा अपनी न्याय प्रणाली और संविधान पर भरोसा होना चाहिए'। मुख्य न्यायाधीश रंजन

गोगोई ने ऐसे सियासी बयानों की निंदा की। जस्टिस गोगोई ने कहा 'कोर्ट के बाहर हम इस तरह के व्यवहार और बयान की निंदा करते हैं। देश में ऐसा नहीं होना चाहिए'।

राजीव धवन को धमकी

कोर्ट में जब बाईसवें दिन की सुनवाई चल रही थी, तो मुस्लिम पक्ष के वकील राजीव धवन ने कोर्ट से कहा कि अयोध्या मामले पर सुनवाई के लिए मौजूदा माहौल उपयुक्त नहीं है। धवन ने कोर्ट को बताया कि उनके क्लर्क को दूसरे वकील के क्लर्क ने धमकी दी है। उन दिनों इस तरह की घटना सामान्य बात थी। चूँकि राजीव धवन, मुस्लिम पक्ष के लिए पेश हो रहे थे, तो लोग सोशल मीडिया पर भी उनके खिलाफ कई तरह की बातें लिख रहे थे। राजीव धवन ने चेन्नई के एक रिटायर्ड सरकारी अधिकारी प्रोफेसर एन षणमुगम और राजस्थान के निवासी संजय कलाल बजरंगी के खिलाफ कोर्ट की अवमानना की मांग की।

चेन्नई के एक सेवानिवृत्त शिक्षा अधिकारी प्रो एन षणमुगम की तरफ से 14 अगस्त 2019 को उन्हें एक पत्र मिला, जिसमें उन्हें मुस्लिम पक्षकारों की ओर से पेश होने की वजह से धमकी दी गई थी। राजस्थान के एक निवासी संजय कलाल बजरंगी ने उन्हें भेजे व्हाट्सऐप मैसेज में भी कुछ आपत्तिजनक बातें लिखी थीं।[9] धवन ने कहा कि इस तरह की धमकी 'एडमिस्ट्रेशन ऑफ जस्टिस' (न्याय होने के लिए) में हस्तक्षेप का प्रयास है, और यह कोर्ट की अवमानना है। धवन ने कोर्ट से अनुरोध किया कि संविधान के अनुच्छेद 129 और न्यायालय की अवमानना कानून की धारा 15 के तहत इसका स्वत: संज्ञान लिया जाए और इन दोनों के खिलाफ आपराधिक अवमानना की कार्यवाही की जाए।

प्रो एन षणमुगम ने राजीव धवन को लिखे पत्र में लिखा था कि 'अयोध्या मामले में राम मंदिर के खिलाफ आपको मुस्लिम पक्ष की तरफ से केस नहीं लड़ना चाहिए, आपको शाप लगेगा!' अपने को रामभक्त बताने वाले षणमुगम ने लिखा था:

मैं तुम्हें शाप देता हूँ -
तुम्हारी आँखें फूट जाए,
तुम्हारी जीभ काम करना बंद कर दे,

तुम्हारी टाँगे ख़राब हो जाए,
तुम्हारे कान ख़राब हो जाए।
तुम धरती पर बोझ हो।
शर्म करो'।[10]

राजीव धवन को मुस्लिम पक्ष की तरफ से पैरवी करने के लिए राम मंदिर के समर्थक वकीलों की नाराज़गी भी झेलनी पड़ रही थी। सुनवाई के बाद राजीव धवन जब लंच के लिए कोर्टरूम से बाहर निकलते, तो कुछ वकील उन्हें छेड़ने के मकसद से "जय श्रीराम" बोलकर चिढ़ाते थे। उनके क्लर्क को दूसरे वकीलों के क्लर्क भी धमकाते थे। अयोध्या मामले की सुनवाई के दौरान तो एक दिन ऐसा भी हुआ कि किसी ने राजीव धवन के घर के सामने एक कनस्तर मानव मल फेंक दिया था।

बहरहाल, कोर्ट ने षणमुगम को अवमानना का नोटिस भेजा और उनको माफी मांगनी पड़ी।

मुस्लिम पक्षकार इक़बाल अंसारी पर हमला

पहले मुस्लिम पक्ष के वकील राजीव धवन को धमकियाँ मिली, उसके बाद मुस्लिम पक्षकार को भी धमकी मिली। 4 सितंबर 2019 को जब अयोध्या मामले में उन्नीसवें दिन की सुनवाई चल रही थी, तो कोर्ट में अयोध्या मामले के मुख्य पक्षकार इक़बाल अंसारी पर हमले का मामला उठा। एक दिन पहले ही इक़बाल अंसारी पर एक महिला शूटर ने अपने साथी के साथ मिलकर कथित रूप से हमला किया था। राजीव धवन ने इक़बाल अंसारी पर हुए हमले पर कोर्ट का ध्यान आकर्षित किया। राजीव धवन ने कहा, 'मैं नहीं जानता कि इस हमले की जाँच कराए जाने की ज़रूरत है या नहीं, लेकिन इस घटना पर कोर्ट की सामान्य टिप्पणी भी महत्वपूर्ण होगी'। धवन की इस माँग पर मुख्य न्यायाधीश ने कहा कि हम देखेंगे कि इस मामले में क्या किया जा सकता है और जो कुछ ज़रूरी होगा, हम करेंगे।

इक़बाल अंसारी ने आरोप लगया था कि उन्हें धमकी दी गई है कि अगर उन्होंने मामला वापस नहीं लिया तो उनकी हत्या कर दी जाएगी। उनके सुरक्षा कर्मी ने उन्हें हमलावरों से बचाया था। इक़बाल अंसारी ने कहा कि 'महिला ने

अपना परिचय वर्तिका सिंह के तौर पर दिया और दावा किया कि वह अंतरराष्ट्रीय शूटर है। उन्होंने मुझसे कहा कि मैं विवाद में से अपना दावा वापस ले लूँ और ऐसा नहीं करने पर उसने धमकी दी कि वह मुझे गोली मार देगी। इसके बाद उसने मुझ पर हमला किया, लेकिन मेरे सुरक्षाकर्मी ने मुझे बचा लिया'।[11] इस हमले में इक़बाल अंसारी को कोई चोट नहीं आई। पुलिस ने दोनों हमलावरों को हिरासत में लेकर पूछताछ के बाद छोड़ दिया। सुनवाई के दौरान और उसके पहले इक़बाल अंसारी को इस तरह की धमकियाँ मिलती रहती थी। अयोध्या जैसे संवेदनशील मामले में पक्षकार होने के चलते इक़बाल अंसारी को सरकार ने सुरक्षा के लिए दो गनर उपलब्ध करा रखे थे।

इक़बाल अंसारी, अयोध्या मामले में मुख्य पक्षकार हाशिम अंसारी के पुत्र हैं। साल 2016 में हाशिम अंसारी की मृत्यु के बाद नियम के मुताबिक इक़बाल अंसारी पक्षकार हो गए। सन 1949 में जब विवादित मस्जिद के अंदर मूर्तियाँ रखी गईं, तो उस समय प्रशासन ने शांति व्यवस्था के लिए जिन लोगों को गिरफ़्तार किया, उनमे हाशिम अंसारी भी शामिल थे। एक साक्षात्कार में हाशिम अंसारी ने बताया था, 'चूँकि मैं सोशल (समाजिक रूप से सक्रिय व्यक्ति) हूँ, तो इसलिए लोगों ने मुझसे मुक़दमा करने को कहा और इस तरह मैं बाबरी मस्जिद का पैरोकार हो गया'। हाशिम अंसारी अयोध्या में 1934 में हुए उस उपद्रव के गवाह थे जिसमें हिंदू वैरागी संन्यासियों ने बाबरी मस्जिद पर हमला बोला था। तब ब्रिटिश हुकूमत ने सामूहिक जुर्माना लगाकर मस्जिद की मरम्मत कराई थी और जो लोग मारे गए उनके परिवारजनों को मुआवज़ा भी दिया था। बाद में 1961 में जब सुन्नी वक़्फ़ बोर्ड ने मुक़दमा किया तो उसमे भी हाशिम एक पक्षकार बने।

पुलिस प्रशासन की सूची में नाम होने की वजह से 1975 में आपातकाल के दौरान उन्हें गिरफ़्तार कर लिया गया था। उस दौरान हाशिम अंसारी करीब आठ महीने तक बरेली सेंट्रल जेल में थे। *बीबीसी* पत्रकार रामदत्त त्रिपाठी लिखते हैं, 'यही वजह थी कि हाशिम अंसारी ने काँग्रेस को कभी माफ़ नहीं किया। बाबरी मस्जिद मामले में हर क़दम पर वह काँग्रेस को दोषी मानते थे'।[12] *बीबीसी* को दिए एक इंटरव्यू में हाशिम अंसारी ने कहा था, 'मैं फैसले का भी इंतज़ार कर रहा हूँ और मौत का भी. . .लेकिन यह चाहता हूँ मौत से पहले फैसला देख

SUPREME COURT OF INDIA

NOTICE

1.	S.L.P. (CIVIL) DIARY No. 22744/2017	SHIA CENTRAL BOARD OF WAQF U P Vs. SUNNI CENTRAL BOARD OF WAKF	MR.M.C.DHINGRA
2.	C.A.NOS.10866-10867 OF 2010 ALONG WITH CONNECTED MATTERS	M.SIDDIQ (D) THR. LRS. VS. MAHANT SURESH DAS & ORS.	MR.EJAZ MAQBOOL MR.M.C.DHINGRA MR.AMIT PAWAN MR.YASHPAL DHINGRA MR.MD.SHAHID ANWAR MR.SHAKIL AHMED SAYED MR.KAMLENDRA MISHRA MR.B.K.SATIJA MS.PRATIBHA JAIN MR.SAYED SHAHID HUSSAIN RIZVI M/S.FOX MANDAL & CO. MR.R.C.GUBRELE MR.P.V.YOGESWARAN MR.M.R.SHAMSHAD MR.B.KRISHNA PRASAD MR.BHAKTI VARDHAN SINGH MS.RUCHI KOHLI MS.SWARUPAMA CHATURVEDI

TAKE NOTICE THAT THE MATTERS ABOVE MENTIONED WILL BE LISTED TOMORROW I.E. 9.11.2019 (SATURDAY) AT 10.30 A.M. FOR PRONOUNCEMENT OF JUDGMENT IN CHIEF JUSTICE'S COURT BEFORE THE BENCH COMPRISING HON'BLE THE CHIEF JUSTICE OF INDIA, HON'BLE S.A. BOBDE, HON'BLE DR. D.Y. CHANDRACHUD, HON'BLE ASHOK BHUSHAN AND HON'BLE S. ABDUL NAZEER, JJ.

DATED THIS THE 8TH NOVEMBER, 2019.

ADDITIONAL REGISTRAR (LISTING)

सुप्रीम कोर्ट द्वारा जारी अयोध्या फैसले का नोटिस

8 नवंबर 2019

सुप्रीम कोर्ट में अयोध्या विवाद फैसले के दिन अदालत के पास खड़े टीवी चैनलों की ओबी वैन्स

सुप्रीम कोर्ट में मुख्य न्यायाधीश के कक्ष के बाहर वकीलों, पक्षकारों और पत्रकारों की भीड़

मुस्लिम पक्ष के वकील डॉ राजीव धवन, ज़फ़रयाब जिलानी, शक़ील अहमद सईद, निज़ाम पाशा (बाएँ से तीसरे, चौथे, पाँचवें और छठे) एवं अन्य

बाएँ से, डॉ राजीव धवन, शक़ील अहमद सईद(मुस्लिम पक्ष के वकील) और सीएस वैद्यनाथन(रामलला विराजमान के वकील)

रामलला विराजमान के वकील के परासरन (बीच में)
और मुस्लिम पक्ष के वकील डॉ राजीव धवन (दाईं ओर)

निर्मोही अखाड़ा के महंत राजा रामचंद्राचार्य(बाएँ सफेद धोती पहने हुए), राम मंदिर तीर्थ क्षेत्र ट्रस्ट के महासचिव चंपत राय और निर्वाणी अखाड़ा के महंत धरमदास(दाएँ हाथ जोड़े हुए)

निर्वाणी अखाड़ा के महंत धरमदास(बाएँ से दूसरे), निर्मोही अखाड़ा के महंत राजा रामचंद्राचार्य (दाएँ से आख़िरी), चंपतराय (बीच में जैकेट पहने हुए) और वकील-गण

महंत रामचंद्र दास और हाशिम अंसारी जो राम जन्मभूमि-बाबरी मस्जिद विवाद में मूल पक्षकार थे

अयोध्या विवाद के फैसले के दिन सुप्रीम कोर्ट के बाहर मीडिया का जमावड़ा

THE ASIAN AGE

NEW DELHI SUNDAY 10 NOVEMBER 2019

RAM LALLA COMES HOME, A NEW MASJID TO RISE

SC calls Babri's demolition a crime, but says Hindus' claim on land is stronger

5 judges pronounce unanimous verdict

INSIDE

RAM TEMPLE WORK TO BEGIN IN APRIL

TODAY IS the day to forget any bitterness one may have; there is no place for fear, bitterness and negativity in new India

NARENDRA MODI, Prime Minister

IT IS A moment of fulfilment for me because God Almighty had given me an opportunity to make my own humble contribution to the mass movement.

L.K. ADVANI, Veteran BJP leader

हिन्दुस्तान

तरक्की को चाहिए नया नजरिया

राम मंदिर का रास्ता साफ

फैसले की खास बातें

जनसत्ता

सर्वोच्च अदालत का ऐतिहासिक फैसला

मंदिर वहीं

प्रभात खबर

सभी जजों ने सर्वसम्मति से दिया फैसला

अयोध्या राम की

मस्जिद के लिए अयोध्या में ही मिलेगी 05 एकड़ जमीन

आपसी सद्भाव बनाये रखें

फैसला : तब और अब

THE HINDU on Sunday

Temple at disputed site, mosque within Ayodhya, rules SC

What the court said

Sunni Waqf Board not to seek review of judgment

DAWN

Indian top court allows temple's construction on Babri Masjid site

अयोध्या विवाद पर सुप्रीम कोर्ट के फैसले के अगले दिन 10 नवंबर 2019 को प्रमुख राष्ट्रीय-अंतरराष्ट्रीय अख़बारों की सुर्खियाँ

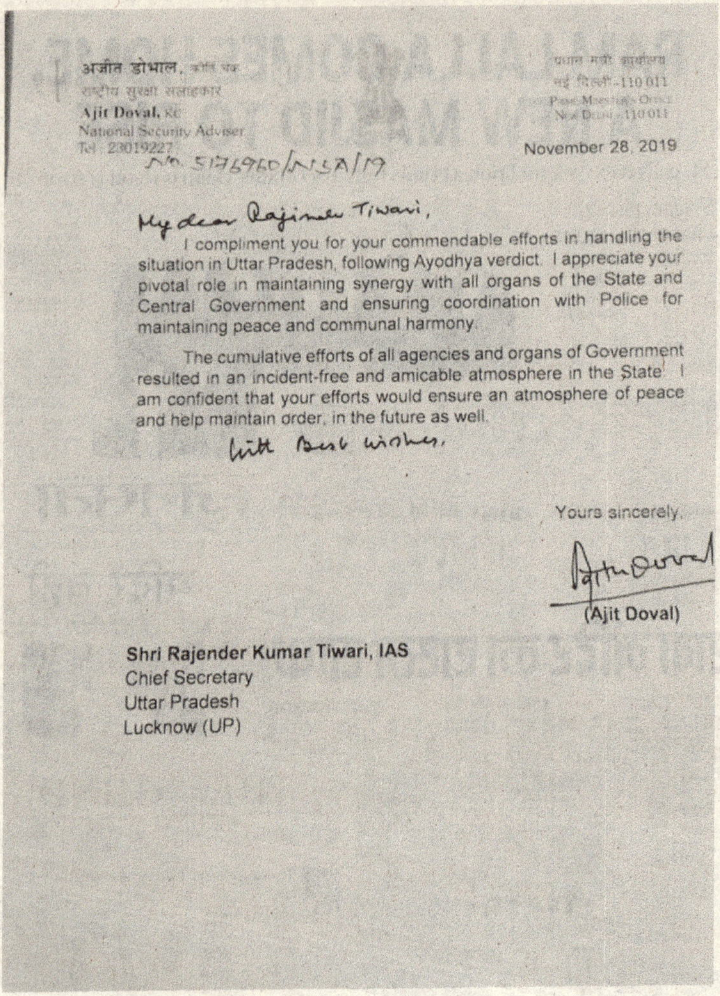

अजीत डोभाल, कीर्ति चक्र
राष्ट्रीय सुरक्षा सलाहकार
Ajit Doval, KC
National Security Adviser
Tel : 23019227

प्रधान मंत्री कार्यालय
नई दिल्ली-110 011
Prime Minister's Office
New Delhi-110 011

No. 5176960/NSA/19

November 28, 2019

My dear Rajinder Tiwari,

I compliment you for your commendable efforts in handling the situation in Uttar Pradesh, following Ayodhya verdict. I appreciate your pivotal role in maintaining synergy with all organs of the State and Central Government and ensuring coordination with Police for maintaining peace and communal harmony.

The cumulative efforts of all agencies and organs of Government resulted in an incident-free and amicable atmosphere in the State. I am confident that your efforts would ensure an atmosphere of peace and help maintain order, in the future as well.

With Best wishes,

Yours sincerely,

(Ajit Doval)

Shri Rajender Kumar Tiwari, IAS
Chief Secretary
Uttar Pradesh
Lucknow (UP)

यूपी के मुख्य सचिव राजेंद्र कुमार तिवारी को राष्ट्रीय सुरक्षा सलाहकार अजीत डोभाल का पत्र

लूँ'। लेकिन हाशिम अंसारी की हसरत पूरी न हो सकी। 20 जुलाई 2016 को पनचानवे साल की उम्र में सुप्रीम कोर्ट के फैसले का इंतज़ार करते-करते हाशिम अंसारी इस दुनिया से कूच कर गए।

हाशिम अंसारी का परिवार कई पीढ़ियों से अयोध्या में रह रहा है। उनका जन्म 1921 में हुआ था और ग्यारह साल की उम्र में सन् 1932 में उनके पिता की मौत हो गई थी। उन्होंने कक्षा दो तक की पढ़ाई की और फिर सिलाई यानी दर्जी का काम करने लगे। फैज़ाबाद में उनकी शादी हुई और उनके दो बच्चे हुए, एक बेटा और एक बेटी। 6 दिसंबर 1992 को जब बाबरी विध्वंस की घटना घटी, तो बाहर से आए दंगाइयों ने उनका घर जला डाला था। उस समय अयोध्या के हिंदुओं ने उन्हें और उनके परिवार को बचाया था। सरकार ने मुआवज़ा दिया तो उस पैसे से हाशिम अंसारी ने अपने छोटे से घर को दोबारा बनवाया और एक पुरानी एम्बेसडर कार खरीदी।

परमहंस रामचंद्र दास और हाशिम अंसारी की दोस्ती

राम मन्दिर आंदोलन के प्रमुख संत और मामले में पक्षकार महंत परमहंस रामचंद्र दास और हाशिम अंसारी की दोस्ती की चर्चा अयोध्या में आम है। इनकी दोस्ती अयोध्या की धार्मिक एकता और भाईचारे की मिसाल रही है। दोनों इस विवाद में एक दूसरे के खिलाफ खड़े थे। एक मंदिर के लिए लड़ रहा था तो दूसरा मस्जिद के लिए। लेकिन यह एक वैचारिक लड़ाई थी। इसका असर उनकी दोस्ती पर मरते दम तक नहीं पड़ा।

दोनों के बीच दोस्ती का आलम ये था कि इस मामले की सुनवाई के लिए दोनों एक ही रिक्शे पर बैठकर जाते थे और हँसते-बोलते वापस भी साथ ही आया करते थे। कभी-कभी दोनों दंतधावन कुंड के पास ताश भी खेला करते थे, तब चाय के दौर चलते और खेल रात तक चलता था। लेकिन मजाल है कि इन सबके बीच कभी भी मंदिर या मस्जिद की कोई बात करता हो ! दोनों अपने हक और आराध्य के लिए समर्पित थे। 31 जुलाई 2003 को जब हाशिम अंसारी को परमहंस रामचंद्र दास की मृत्यु की ख़बर मिली तो वो अपने प्रिय दोस्त की मृत्यु पर फूट-फूटकर रोए थे और अतिम संस्कार में भी शामिल हुए थे।

हाशिम अंसारी के रिश्ते साधु-संतों से भी बहुत अच्छे थे और हमेशा अच्छे ही बने रहे। आसपास के हिंदू युवक उन्हें चचा कहकर बुलाते थे। हाशिम अंसारी के घर होली के मौके पर ईद से ज़्यादा लोग आते थे। लेकिन वो अलग दौर था। इकबाल अंसारी कहते हैं, 'अब्बू 1949 से मुकदमें की पैरवी कर रहे थे। लेकिन कभी किसी हिंदू ने उन्हें एक भी लफ्ज़ गलत नहीं कहा। हिंदू भाई हमें त्योहारों पर अपने घर बुलाते थे और हम सपरिवार जाते थे। हम इसी संस्कृति में पले बढ़े थे, जहाँ मुहर्रम के जुलूस पर हिंदू फूल बरसाते हैं और नवरात्रि के जुलूस पर मुसलमान फूलों की बारिश करते हैं'। हाशिम अंसारी ने हमेशा अयोध्या में मंदिर और मस्जिद अगल-बगल बनाने की भी पेशकश की थी। वे चाहते थे कि वहाँ सरकारी क़ब्ज़े वाली सड़सठ एकड़ ज़मीन पर मंदिर और मस्जिद दोनों बन जाएँ और उनके बीच एक 100 फीट ऊँची दीवार बना दी जाए। इसलिए वो इस मामले को कोर्ट के बाहर हल करना चाहते थे।

"मोल्डिंग ऑफ रिलीफ़" पर विवाद

सुनवाई के आख़िरी दिनों में "मोल्डिंग ऑफ रिलीफ़" पर न्यायिक हलकों में काफी चर्चा हुई। यह एक ऐसी कानूनी शब्दावली है जिसे आम लोगों ने शायद ही कभी सुना होगा। लेकिन अयोध्या मामले में इस पर इतनी चर्चा हुई कि यह हर किसी की ज़ुबान पर आ गई। आम बोलचाल की भाषा मे "मोल्डिंग ऑफ रिलीफ़" का मतलब होता है कोर्ट से यह कहना कि अगर 'आप हमें वो नहीं दे सकते तो कम से कम यह दे दीजिए'। कोर्ट भी पूछता है कि आपने अपनी याचिका में जो माँगा है आप उससे कितना समझौता कर सकते हैं? कोड ऑफ सिविल प्रोसीजर के आर्डर 7, रूल 7 में यह व्यवस्था है। इसके अलावा संविधान के अनुच्छेद 142 में भी सुप्रीम कोर्ट के पास ऐसी शक्ति है जिसका इस्तेमाल कर कोर्ट ऐसा कोई आदेश पारित कर सकता है। सुनवाई के आख़िरी दिन कोर्ट को मोल्डिंग ऑफ रिलीफ़ पर चर्चा करनी थी। मुख्य न्यायाधीश रंजन गोगोई ने पहले से तय कर रखा था कि आख़िरी दिन इस पर चर्चा होगी। लेकिन इस पर बगैर चर्चा के ही फैसला सुरक्षित हो गया। मुख्य न्यायाधीश ने सभी पक्षकारों को मोल्डिंग ऑफ रिलीफ़ पर अपना-अपना लिखित नोट तीन दिन में जमा करने को कहा। हिंदू और मुस्लिम सभी पक्षकारों ने जब नोट जमा कर दिया, तो एक अलग तरह का विवाद खड़ा हो गया।

मोल्डिंग ऑफ रिलीफ़ पर लिखित नोट जमा करने की तीन दिन की मियाद 19 अक्टूबर को ख़त्म हो रही थी। उस दिन शनिवार था, सभी पक्षकारों ने अपना-अपना नोट कोर्ट में जमा कर दिया था। हिन्दू पक्षकारों ने अपना नोट कोर्ट में जमा करने के बाद सार्वजनिक कर दिया, लेकिन सुन्नी वक़्फ़ बोर्ड सहित सभी मुस्लिम पक्षकारों ने अपना संयुक्त नोट सीलबंद लिफाफे में जमा किया। हिन्दू पक्षकारों ने नोट में क्या कहा था ये सबको पता चल गया। यह भी पता चल गया कि निर्मोही अखाड़ा सब कुछ छोड़ने को तैयार था लेकिन मंदिर में पूजा और पुजारी के अधिकार से किसी प्रकार का समझौता करने को तैयार नहीं था। रामलला विराजमान ने निर्मोही के दावे का विरोध करते हुए कहा था कि उस ज़मीन पर केवल रामलला का अधिकार है और निर्मोही अखाड़ा को कुछ नहीं मिलना चाहिए, यह बात भी सबको पता चल गई। हिन्दू महासभा ने मोल्डिंग ऑफ़ रिलीफ़ को लेकर दायर नोट में कहा था कि राम मंदिर के रखरखाव और प्रशासन के लिए कोर्ट 'स्कीम ऑफ़ एडमिनिस्ट्रेशन' बनाए यानी कि, कोर्ट एक ट्रस्ट का गठन करे जो राम मंदिर के निर्माण के बाद पूरी व्यवस्था देखे। सुप्रीम कोर्ट इसके लिए एक एडमिनिस्ट्रेटर, एक प्रबंधक नियुक्त करे। इसके साथ ही सबको पता चल गया कि कुछ लोगों को राम मंदिर के साथ-साथ वहाँ आने वाले चढ़ावे की चिंता भी अभी से होने लगी है।

लेकिन मुस्लिम पक्ष ने मोल्डिंग ऑफ रिलीफ़ को लेकर दायर अपने नोट में क्या कहा, इसकी किसी को भनक नहीं थी। हिन्दू पक्षकारों को ये बात पसंद नहीं आई। सीलबंद लिफाफे का विरोध हुआ और हिन्दू पक्षकारों ने सुप्रीम कोर्ट के रजिस्ट्रार से इसकी शिकायत की, तब जाकर मुस्लिम पक्ष ने अगले दिन यानी 20 अक्टूबर को अपना नोट सार्वजनिक किया। मुस्लिम पक्षकारों ने अपने नोट में लिखा था कि अयोध्या मामले में फैसला चाहे जिसके भी पक्ष में आए, इसका असर आने वाली पीढ़ियों पर पड़ेगा और उनकी सोच पर पड़ेगा। यही नहीं, यह फैसला देश की राजनीति को प्रभावित करने वाला है। नोट में लिखा था कि देश के करोड़ों लोगों के दिलो दिमाग पर इस फैसले का असर होगा जिन्हें देश के सांविधानिक मूल्यों में आस्था है। कोर्ट को ख़ुद देखना है कि किसे क्या देना है, लेकिन फैसला लिखते समय इसपर भी ध्यान देना होगा कि आने वाली पीढ़ियाँ इस फैसले को कैसे देखेंगी। मुस्लिम पक्ष के इस नोट के सार्वजनिक होते ही

विवाद खड़ा हो गया कि मुस्लिम पक्ष संवैधानिक मूल्यों और आने वाली पीढ़ी पर होने वाले असर का हवाला देकर आखिर कहना क्या चाहता है? कुछ लोगों ने तो साफ तौर पर कहा कि मुस्लिम पक्ष धमकी दे रहा है कि अगर उनके पक्ष में फैसला नहीं आया तो देश के लिए ठीक नहीं होगा!

शिया सेंट्रल वक़्फ़ बोर्ड ने भी अपना नोट दिया था जिसमें वह अपने पुराने रुख़ पर कायम था कि विवादित ज़मीन पर सुन्नी वक़्फ़ बोर्ड का अधिकार नहीं, बल्कि शिया वक़्फ़ बोर्ड का अधिकार है और वह देश हित और सामाजिक समरसता के लिए वह ज़मीन राम मंदिर के पक्ष में छोड़ने को तैयार है। अयोध्या मामले का समाधान समझौते से चाहने वाले कुछ हिन्दू और कुछ मुस्लिम पक्षकारों ने भी अलग से नोट जमा किया था। मोल्डिंग ऑफ़ रिलीफ़ के नोट को लेकर विवाद भले ही जितना हुआ हो, ऐसा लगता है कि फैसला लिखते समय जजों के लिए यह बहुत उपयोगी साबित हुआ होगा।

अध्याय 5

मुकदमे की ऐतिहासिक पृष्ठभूमि

कुछ दाँवपेंच और तात्कालिक घटनाएँ

भगवान राम के राज्याभिषेक की तैयारी हो चुकी थी। माता कैकयी ने राजा दशरथ से भरत को राज सिंहासन और राम को वनवास भेजने का वचन माँग लिया। राजा दशरथ किंकर्तव्यविमूढ़ थे। जिस पुत्र का राज्याभिषेक होना था उसे वनवास के लिए कैसे कह सकते थे? राजा दशरथ मूर्छित हो गए। राम को पता चला। कैकयी ने दशरथ के मूर्छित होने का कारण बताया। कारण सुनने के बाद राम रोए नहीं, घबराए नहीं– "मन मुसुकाई भानुकुल भानु। राम सहज आनंद निधानू"।

अर्थात, सूर्य वंशी राम के मन की मुस्कान वैसी ही बनी हुई थी। वे आनंद के निधान वैसे ही बने हुए थे।

भगवान राम ने बिना कोई सवाल किए वनवास जाने का फैसला कर लिया। राम चाहते तो अपने अधिकारों की दुहाई दे सकते थे और कैकई की इस माँग को मानने से इनकार कर सकते थे। कह सकते थे कि वरदान तो पिता ने दिया है, वो भला वनवास क्यों जाएँ। लेकिन राम ने ऐसा नहीं किया। यही नहीं, लंका विजय के बाद जब श्रीराम पत्नी सीता के साथ अयोध्या आए तो एक धोबी ने सीता के चरित्र पर ऊँगली उठा दी। राम ने सीता का परित्याग कर दिया। धोबी से कोई सवाल नहीं किया, चरित्र पर संदेह का कोई सबूत

नहीं माँगा। ऐसे थे भगवान राम। तभी तो उन्हें मर्यादा पुरुषोत्तम कहा गया। ऐसे में मन में सवाल आता है कि त्रेतायुग में भगवान राम के जन्मस्थान को लेकर कोई विवाद हुआ होता तो क्या राम अदालत में गए होते? जवाब है शायद नहीं। फिर कलयुग में राम के जन्मस्थान के लिए अदालत का रुख़ क्यों किया गया? यह कहानी बहुत रोचक है।

अयोध्या में भगवान राम के जन्मस्थान की ज़मीन के मालिकाना हक को लेकर कानूनी लड़ाई औपचारिक रूप से इन पंक्तियों के लिखे जाने से करीब 135 साल पहले यानी सन 1885 में शुरू हो गई थी। 1885 में ही अयोध्या के एक संत रघुबर दास ने फैज़ाबाद के उप जज के सामने बाबरी मस्जिद के ठीक बाहर स्थित राम चबूतरे पर एक मंदिर बनाने की इजाज़त माँगी। लेकिन जज पंडित हरिकृष्ण ने यह कहकर इसे खारिज कर दिया कि यह चबूतरा पहले से मौजूद मस्जिद के इतना करीब है कि इस पर मंदिर बनाने की इजाज़त नहीं दी जा सकती।[1]

फिर दशकों बाद असली विवाद 23 दिसंबर 1949 को शुरू हुआ, जब भगवान राम की मूर्तियाँ मस्जिद में पाई गईं। हिंदुओं का कहना था कि भगवान राम प्रकट हुए हैं, जबकि मुसलमानों ने आरोप लगाया कि किसी ने रात में चुपचाप मूर्तियाँ वहाँ रख दी। तत्कालीन प्रधानमंत्री जवाहरलाल नेहरू ने उत्तर प्रदेश के मुख्यमंत्री गोविंद वल्लभ पंत से इस मामले में फौरन कार्रवाई करने को कहा। उत्तर प्रदेश सरकार ने मूर्तियाँ हटाने का आदेश दिया, लेकिन जिला मैजिस्ट्रेट के के नायर ने दंगे की आशंका और हिंदुओं की भावनाओं के भड़कने का हवाला देकर उस आदेश को पूरा करने में असमर्थता जताई।[2] कहते हैं कि के के नायर राम भक्त थे और मस्जिद के भीतर मूर्तियों को रखवाने में उनकी महत्वपूर्ण भूमिका थी। मस्जिद के भीतर भगवान के 'प्रकट' होने की कहानी की चर्चा अलग अध्याय में की जाएगी।

22-23 दिसंबर 1949 की रात की रात मस्जिद के भीतर राम-जानकी और लक्ष्मणजी की मूर्तियाँ रख दी गईं और यह प्रचार किया कि भगवान राम ने वहाँ प्रकट होकर अपने जन्मस्थान पर वापस कब्ज़ा प्राप्त कर लिया है। उस स्थान पर भजन-कीर्तन किया जाने लगा। उसी साल दिसंबर की 29 तारीख को फ़ैज़ाबाद के मजिस्ट्रेट ने बाबरी मस्जिद को 'विवादित संपत्ति' घोषित करते हुए

वहाँ यथास्थिति बने रहने का आदेश दिया। मुसलमानों का मस्जिद में प्रवेश रोक दिया गया। मस्जिद के मुख्य द्वार पर ताला लग गया। हिन्दुओं को दूसरे दरवाज़े से पूजा और दर्शन की इजाज़त थी। वहाँ नियमित पूजा – विधान के लिए चार पुजारी नियुक्त किये गए। 16 जनवरी 1950 को हिन्दू महासभा के सदस्य गोपाल सिंह विशारद ने सिविल जज की अदालत में सरकार, ज़हूर अहमद और अन्य मुसलमानों के खिलाफ मुकदमा दायर कर कहा कि "जन्मभूमि" पर स्थापित भगवान राम और अन्य मूर्तियों को हटाया न जाए और उन्हें दर्शन और पूजा के लिए जाने से रोका न जाए। कुछ दिनों बाद दिगंबर अखाड़ा के महंत रामचंद्र परमहंस ने भी विशारद जैसा एक और सिविल केस दायर किया। परमहंस मूर्तियाँ रखने वालों में से एक थे[3] और बाद में विश्व हिंदू परिषद के आंदोलन में उनकी बड़ी भूमिका थी। मूर्तियाँ रखे जाने के करीब दस साल बाद 1959 में निर्मोही अखाड़े ने जन्मस्थान मंदिर के प्रबंधक के नाते तीसरा मुकदमा दायर किया। इसमें राम मंदिर में पूजा और प्रबंध के अधिकार का दावा किया गया। दो साल बाद 1961 में सुन्नी वक़्फ़ बोर्ड और नौ स्थानीय मुसलमानों की ओर से चौथा मुकदमा दायर हुआ जिसमें न केवल मस्जिद बल्कि अगल-बगल कब्रिस्तान की ज़मीनों पर भी स्वामित्व का दावा किया गया। इसी बीच 1985 में महंत रामचन्द्र परमहंस ने प्रशासन को खुली चुनौती दी कि अगर रामनवमी से पहले वह वह मस्जिद का दरवाज़ा नहीं खुलता जहाँ मूर्तियाँ रखी थीं, तो वे आत्मदाह कर लेंगे। फैज़ाबाद के जिला जज केएम पांडेय ने रामचन्द्र परमहंस की माँग यह कहते हुए मान ली कि, 'गेट खुलने से आसमान नहीं गिर पड़ेगा'। इस तरह 1 फरवरी 1986 को रामनवमी से पहले गेट का ताला खुल गया।

मंदिर के दावेदार राम

1 जुलाई 1989 को फैज़ाबाद की अदालत में भगवान राम को पक्षकार बनाया गया। जिन परिस्थितियों में भगवान यानी रामलला विराजमान को अयोध्या विवाद में पक्षकार बनाया गया, उसे जानना भी बहुत रोचक है: वर्ष 1981 में फरवरी की 19 तारीख को तमिलनाडु के तिरुनेलवेली जिले के मीनाक्षीपुरम गांव के लगभग 150 दलित परिवारों ने इस क्षेत्र के दबंग थेवर समुदाय के तानों और व्यंग्य से तंग आकर अपना धर्म छोड़कर इस्लाम कबूल कर लिया। मीनाक्षीपुरम

अब रहमतनगर बन चुका था। दक्षिण भारत की यह ख़बर पूरे देश में आग की तरह फैल गई। देश के दक्षिणपंथी हिंदू संगठनों के लिए यह एक बहुत बड़ा धार्मिक और सांस्कृतिक आघात था। विश्व हिंदू परिषद और आर्य समाज के नेताओं ने इतने बड़े पैमाने पर धर्मांतरण के पीछे के कारणों का पता लगाने के लिए मीनाक्षीपुरम का दौरा किया। भारतीय जनता पार्टी का गठन हुए अभी एक साल ही हुआ था। पार्टी के पहले अध्यक्ष अटल बिहारी वाजपेयी जैसे उदारवादी नेता भी मीनाक्षीपुरम गए और उन्होंने उन परिवारों से दोबारा हिंदू धर्म में लौटने का अनुरोध किया। भाजपा ने मीनाक्षीपुरम की घटना को संसद में जोर-शोर से उठाया। इस घटना के बाद दक्षिणपंथी हिंदू संगठनों ने धर्मांतरण के खिलाफ राष्ट्रव्यापी अभियान चला दिया। इसी दौरान 7-8 अप्रैल 1984 को दिल्ली के विज्ञान भवन में पहली धर्म संसद का आयोजन हुआ। इस आयोजन में हिन्दू धर्म की कमियों को दूर करने, जातीय भेदभाव समाप्त करने और हिंदुओं को धर्म के प्रति जागरूक करने के लिए बारह सूत्री एजेंडा पर विस्तार से चर्चा हुई। इसी धर्म संसद में अयोध्या, काशी और मथुरा के पवित्र हिन्दू धर्मस्थलों को वापस लेने का संकल्प पारित हुआ। शुरू में अयोध्या में विवादित स्थल पर हिंदुओं द्वारा पूजा के अधिकार की मांग हो रही थी, लेकिन अब रणनीति बदल गई। भगवान रामलला को अयोध्या विवाद में पक्षकार बनाकर श्रीराम के जन्मस्थान के तौर पर उस ज़मीन के मालिकाना हक की लड़ाई शुरू हो गई।

रामलला विराजमान की तरफ से हाईकोर्ट के सेवानिवृत जज देवकीनंदन अग्रवाल ने स्वयं को रामलला का 'सखा' (नेक्स्ट फ्रेंड) बताते हुए रामलला विराजमान के नाम से एक याचिका दायर की। रामलला ने जब विवादित ज़मीन पर दावा पेश किया गया, तब फैज़ाबाद के सिविल कोर्ट के सामने इस विवाद से जुड़े गोपाल सिंह विशारद, महंत रामचंन्द्र परमहंस और सुनी वक़्फ़ बोर्ड के चार मुकदमे पहले से ही चल रहे थे। इसके बाद 11 जुलाई 1989 को इन सभी पाँच मामलों को इलाहाबाद हाईकोर्ट की लखनऊ बेंच में स्थानांतरित कर दिया गया।

रामलला विराजमान की याचिका दायर होने के बाद रामचंद्र परमहंस ने अपना मुकदमा वापस ले लिया था।

ज़मीन विवाद में रामलला विराजमान के नाम से याचिका दाखिल किया जाना एक बहुत बड़ा सोचा-समझा कानूनी दाँव था। अगर रामलला को इस मामले

में पक्षकार नहीं बनाया गया होता, तो फैसला अलग हो सकता था। यह जानना दिलचस्प है कि रामलला को पक्षकार बनाने के पीछे तत्कालीन राजीव गांधी सरकार में गृहमंत्री बूटा सिंह की महत्वपूर्ण भूमिका थी। 1950 में फैज़ाबाद के सिविल जज के सामने गोपाल सिंह विशारद ने राम जन्मभूमि में पूजा की अनुमति मांगी थी। 1961 में सुन्नी सेंट्रल वक़्फ़ बोर्ड ने विवादित क्षेत्र का मालिकाना हक मस्जिद के पक्ष में मांगा था। इससे पहले निर्मोही अखाड़े ने 1959 में मंदिर का प्रबंधन अपने हाथ में सौंपने की मांग को लेकर केस दाखिल किया था। यानी हिंदू पक्ष की ओर से जो भी मुकदमा दायर हुआ था, उसमें कहीं भी ज़मीन के मालिकाना हक की मांग नहीं थी, बल्कि सिर्फ पूजा-पाठ और प्रबंधन को लेकर मुकदमा दाखिल हुए थे। जब राम मंदिर का आंदोलन ज़ोर पकड़ने लगा और तत्कालीन प्रधानमंत्री राजीव गांधी ने ताला खुलवा दिया, तो तत्कालीन गृहमंत्री बूटा सिंह ने काँग्रेस की वरिष्ठ नेता शीला दीक्षित के ज़रिए विश्व हिंदू परिषद के अशोक सिंघल को संदेश भेजा कि हिंदू पक्ष की ओर से दाखिल किसी मुकदमा में ज़मीन का मालिकाना हक नहीं मांगा गया है और ऐसे में उनका मुकदमा हारना लाज़मी है।[4]

बूटा सिंह की इस भविष्यवाणी के पीछे एक महत्वपूर्ण कानूनी तर्क था: मुस्लिम पक्ष का दावा था कि सदियों से विवादित ज़मीन उनके कब्ज़े में रही है। ऐसे में लॉ ऑफ लिमिटेशन यानी परिसीमन कानून के तहत इतना लंबा समय गुजर जाने के बाद हिंदू पक्षकार विवादित भूमि पर नहीं जता सकते। लॉ ऑफ लिमिटेशन किसी विवाद में पीड़ित पक्ष के दावा जताने की समय सीमा तय करता है। इस कानूनी अड़चन से निपटने के लिए बूटा सिंह ने राम मंदिर आंदोलन से जुड़े लोगों को प्रसिद्ध वकील और देश के पूर्व अटॉर्नी जनरल लाल नारायण सिन्हा से कानूनी मदद लेने की सलाह दी। आंदोलन से जुड़े नेता देवकीनंदन अग्रवाल और कुछ लोगों को पटना भेजा गया। लाल नारायण सिन्हा ने हिंदू पक्षकारों को समझाया कि अगर वो अपने मुकदमे में भगवान को भी पार्टी बनाते हैं, तो उससे उनकी राह की कानूनी अड़चनें दूर हो जाएँगी। पटना में ही लाल नारायण सिन्हा की सलाह पर रामलला विराजमान और स्थान श्रीराम जन्मभूमि को कानूनी अस्तित्व देने का फैसला हुआ क्योंकि लाल नारायण सिन्हा को पता था कि भारतीय कानून के अनुसार हिंदू देवता मुकदमा दायर भी कर सकते हैं

और उनके खिलाफ मुकदमा भी चल सकता है। उन्हें एक "न्यायिक व्यक्ति" माना जा सकता है। अयोध्या के भगवान राम को शिशु रूप में माना जाता है जो कानून के तहत नाबालिग हैं।

सुप्रीम कोर्ट में सुनवाई के दौरान रामलला विराजमान के वकील सी एस वैद्यनाथन ने अपनी दलील में कहा, 'अयोध्या के भगवान रामलला नाबालिग हैं। नाबालिग की संपत्ति न तो बेची जा सकती है और न ही छीनी जा सकती है। जब संपत्ति भगवान में निहित होती है तो कोई भी उस संपत्ति को ले नहीं सकता। उस संपत्ति से ईश्वर का हक नहीं छीना जा सकता। ऐसी संपत्ति पर एडवर्स पोजेशन(प्रतिकूल कब्ज़ा) का कानून लागू नहीं होगा'। यह वही दलील थी जिसके लिए भगवान को पक्षकार बनाया गया था। कोई भी व्यक्ति यदि किसी भूमि या अचल संपत्ति पर काबिज़ है, अर्थात अपना अधिपत्य रखता है। तो उसे एडवर्स पोजेशन यानी प्रतिकूल कब्ज़ा के नियम के तहत यह कानूनी अधिकार प्राप्त है कि, कोई भी उस व्यक्ति को उस संपत्ति के कब्ज़े से बिना किसी कानूनी प्रक्रिया से प्राप्त आदेश के बेदखल नहीं कर सकता। इस विवाद में भगवान राम 'अपने सबसे करीबी दोस्त' देवकी नंदन अग्रवाल के माध्यम से एक पक्षकार के तौर पर शामिल हो गए। इसके बाद से इस मुकदमे को परिसीमन कानून के हर बंधन से आने वाले समय में असीमित समय के लिए छूट मिल गई। दिलचस्प बात ये है कि, जब इस मुकदमे में रामलला विराजमान को भी एक पक्ष के तौर पर शामिल करने की अर्ज़ी गई, तो इसका किसी ने विरोध नहीं किया। ऑल इंडिया मुस्लिम पर्सनल लॉ बोर्ड के वकील ज़फ़रयाब जिलानी ने एक साक्षात्कार में कहा, 'भगवान की याचिका का विरोध करने का कोई सवाल ही नहीं था, क्योंकि इस मुकदमे में भगवान भी एक इंसान की तरह ही पक्षकार थे। रामलला विराजमान को भी एक पक्षकार बनाना हमारे विरोधी पक्ष का वैधानिक हक था क्योंकि इसके बगैर इस विवाद में अपने दावे के हक में पेश करने के लिए उनके पास पर्याप्त दस्तावेज़ी सबूत नहीं थे'।

इलाहाबाद (अब प्रयागराज) में नेहरू परिवार और अशोक सिंघल का घर आमने-सामने था और दोनों परिवारों में बेहद घनिष्ठता थी। इसी घनिष्ठता की वहज से राजीव गांधी ने परोक्ष रूप से इसमें सहयोग किया। राजीव गांधी और अशोक सिंघल के बीच शीला दीक्षित सेतु का काम कर रही थीं। इस प्रकार पूर्व

प्रधानमंत्री राजीव गांधी ने ताला खुलवाकर अयोध्या में विश्व हिंदू परिषद के राम मंदिर आंदोलन को आधार प्रदान किया तो तत्कालीन गृहमंत्री बूटा सिंह की एक अहम सलाह ने जन्मभूमि के लिए ज़मीन हासिल करने की राह आसान कर दी। भगवान को अदालत में पक्षकार बनाने की कानूनी सलाह हिंदुओं के काम आ गई। सुप्रीम कोर्ट ने निर्मोही अखाड़ा के सूट को परिसीमन कानून के तहत समय बाधित ठहराते हुए खारिज कर दिया। विवादित ज़मीन का मालिकाना हक रामलला विराजमान को मिला।

ऐसे में मुझे इस नतीजे पर पहुँचने में कोई संकोच नहीं है कि अगर मीनाक्षीपुरम में धर्मांतरण की घटना नहीं घटी होती तो धर्म संसद में अयोध्या, काशी और मथुरा का संकल्प पारित नहीं हुआ होता, और हिन्दू संगठनों की रणनीति कतई आगे नहीं बढ़ पाती। अयोध्या में पूजा के अधिकार को लेकर लड़ाई बदस्तूर जारी रहती। ऐसे में ज़मीन के मालिकाना हक के लिए भगवान को पक्षकार नहीं बनाया गया होता और हिन्दू पक्ष की जीत की राह में प्रतिकूल कब्ज़ा और परिसीमन कानून जैसी कानूनी अड़चने ज़रूर आतीं। इस बात की संभावना को भी नकारा नहीं जा सकता है कि अयोध्या मामले में हिंदू पक्ष को ख़ाली हाथ भी लौटना पड़ सकता था।

अध्याय 6

जब कलयुग में प्रकट हुए रामलला

सखा, भक्त वकील और राम के वंशज!

अयोध्या मामला, सुनवाई का अठारहवाँ दिन।

अयोध्या मुकदमे में संविधान पीठ की नियमित सुनवाई की कई बातें बहुत दिलचस्प थीं। सुनवाई के अठारहवें दिन सुन्नी वक़्फ़ बोर्ड के वकील राजीव धवन ने दलील देते हुए कहा कि अयोध्या विवाद पर अब विराम लगना चाहिए। अब राम के नाम पर फिर कोई रथयात्रा नहीं निकलनी चाहिए। उनका इशारा भाजपा द्वारा 1990 में निकाली गई रथयात्रा की ओर था जिसके बाद बाबरी विध्वंस हुआ था। इसी दौरान राजीव धवन ने हिन्दू पक्ष पर एक बड़ा आरोप लगाया। राजीव धवन ने कहा कि हिन्दुओं ने विवादित जगह पर भगवान राम की मूर्तियाँ चोरी-चुपके से छलपूर्वक रखी थी। राजीव धवन ने कहा कि मस्जिद के भीतर 22 और 23 दिसंबर 1949 की दरम्यानी रात में रामलला का प्रकट होना कोई दैवीय चमत्कार नहीं बल्कि एक "प्लांड अटैक"(सुनियोजित हमला) था।

राजीव धवन की इस दलील को मैं "आरोप" इसलिए लिख रहा हूँ क्योंकि रामभक्त तो ये कहते हैं कि भगवान राम के बालरूप की मूर्ति उस मस्जिद में प्रकट हुई थी, जिसे बाबरी मस्जिद के नाम से जाना जाता था और जिसके बारे में रामभक्त हिन्दुओं का मानना है कि इसे भगवान राम के प्राचीन मंदिर को

तोड़कर बनाया गया था। उस समय बाबरी मस्जिद केवल जुमे यानी शुक्रवार की नमाज़ के लिए सप्ताह में एक दिन खुलती थी। उसी मस्जिद की दीवार के बाहरी हिस्से में इक्कीस फुट गुना सत्रह फुट का एक चबूतरा था जिसे "राम चबूतरा" के नाम से जाना जाता था। वहाँ रामलला यानी भगवान राम के बाल रूप की एक मूर्ति विराजमान थी, जिनके दर्शन के लिए तब उतने ही लोग जुटते थे जितने अयोध्या के किसी भी दूसरे मंदिर, मठ या आश्रम में जुटते थे। लेकिन रामलला के "प्राकट्य" ने सब कुछ बदलकर रख दिया। रामलला का "प्रकट होना" और उस प्रकरण में कई बातें ऐसी हैं जो रोचक भी हैं और चौकाने वाली भी।

23 दिसंबर 1949 की सुबह अयोध्या में पौ फटने से पहले से ही यह बात चारों तरह फैल रही थी कि भगवान राम प्रकट हो गए हैं। रामलला अपने जन्मभूमि स्थान मंदिर के गर्भ-गृह में पधार चुके थे और भक्तगण गा रहे थे:

भये प्रगट कृपाला दीनदयाला कौशल्या हितकारी।
हर्षित महतारी मुनि मनहारी अद्भुत रूप विचारी॥

अर्थात,दीनों पर दया करनेवाले, कौसल्या के हितकारी कृपालु प्रभु प्रकट हुए। मुनियों के मन को हरनेवाले उनके अद्भुत रूप का विचार करके माता हर्ष से भर गई।

महर्षि वाल्मीकि ने रामायण में राम जन्म के अवसर पर अयोध्या के माहौल के बारे में लिखा है:

उत्सवश्च महानासीदयोध्यायां जनाकुलः।
रथ्याश्च जनसम्बाधा नटनर्तक संकुलाः॥

(वाल्मीकि रामायण, अष्टादशः सर्गः, श्लोक 18)

अर्थात, अयोध्या में बहुत बड़ा उत्सव हुआ। मनुष्यों की भारी भीड़ एकत्र थी। गलियाँ और सड़कें लोगों से खचाखच भरी थीं।

कुछ-कुछ वैसा ही माहौल रामलला की मूर्ति के "प्रकट" होने पर था। रामलला के दर्शन के लिए श्रद्धालुओं की भारी भीड़ खड़ी थी। सुबह सात बजे के करीब जब अयोध्या के थानेदार रामदेव दुबे वहाँ पहुँचे, तब तक प्राकट्य-स्थल के पास सैकड़ों लोगों की भीड़ इकट्ठा हो चुकी थी, जो दोपहर तक बढ़कर करीब 5000 तक पहुंच गई। अयोध्या के आसपास के गांवों में इसकी घोषणा कर दी

गई थी। मंदिरों में शंख बजाए जा रहे थे और श्रद्धालुओं का झुंड बाल रूप में प्रकट हुए कृपालु भगवान के दर्शन के लिए टूट पड़ा था।

कलयुग में भगवान प्रकट हुए थे, लेकिन पुलिस और प्रशासन भौंचक्का था। यह क्या! रामलला तो वो ही थे जो पता नहीं कब से राम चबूतरे पर विराजमान थे और जिनके लिए वहीं की सीता रसोई या कौशल्या रसोई में भोग बनता था। राम चबूतरा और सीता रसोई निर्मोही अखाड़ा के नियंत्रण में था और उसी अखाड़े के साधु-सन्यासी वहां पूजा-पाठ आदि विधान करते थे!

पूर्व प्रधानमंत्री पीवी नरसिम्हा राव ने अपनी किताब '*अयोध्याः 6 दिसंबर 1992* में उस एफआईआर का ब्यौरा दिया है जो 23 दिसंबर 1949 की सुबह लिखी गई थी। एसएचओ रामदेव दुबे ने भारतीय दंड संहिता की धारा 147/448/295 के तहत जो एफआईआर दर्ज की, उसमें लिखा था : 'रात में 50-60 लोग ताला तोड़कर और दीवार फाँदकर मस्जिद में घुस गए और वहाँ उन्होंने श्री रामचंद्रजी की मूर्ति की स्थापना की। उन्होंने दीवार पर अंदर और बाहर गेरू और पीले रंग से "सीताराम" आदि भी लिखा। उस समय ड्यूटी पर तैनात कांस्टेबल ने उन्हें ऐसा करने से मना किया लेकिन उन्होंने उसकी बात नहीं सुनी। वहाँ तैनात पीएसी को भी बुलाया गया, लेकिन उस समय तक वे मंदिर में प्रवेश कर चुके थे'। त्रेतायुग में राम के जन्म होने पर शायद ही उतना शोर मचा होगा जितना आज की अयोध्या में रामलला की मूर्ति के प्रकट होने पर मचा। लेकिन अयोध्या की बात लखनऊ पहुँची और लखनऊ से दिल्ली। रामलला के प्रकट होने की ख़बर से सब ओर हड़कंप मच गया था। दिल्ली में प्रधानमंत्री की कुर्सी पर पंडित जवाहरलाल नेहरू थे और गृह मंत्रालय लौहपुरुष सरदार वल्लभ भाई पटेल के पास था। उत्तर प्रदेश के मुख्यमंत्री पंडित गोविंद वल्लभ पंत थे और गृहमंत्री थे लाल बहादुर शास्त्री।

देश अभी आज़ाद ही हुआ था। अभी संविधान भी लागू नहीं हुआ था। संविधान का धर्मनिरपेक्ष ढाँचा भी खड़ा नहीं हुआ था। फिर भी देश का शासन चला रहे नेता किसी दुविधा में नहीं थे। देश और प्रदेश की सरकारों ने यह तय किया कि अयोध्या में जो हुआ, वह उचित नहीं हुआ। दोनों समुदायों की परस्पर सहमति से या अदालत के आदेश से विवाद का हल निकले, यह तो उचित है,

लेकिन धोखे से किसी दूसरे समुदाय के पूजा-स्थल पर कब्ज़ा कर लेना तब की सरकारों को ठीक नहीं लगा। दोनों ही सरकारों ने तय किया कि अयोध्या में पूर्व की स्थिति बहाल कर दी जाए।

उत्तर प्रदेश के तत्कालीन मुख्य सचिव भगवान सहाय ने फैज़ाबाद के जिलाधिकारी और उप-आयुक्त के के नायर को लिखित आदेश दिया कि अयोध्या में पूर्व स्थिति बहाल की जाए यानि रामलला की मूर्ति को मस्जिद से निकालकर फिर से राम चबूतरे पर रख दिया जाए। 23 दिसंबर 1949 को ही दोपहर ढाई बजे यह आदेश नायर तक पहुँचा दिया गया। मुख्य सचिव का आदेश था कि इसके लिए बल प्रयोग भी करना पड़े तो संकोच न किया जाए। लेकिन के के नायर ने सरकार का आदेश मानने से इनकार कर दिया।

के के नायर ने मुख्य सचिव भगवान सहाय को जो जवाब भेजा उसमें कहा गया, 'रामलला की मूर्तियों को गर्भगृह से निकालकर राम चबूतरे पर ले जाना संभव नहीं है। ऐसा करने से अयोध्या, फैज़ाबाद और आसपास के गांवों-कस्बों में कानून-व्यवस्था की स्थिति बिगड़ सकती है। जिला प्रशासन के अधिकारियों, यहाँ तक कि पुलिस वालों की जान की गारंटी भी नहीं दी जा सकती'। नायर ने सरकार को एक और बात बताई कि 'अयोध्या में ऐसा पुजारी मिलना असंभव है जो रामलला की मूर्तियों को विधिपूर्वक गर्भगृह से हटाने को तैयार हो। कोई पुजारी इसके लिए अपने इहलोक के साथ-साथ परलोक को भी बिगाड़ेगा। कोई भी पुजारी ऐसा करने को तैयार नहीं होगा'।

उत्तर प्रदेश की पंत सरकार नायर के तर्कों से सहमत नहीं हुई। पुरानी स्थिति बहाली का दोबारा आदेश दिया गया। जवाब में के के नायर ने 27 दिसंबर 1949 को अपना इस्तीफा भेज दिया और साथ ही सरकार के लिए एक रास्ता भी सुझा दिया। नायर ने सरकार को सलाह दी कि विस्फोटक हालात को काबू में रखने के लिए इस मसले को कोर्ट पर छोड़ा जा सकता है। कोर्ट का फैसला आने तक विवादित ढाँचे के बाहर एक जालीनुमा गेट लगाया जा सकता है, जहाँ से श्रद्धालु रामलला के दर्शन तो कर सकें, लेकिन अंदर प्रवेश न कर सकें। रामलला की नियमित पूजा और भोग लगाने के लिए नियुक्त पुजारियों की संख्या तीन से घटाकर एक की जा सकती है और विवादित ढाँचे के आसपास सुरक्षा का घेरा सख्त कर उत्पातियों को वहाँ फटकने से रोका जा सकता है।

पंडित नेहरू और पंत दोनों ने नायर का इस्तीफा स्वीकार करने की बजाय उनके सुझावों पर अमल करने का फैसला किया। इस तरह रामलला की मूर्ति बाबरी मस्जिद के 'गर्भगृह' में रह गई और उस विवाद की नींव मज़बूत हो गई। सुप्रीम कोर्ट में सुनवाई के दौरान के के नायर का कई बार ज़िक्र आया। राजीव धवन ने बहस के दौरान कोर्ट को बताया कि के के नायर ने चाहा होता तो उसी दिन भगवान की मूर्तियाँ मस्जिद से हटा दी गई होतीं, लेकिन नायर ने ऐसा नहीं होने दिया। दूसरे शब्दों में कहें तो मस्जिद में भगवान के प्राकट्य में नायर की बड़ी भूमिका थी। स्थानीय लोगों में के के नायर की छवि बहुत बड़े राम भक्त की बन गयी। अनुकूल समय देखकर के के नायर ने 1952 में स्वैच्छिक सेवानिवृत्ति ले ली। केरल के रहने वाले नायर चौथी लोकसभा के लिए उत्तर प्रदेश की बहराइच सीट से जनसंघ के टिकट पर जीत कर लोकसभा पहुँच गए। यही नहीं, उस इलाके में के के नायर हिंदुत्व के इतने बड़े प्रतीक बन गए कि उनकी पत्नी शकुंतला नायर भी कैसरगंज से तीन बार जनसंघ के टिकट पर लोकसभा पहुँची। वरिष्ठ पत्रकार हेमंत शर्मा अपनी किताब *युद्ध में अयोध्या* में लिखते हैं कि के के नायर का ड्राइवर भी उत्तर प्रदेश विधानसभा का सदस्य बन गया।[1]

भगवान के "सखा"

राम मंदिर आंदोलन की अगुवाई विश्व हिंदू परिषद ने की थी। परिषद ने ही देश भर में राम मंदिर को लेकर माहौल बनाया। लेकिन अदालती लड़ाई में किसी भी कोर्ट में वह पक्षकार के रूप में नहीं दिखी। इसके बावजूद जब सुप्रीम कोर्ट का फैसला आया तो विजयी मुद्रा में परिषद ही थी क्योंकि जिस अदालती लड़ाई में भगवान रामलला के सामने सभी पक्षकार हार गए, उस लड़ाई में भगवान के सखा की भूमिका विश्व हिंदू परिषद से जुड़े लोगों ने ही निभाई थी।

साल 1989 में जब विश्व हिंदू परिषद ने अयोध्या विवाद में भगवान रामलला को पक्षकार बनाने रणनीति बनायी तो भगवान के लिए उनके 'नेक्स्ट फ्रेंड' यानी सखा बने विश्व हिंदू परिषद के देवकीनंदन अग्रवाल जो इलाहाबाद हाईकोर्ट के सेवानिवृत जज थे और सेवानिवृत होने के बाद वे परिषद में शामिल हो गए थे। देवकीनंदन अग्रवाल 1977 से 1983 तक छह साल इलाहाबाद हाईकोर्ट के जज रह चुके थे। ऐसे तो उनका जन्म

इलाहाबाद के कटरा मुहल्ले में हुआ था लेकिन उनका बचपन फैज़ाबाद में बीता था, जहाँ उनके पिता स्कूल इन्स्पेक्टर थे। देवकीनंदन अग्रवाल की माँ रामसखी एक रामभक्त महिला थीं और यही संस्कार उनमें भी आया था। रामलला के मौजूदा फ्रेंड त्रिलोकीनाथ पाण्डेय ने एक साक्षात्कार में कहा था कि देवकीनंदन की मां रामसखी अक्सर कहा करती थीं कि एक न एक दिन वह रामलला का सखा ज़रूर बनेगा। 1983 में जज के पद से रिटायर होने के बाद देवकीनंदन अग्रवाल फ़ैज़ाबाद गए और वहाँ जाकर उन्होंने राम जन्मभूमि से जुड़े तमाम दस्तावेज़ और ज़मीन के कागज़ात जुटाए थे। उन्हें कानून की तकनीकी बातों की जानकारी थी, इसलिए उन्होंने ख़ुद को भगवान रामलला के नेक्स्ट फ्रेंड के रूप में पेश कर दिया। स्थापित कानून के मुताबिक विराजमान ईश्वर यानी मूर्ति एक न्यायिक व्यक्ति होता है, उसे एक व्यक्ति मानकर पक्षकार बनाया जा सकता है। लेकिन न्याय प्रक्रिया संहिता की धारा बत्तीस के मुताबिक कानून यह भी है कि ऐसी प्राण प्रतिष्ठित मूर्ति नाबालिग (perpetual minor) मानी जाती है, और उसका मुकदमा लड़ने के लिए किसी एक व्यक्ति को माध्यम बनाया जाता है जिसे कानूनी भाषा में "सखा" या "नेक्स्ट फ्रेंड" कहते हैं। कोर्ट ने देवकीनंदन अग्रवाल को रामलला का मुकदमा लड़ने के लिए नेक्स्ट फ्रेंड स्वीकार कर लिया।

देवकीनंदन अग्रवाल द्वारा रामलला के "नेक्स्ट फ्रेंड" के रूप में दायर की गयी याचिका में माँग की गई थी कि राम जन्मभूमि का पूरा परिसर रामलला का है। अतः राम जन्मभूमि पर नया मंदिर बनाने का विरोध करने वाले या इसमें किसी प्रकार की आपत्ति या बाधा खड़ी करने वालों को ऐसा करने से रोका जाए। साथ ही उस याचिका में यह भी कहा गया कि रामलला को उनके स्थान से हटाने से रोका जाए। 8 अप्रैल 2002 को देवकीनंदन अग्रवाल के निधन के बाद विश्व हिंदू परिषद के ठाकुर प्रसाद वर्मा रामलला के नेक्स्ट फ्रेंड बने। वर्मा बनारस हिंदू विश्वविद्यालय के सेवानिवृत प्रोफेसर थे। सन् 2008 में ठाकुर प्रसाद वर्मा ने अस्वस्थता और उम्र का हवाला देते हुए नेक्स्ट फ्रेंड के पद से हटने की गुज़ारिश की। लेकिन इसके लिए उन्हें दो साल तक हाईकोर्ट और सुप्रीम कोर्ट के चक्कर लगाने पड़े थे। उसके बाद 2010 में बलिया के दया छपरा के रहने वाले त्रिलोकीनाथ पाण्डेय रामलला के नेक्स्ट फ्रेंड बने।

त्रिलोकी नाथ पाण्डेय विश्व हिंदू परिषद के संगठन सचिव हैं। सुप्रीम कोर्ट ने जब अयोध्या मामले में फैसला सुनाया, तो रामलला के सखा के रूप में जीत की ख़ुशी मनाने का सौभाग्य त्रिलोकीनाथ पाण्डेय को ही मिला।

भगवान के वकील

रामचरितमानस में तुलसीदास ने लिखा है कि वनवास जाते समय भगवान राम, पत्नी सीता और अनुज लक्ष्मण को गंगा पार कराने में केवट आनाकानी करता है, क्योंकि उसे भय है कि उसकी नाव कहीं नारी रूप में परिवर्तित न हो जाए। केवट भगवान राम के प्रभुत्व से परिचित था। अंत में भगवान का पाँव पखारकर वह उन्हें अपनी नाव पर बैठाता है। नदी पार करने के बाद जब भगवान राम ने केवट को माता सीता की रत्नजड़ित अँगूठी नाव उतराई के तौर पर देना चाहा तो केवट ने हाथ जोड़कर प्रभु से कहा, 'अब कछु नाथ न चाहिअ मोरें। दीन दयाल अनुग्रह तोरें'। अर्थात, आपकी कृपा मिल गई, मुझे और किसी वस्तु की कामना नहीं रही। राममंदिर विवाद में त्रेतायुग वाले केवट की वही भूमिका रामलला के वकील के परासरन ने निभाई।

परासरन ने इस कलयुग में जन्मस्थान की कानूनी लड़ाई के मँझधार से भगवान को पार लगाया है। परासरन ने, जो बानवे साल की उम्र में कोर्ट में मुकदमा लड़ रहे थे, एक बार कहा था कि उनकी आखिरी ख़्वाहिश यही है कि उनके जीते जी रामलला अपने जन्मस्थान पर कानूनी तौर पर विराजमान हो जाएँ। भगवान को कानूनी जीत दिलाने के बाद परासरन ने अपने पूरे परिवार के साथ 22 नवंबर 2019 को अयोध्या की यात्रा की। परासरन ने सुप्रीम कोर्ट के फैसले की कॉपी रामलला विराजमान के पदेन रिसीवर तत्कालीन मंडलायुक्त को सौंपी। उसके बाद उन्होंने भगवान के दर्शन किए थे। परासरन के जीवन की आखिरी ख़्वाहिश पूरी हो चुकी थी।

रामलला के वकील के परासरन भगवान राम के अनन्य भक्त हैं। एक साक्षात्कार में उन्होंने बताया था कि वे सन् 1956 से नियमित रूप से रामायण का पाठ करते हैं। अयोध्या मामला कोई पहला मामला नहीं है जिसमें उन्होंने भगवान के लिए पैरवी की है। सेतुसमुद्रम प्रोजेक्ट (बंगाल की खाड़ी और अरब सागर के बीच समुद्री मार्ग को सीधी आवाजाही के लिए खोलने हेतु एक

महात्वाकांक्षी परियोजना) से जुड़े मामले में सरकार और रामसेतु बचाने की लड़ाई लड़ने वाले दोनों पक्षों ने परासरन से वो मुकदमा लड़ने का अनुरोध किया था। लेकिन परासरन ने रामसेतु बचाने की लड़ाई में साथ दिया था। उन्होंने मुकदमे की सुनवाई के दौरान अदालत में कहा था, 'मैं अपने राम के लिए इतना तो कर ही सकता हूँ'। इससे ज़ाहिर होता है कि उनके जीवन में भगवान राम की क्या महत्ता है। सबरीमला मंदिर में महिलाओं के प्रवेश से जुड़े मामले में भी परासरन ने सुप्रीम कोर्ट में भगवान अयप्पा के लिए दलीलें दी थीं। परासरन ने सबरीमला मंदिर विवाद में नायर सर्विस सोसाइटी की तरफ से दस से पचास वर्ष की महिलाओं को मंदिर में प्रवेश की पाबंदी की प्रथा का बचाव करते हुए दलील दी थी कि भगवान अयप्पा ब्रह्मचारी हैं और उनके ब्रह्मचारी स्वरूप को बनाए रखने के लिए यह प्रथा बनी रहनी चाहिए।

यह एक संयोग है कि एक कोर्ट रिपोर्टर के तौर पर मैं इन तीनों मौकों का गवाह था। मुझे याद है कि जब अयोध्या मामले की सुनवाई के दौरान परासरन की उम्र को देखते हुए मुख्य न्यायाधीश रंजन गोगाई ने उनसे बैठकर दलील देने की बात कही थी तो परासरन ने बहुत विनम्रता से अस्वीकार करते हुए कहा था, 'कोर्ट की परंपरा खड़े होकर बहस करने की है और मुझे परंपरा का ध्यान रखना है'। एक एडवोकेट ने तो मुझे यह भी बताया कि अयोध्या मामले में सुनवाई के दौरान परासरन अपने जूते निकाल कर दलील देते थे। हालाँकि मैंने देखा है कि जब संविधान पीठ के सामने किसी मामले की सुनवाई दिन भर चलती है तो दलील पेश कर रहे वकील अक्सर पैर से जूता निकाल देते हैं, क्योंकि सारा दिन जूते पहनकर खड़ा रहना आरामदायक नहीं होता। लेकिन परासरन के लिए वजह वह नहीं थी जो बाकी वकीलों के लिए होती है। परासरन अपने आराध्य का मुकदमा लड़ रहे थे, तो जूते पहनकर कैसे दलील देते!

अपनी कानूनी दलीलों के अलावा परासरन ने कुछ ऐसी दलीलें भी दी थीं जो एक वकील से ज्यादा रामभक्त की लगीं। उन्होंने पहली दलील यह दी कि अयोध्या में पचपन-साठ मस्जिदें हैं, मुस्लिम समुदाय के लोग किसी दूसरी मस्जिद में नमाज़ पढ़ सकते हैं, लेकिन यह हिंदुओं के लिए भगवान राम का जन्मस्थान है और हम उनके जन्मस्थान में बदलाव नहीं कर सकते। रामभक्त परासरन ने एक और भावनात्मक दलील दी कि रामनवमी को भगवान राम के

जन्मदिन के तौर पर मनाया जाता है, लेकिन यह भगवान राम के जन्मस्थान पर नहीं मनाया जाता। जिस प्रकार भगवान कृष्ण का भव्य जन्मोत्सव उनके जन्मस्थान मथुरा में मनाया जाता है वैसा ही भगवान राम का जन्मोत्सव अयोध्या में उनके जन्मस्थान पर मन्दिर बनाकर मनाया जाना चाहिए।

परासरन अयोध्या केस से भावनात्मक रूप से जुड़े थे। उनकी टीम के वकील श्रीधर पोल्लाजु ने बताया कि फैसले से एक दिन पहले वह दिल्ली से सैकड़ों किलोमीटर दूर चेन्नई में आँखों का इलाज करवाने गए थे। लेकिन जैसे ही 8 नवंबर की रात करीब पौने नौ बजे उन्हें सूचना मिली कि अगले दिन फैसला आएगा, उन्होंने तय किया कि डॉक्टर का अप्वांइटमेंट कैंसिल कर वे दिल्ली लौट रहे हैं। लेकिन उन्हें फ्लाइट नहीं मिली। उन्हें सुझाव दिया गया कि फैसला सुनकर उनको हर नई जानकारी दी जाती रहेगी। लेकिन परासरन कहाँ मानने वाले थे! उनके भगवान की भूमि का फैसला आ रहा था। उन्होंने सुप्रीम कोर्ट पहुँचकर ख़ुद फैसला सुनने की ठानी। रात के ढाई बजे अपने पोते के साथ वे चेन्नई एयरपोर्ट पहुँच गए। उनके लिए एक विशेष विमान की व्यवस्था की गई और के परासरन सुबह साढ़े आठ बजे दिल्ली पहुँच गए लेकिन अपने घर नहीं गए, वे एयरपोर्ट से सीधे सुप्रीम कोर्ट पहुंच गए- अपने जीवन की आखिरी ख़्वाहिश से जुड़े फैसले को सुनने के लिए।

परासरन केवल देवताओं के वकील हों, ऐसा नहीं है। सरकार चाहे जिस भी पार्टी की रही हो, परासरन के कानूनी ज्ञान पर सभी ने भरोसा किया। वे जितने ही काँग्रेस के करीब रहे, उतना ही भाजपा ने उन पर भरोसा किया। उन्होंने अपने उसूलों से कभी समझौता नहीं किया। साल 1980 में इंदिरा गांधी की सरकार में परासरन सॉलिसिटर जनरल थे। *इंडियन एक्सप्रेस* केस में उन्होंने सरकार को सलाह दी कि इंडियन एक्सप्रेस बिल्डिंग को गिराने के कारण बताओ (शो कॉज) नोटिस पर सरकार अमल न करे। दिल्ली के फिरोज शाह रोड स्थित एक्सप्रेस बिल्डिंग में अतिरिक्त निर्माण को गैरकानूनी बताते हुए सरकार ने कारण बताओ नोटिस जारी किया था, जिसमें इमारत को गिराने की धमकी दी गई थी। परासरन ने सलाह दी कि कारण बताओ नोटिस कानूनी रूप से वैध नहीं है, इसलिए इस पर अमल किए जाने की ज़रूरत नहीं है। हालाँकि सरकार ने उनकी सलाह नहीं मानी।

इंडियन एक्सप्रेस ने कारण बताओ नोटिस को सुप्रीम कोर्ट में चुनौती दे दी। परासरन ने सॉलिसिटर जनरल के तौर पर सुप्रीम कोर्ट में सरकार का बचाव करने से न केवल इनकार कर दिया बल्कि यह भी कह दिया था कि अगर उन्हें इसके लिए बाध्य किया गया तो वे अपने पद से इस्तीफा दे देंगें। सरकार ने परासरन की इच्छा का सम्मान किया। सरकार कोर्ट में केस हार गई, फिर भी परासरन न केवल अपने पद पर बने रहे, बल्कि दो महीने के भीतर 8 अगस्त 1983 को उनकी पदोन्नति कर उन्हें देश का महान्यायवादी (अटॉर्नी जनरल) भी बना दिया गया। परासरन 1989 तक अटॉर्नी जनरल के पद पर बने रहे।

पद्म भूषण और पद्म विभूषण से सम्मानित हो चुके परासरन को तत्कालीन प्रधानमंत्री अटल बिहारी वाजपेयी ने संविधान के कामकाज की समीक्षा के लिए मसौदा और संपादकीय समिति प्रमुख बनाया था। यह उनकी सर्वस्वीकार्यता ही थी कि पद्म भूषण सम्मान उन्हें भाजपा के शासनकाल में मिला था और पद्म विभूषण सम्मान उन्हें काँग्रेस की मनमोहन सिंह सरकार ने दिया था।

राम के वंशज

अयोध्या मामले की सुनवाई के पाँचवें दिन संविधान पीठ ने रामलला विराजमान के वकील से पूछा था, 'हम जानना चाहते हैं कि क्या अयोध्या में अब भी राम का कोई वंशज है'। कोर्ट ने यह बात जिज्ञासावश पूछी थी। क्योंकि अदालतों के जज भी इसी समाज से आते हैं, ठीक उसी तरह जैसे आम लोगों को ये जानने की जिज्ञासा हो सकती है कि क्या आज भी भगवान राम के वंशज मौजूद हैं और हैं तो कौन लोग हैं, कैसे दिखते हैं और क्या करते हैं? रामलला विराजमान के वकील के परासरन ने इस पर कहा कि उन्हें इस बात की जानकारी नहीं है। उन्होंने कहा, 'हम इसका पता लगाने की कोशिश करेंगे, जानकारी मिली तो कोर्ट को बता देंगे'।

मुझे लगा बात आई-गई हो गई। लेकिन मैं गलत था। यही बात और सवाल अगले कई दिनों तक चर्चा में रहे। वो पाँचवे दिन यानी 13 अगस्त 2019 की सुनवाई थी और बहुत ही तकनीकी और इस कानूनी पहलू को लेकर हो रही थी कि रामलला और जन्मस्थान साथ-साथ "न्यायिक व्यक्ति" हो सकते हैं या नहीं, क्योंकि कोर्ट में दोनों की तरफ से अलग-अलग सूट दायर हुआ था। हिन्दू

पक्ष की ओर से रामलला विराजमान ने पूरी ज़मीन को जन्मभूमि घोषित कर मालिकाना हक की मांग की थी और दूसरी ओर जन्मस्थान को भी एक अलग पक्षकार बनाया गया था और दावा दिया गया था कि जन्मस्थान स्वयं देवता है और उसे न्यायिक व्यक्ति माना जाएगा। हालाँकि कानून मे हिंदू देवता (मूर्ति) को न्यायिक व्यक्ति माना जाता है और उसे वही सारे अधिकार प्राप्त होते हैं जो किसी जीवित व्यक्ति को होते हैं। लेकिन कोर्ट के बाहर इस कानूनी बहस में किसी को रुचि नहीं थी। चारों ओर राम के वंशज और वंशावली पर चर्चा हो रही थी! इधर सोशल मीडिया पर बहस छिड़ गई। लोगों ने सवाल उठाए कि कोर्ट को यह पूछने की ज़रूरत क्या थी? इस समय राम के वंशज कहाँ मिलेंगे! लेकिन ऐसा नहीं था। राम के वंशजों की बाढ़ आ गई। देश के अलग-अलग हिस्सों से लोग राम के वंशज होने का दावा कर रहे थे। एक अध्ययन के ज़रिए तो ये भी साबित किया गया कि राम के वंशज केवल हिन्दू ही नहीं, मुसलमान भी हैं।[2]

राजसमंद, राजस्थान से भाजपा सांसद और जयपुर राजघराने की सदस्य दीया कुमारी ने ख़ुद को राम का वंशज होने का दावा पेश किया।[3] अपने पोथीखाने में उपलब्ध हस्तलिपि, वंशावली व दस्तावेज़ों के आधार पर दीया कुमारी ने दावा किया कि जयपुर राजपरिवार की गद्दी भगवान राम के पुत्र कुश के वंशजों की मिल्कियत है। इतना ही नहीं उन्होंने ये भी कहा कि दुनिया भर में प्रभु राम के वंशज मौजूद हैं। जयपुर घराने का दावा है कि उनके पास मौजूद वंशावली में विष्णु, ब्रह्मा की उत्पत्ति से लेकर राजा दशरथ, प्रभु श्रीराम, उनके पुत्र कुश, महाराजा जय सिंह और फिर भवानी सिंह से लेकर उनके पुत्र पद्मनाभ तक का पूरा चरणबद्ध रिकॉर्ड मौजूद है। इसमें वंशावली में शुरुआत से अभी तक प्रभु राम के बाद और पहले के वंशजों का पूरा ज़िक्र है। जयपुर राजघराना कच्छवाहा वंश का शासक है, जिसकी उत्पत्ति श्रीराम के बड़े बेटे कुश से मानी जाती है।

भाजपा नेता के दावे के बाद अब काँग्रेस के नेता की बारी थी। राजस्थान काँग्रेस के प्रवक्ता जयपुर के बड़-गुर्जर राजपूत सत्येंद्र सिंह राघव ने भी भगवान राम का वंशज होने का दावा पेश कर दिया।[4] उनका दावा था कि उनका परिवार प्रभु राम के पुत्र लव का वंशज है। सत्येंद्र सिंह राघव के मुताबिक आज का अयोध्या लव के राज्य क्षेत्र में आता था। उन्होंने वाल्मीकि रामायण का ज़िक्र

करते हुए दावा किया कि लव का राज्य उत्तर कौशल था, जो वर्तमान में अयोध्या है। मेवाड़ के राजपरिवार ने भी श्रीराम का वंशज होने का दावा किया। मेवाड़ के पूर्व महाराज महेंद्र सिंह मेवाड़ ने दावा किया कि उनका राजघराना राम के पुत्र लव का वंशज है। मेवाड़ में उनकी छिहत्तर पीढ़ियों का इतिहास दर्ज है। मेवाड़ राजघराने के ही लक्ष्यराज ने बताया कि कर्नल जेम्स टॉड की पुस्तक में बताया गया है कि लव के वंशज कालांतर में गुजरात होते हुए मेवाड़ आए थे। उन्होंने यहाँ सिसोदिया साम्राज्य की स्थापना की थी। उनका दावा है कि श्रीराम भगवान शिव के उपासक थे। मेवाड़ राजपरिवार भी शिवजी का उपासक है। उनके परिवार का राज्य प्रतीक सूर्य है। ये समानताएँ उन्हें प्रभु राम का वंशज बनाती हैं। कुछ अन्य जगहों पर भी मेवाड़ राजपरिवार के राम का वंशज होने का ज़िक्र मिलता है।

अब बारी थी करणी सेना की। राजपूत करणी सेना ने भी भगवान राम का वंशज होने का दावा किया। संस्था के एक गुट ने दावा किया कि वह भगवान राम के पुत्र लव के वंशज हैं। करणी सेना के संयोजक लोकेंद्र सिंह कालवी ने दावा किया था कि वह सिसोदिया राजपूत हैं, जो लव के वंशज माने जाते हैं।[5] उन्होंने जयपुर राजघराने की दीया कुमारी के उस बयान का समर्थन किया है जिसमें उन्होंने ख़ुद को कुश का वंशज बताया है। लोकेंद्र सिंह ने सुप्रीम कोर्ट में चल रहे श्रीराम जन्म भूमि मुकदमे में हिस्सा बनने की भी इच्छा ज़ाहिर की।

राजस्थान के राजपूत अयोध्या के राजा राम का वंशज होने का दावा कर रहे थे, तो अयोध्या के आसपास वाले भला चुप कैसे रहते! एक दिन सुप्रीम कोर्ट में रायबरेली के राजा राजेंद्र सिंह से मेरी मुलाकात हो गई। राजा राजेंद्र सिंह का दावा था कि बैसवारा के बैस राजपूत सूर्यवंशी है और उनका संबंध रघुकुल से है। इनके दावों पर मुझे कोई आश्चर्य नहीं हुआ क्योंकि जब मर्यादा पुरुषोत्तम भगवान श्रीराम के कुल से नाता जोड़ना हो तो कोई भी पीछे क्यों रहता! हाँ, रावण के कुल से संबंध जोड़ने की होड़ होती तो आश्चर्य ज़रूर होता।

लखनऊ के कुछ शोधार्थियों ने तो अपने अध्ययन से यह भी साबित कर दिया कि राजस्थान के कुछ मुस्लिम समूह भी हैं, जो कुशवाहा वंश से ताल्लुक रखते हैं।[6] उसमें दावा किया गया कि मुगलकाल में उन लोगों को धर्म परिवर्तन करना पड़ा, लेकिन ये लोग आज भी ख़ुद को प्रभु श्रीराम का वंशज ही मानते हैं।

मेवात में दहंगल गोत्र के लोग भी भगवान राम के वंशज होने का दावा करते हैं। इन्हें छिरकोल गोत्र का मुस्लिम यदुवंशी माना जाता है।[7]

इधर भारत में ही नहीं, बल्कि पाकिस्तान में भी राम के वंशज होने की बात सामने आई। तमाम कहानियों-कथाओं और ग्रंथों के अनुसार प्रभु श्रीराम का राज्य पूरे अखंड भारत में था, जिसमें उस वक्त भारत का हिस्सा रहा पाकिस्तान भी शामिल है। माना जाता है कि लाहौर का ऐतिहासिक नाम लवपुरी था जिसकी स्थापना प्रभु राम के पुत्र लव ने की थी। यह नगरी उनकी राजधानी हुआ करती थी। बाद में इसका नाम लौहपुरी हुआ और फिर इसे लाहौर कहा जाने लगा। दावा किया जाता है कि लाहौर के एक किले में लव का मंदिर भी है। प्रभु राम ने कुश को दक्षिण कौशल, कुशस्थली (कुशावती) और अयोध्या सौंपा था, जबकि लव को पंजाब का क्षेत्र दिया था। कुश की राजधानी कुशावती थी, जो आज छत्तीसगढ़ के बिलासपुर जिले में स्थित है। माना जाता है कि लव से राघव और सिसोदिया राजपूतों का जन्म हुआ। राघव राजपूतों में बड़गूजर, जयास, सिकरवार का वंश चला और सिसोदिया राजपूतों से बैछला (बैसला) और गैहलोत (गुहिल) का वंश आगे बढ़ा। इसी तरह कुश से कुशवाहा राजपूतों का वंश चला।

राम के वंशज से जुड़ा सवाल सुनवाई के पाँचवें दिन का था। सुप्रीम कोर्ट में चालीस दिन की सुनवाई तो पुरी हो गई, लेकिन बाद में न कभी कोर्ट ने इस पर चर्चा की और न ही रामलला विराजमान के वकील परासरन ने राम के वंशजों से जुड़ी जानकारी कोर्ट को दी। हाँ, राम के कुछ वंशजों ने कोर्ट को चिट्ठी ज़रूर लिखी थी।

अध्याय 7

तुलसीदास हाज़िर हों

सोशल मीडिया और जगद्गुरु रामभद्राचार्य

सुप्रीम कोर्ट में अयोध्या मामले की सुनवाई अपने अंतिम चरण में थी। उसी दौरान फेसबुक पर एक पोस्ट तेज़ी से वायरल हो रहा था। पोस्ट में दावा किया गया: 'श्रीराम जन्मभूमि के पक्ष में सुप्रीम कोर्ट में वादी के रूप में उपस्थित थे धर्मचक्रवर्ती, तुलसी पीठ के संस्थापक, पद्म विभूषण और जगद्‌गुरु रामभद्राचार्यजी। रामभद्राचार्यजी विवादित स्थल पर भगवान राम का जन्म-स्थान होने के पक्ष में शास्त्रों से प्रमाण पर प्रमाण दे रहे थे। जज महोदय ने पूछा कि क्या वेदों से प्रमाण दे सकते हैं कि श्रीराम का जन्म अयोध्या में उस स्थल पर ही हुआ था? जगद्गुरु रामभद्राचार्यजी (जो प्रज्ञाचक्षु हैं) ने बिना एक पल गँवाए कहा, 'हाँ, प्रमाण दे सकता हूँ। उन्होंने ऋग्वेद की जैमिनीय संहिता से उद्धरण देना शुरू किया जिसमें सरयू नदी के स्थान विशेष से दिशा और दूरी का बिल्कुल सटीक ब्यौरा देते हुए श्रीराम जन्मभूमि की स्थिति बताई गई है!'

मेरे लिए यह बात चौंकाने वाली थी क्योंकि इस पूरी सुनवाई में बिना अंतराल के मैं कोर्ट में प्रतिदिन मौजूद था। मुझे पता ही नहीं चला कि सुप्रीम कोर्ट में आचार्य रामभद्राचार्यजी कब आए! भद्राचार्यजी सुप्रीम कोर्ट में नहीं आए, यह तो तय था। लेकिन बाकी बातें जो लिखी जा रही थीं उसके बारे में मेरे मन में उत्कंठा जगी। मुकदमे से जुड़े लोगों और वकीलों से मैंने बात की तो पता चला कि वायरल पोस्ट में गलत तरीके से हाईकोर्ट की जगह सुप्रीम कोर्ट लिख दिया गया है। भद्राचार्य जी इलाहाबाद हाईकोर्ट गए थे और उन्होंने तुलसीदास

रचित 'श्रीतुलसी दोहा शतक' के ज़रिए यह साबित करने की कोशिश की थी कि मस्जिद वाली जगह पर मंदिर था जिसे तोड़कर मस्जिद बनाई गई थी। भद्राचार्य जी हाईकोर्ट जुलाई 2003 में विशेषज्ञ गवाह के रूप में पेश हुए थे। इंडियन एविडेंस एक्ट के सेक्शन 45 में किसी मामले में एक्सपर्ट विटनेस यानी विशेषज्ञ गवाह की गवाही का प्रावधान है। कुछ विशेष मामलों में जहां कोर्ट को लगता है कि एक्सपर्ट की राय की जरूरत है इस तरह के गवाह की गवाही की इजाज़त दी जाती है।

मैंने तुलसीदास जी के बारे में जितना अध्ययन किया है उसमें मुझे इस बात की जानकारी नहीं थी उन्होंने 'श्रीतुलसीदोहा शतक' नाम से कोई रचना की है। मैं गूगल के सहारे अपने ज्ञान को विस्तार देने में लग गया। साथ ही अपने एक पत्रकार मित्र को भी मैंने अपनी दुविधा बताई जो नई-नई किताबें पढ़ते रहते हैं और जानकारी इकट्ठा करते रहते हैं। आखिरकार मेरी मेहनत रंग लाई। हिंदी अखबार *सहारा समय* में हिंदी साहित्य के मूर्धन्य आलोचक नामवर सिंह का साल 2003 का एक लेख मिला जिसमें इस विषय पर विस्तार से प्रकाश डाला गया है।

नामवर सिंह ने 2 अगस्त 2008 को "तुलसीदास हाज़िर हों" शीर्षक से एक लेख लिखा था। नामवर सिंह ने लिखा: 'आखिर तुलसीदास भी कोर्ट में घसीट लिए गए। इलाहाबाद हाईकोर्ट की लखनऊ पीठ के सामने 15 जुलाई 2003 को एक हलफ़नामा दाखिल हुआ है जिसमें यह दावा किया गया है कि अयोध्या में राम मंदिर तोड़कर मस्जिद बनाने की बात तो तुलसीदास ही लिखकर गए हैं। सबूत के तौर पर आठ दोहे पेश किए गए जो 'श्री तुलसी दोहा शतक' के हैं। कहा गया है कि इस पुस्तक की रचना तुलसीदास ने संवत् 1647 में की थी। इसका सर्वप्रथम प्रकाशन रायबरेली के तालुक़ेदार बाबू राय बहादुर सिंह ने कराया। कब कराया, यह नहीं बताया गया है और न यही कि इसका संपादन किसने किया। उद्धृत दोहों में एक जगह बाबर का ज़िक्र इस तरह आता है

बाबर बर्बर आइके, कर लीन्हें कर वाल।
हरे पचारि पचारि जन, तुलसी काल कराल।।

अर्थात, श्री तुलसीदास जी कहते हैं कि हाथ में तलवार लिये हुए बर्बर बाबर आया और लोगों को ललकार ललकार कर हत्या की। यह समय अत्यंत भीषण था।

दो बार ज़िक्र मीर बाकी का भी मिलता है, जिनमें से एक दोहा तो यह है:

दल्यौ मीर बाकी अवध, मंदिर राज-समाज।
तुलसी रोवत हृदय हृति, त्राहि-त्राहि रघुराज।।

फिर वह दोहा जिसमें मीर बाकी के साथ मंदिर मंदिर और मस्जिद का भी ज़िक्र है:

राम-जनम मंदिर जहाँ, लसत अवध के बीच।
तुलसी रची मसीत तहं, मीर बाकि खल नीच।।

अर्थात, जहाँ अवध में राम जन्मभूमि मंदिर है, वहीं मीर बाकी नामक एक दुष्ट ने मस्जिद की रचना की।

नामवर सिंह आगे लिखते हैं कि, 'हलफ़नामे पर हस्ताक्षर की जगह अंगूठे के निशान हैं। इसका यह अर्थ नहीं कि रामभद्राचार्य निरक्षर थे, बल्कि वे जन्म से ही 'दृष्टिहीन' हैं। कोर्ट में वे 'रामतापनियोपनिषद', वाल्मीकि रामायण आदि ग्रंथ अपने साथ लेकर सिर्फ यह बताने के लिए गए थे कि दृष्टिहीनता के बावजूद उन्होंने अपनी लगन से नाना ग्रंथों का अध्ययन किया है। मंदिर-मस्जिद विवाद में हस्तक्षेप करने के लिए वे चित्रकूट से चलकर लखनऊ पहुँचे, इसी से उनकी आस्था का आभास होता है, किंतु समुचित सम्मान के दावे की प्रामाणिकता की परीक्षा तो करनी ही पड़ेगी'।

नामवर सिंह ने पहले यह साबित करने की कोशिश की कि *श्रीतुलसी दोहा शतक* तुलसीदास की कृति है या नहीं और उन्होंने साबित कर दिया कि यह पुस्तक तुलसीदासजी ने लिखी ही नहीं थी। नामवर सिंह ने डॉ उदयभानु सिंह के शोधग्रंथ *तुलसी काव्य मीमांसा* के हवाले से लिखा है कि तुलसीदास द्वारा लिखित पुस्तकों की संख्या अधिक से अधिक बावन बताई गई है। इसमें *श्री तुलसी दोहा शतक* का उल्लेख कहीं नहीं है। इन बावन पुस्तकों में उनचालीस पुस्तकों को साहित्य परंपरा ने अप्रामाणिक करार दिया है। *तुलसी सतसई* एक ऐसी पुस्तक है जिसे परंपरा ने अप्रामाणिक माना है किंतु डॉ उदयभानु सिंह ने उसे अर्ध-प्रामाणिक कहा है। शेष बारह पुस्तकें प्रामाणिक कोटि के रूप में मान्य हैं और उनमें भी सर्वमान्य रूप से प्रामाणिक केवल नौ पुस्तकें हैं :

1.रामचरितमानस, 2. जानकीमंगल, 3. पार्वतीमंगल, 4. गीतावली, 5. कृष्ण गीतावली, 6. विनयपत्रिका, 7. दोहावली, 8. बरवै रामायण, 9. कवितावली (हनुमान बाहुक सहित)। इनके साथ ही तीन पुस्तकें और हैं जिन्हें प्रामाणिक तो माना गया है लेकिन बहुमान्य रूप में : *1. वैराग्य संदीपनि, 2. रामाज्ञा प्रश्न, 3. रामलला नहछू*। इस सूची में *श्री तुलसी दोहा शतक* अप्रामाणिक ग्रंथों में भी शामिल नहीं है। नामवर सिंह ने आचार्य रामभद्राचार्य के दावे पर सवाल उठाते हुए लिखा कि पुस्तक की खोज रिपोर्ट अभी तक कहीं दर्ज नहीं हुई है। यह निष्कर्ष कम से कम दो सौ वर्षो की हमारी पांडित्य परंपरा का है जिसमें ग्रियर्सन जैसे विद्वान के साथ-साथ, सुधाकर द्विवेदी जैसे संस्कृत पंडित, आचार्य रामचंद्र शुक्ल जैसे हिन्दी समालोचक, पंडित रामगुलाम द्विवेदी जैसे प्रसिद्ध रामायणी और सैकड़ों शोधकर्ता और साधु-संत शामिल हैं।

नामवर सिंह आगे लिखते हैं कि तुलसी के दोहों का प्रामाणिक संग्रह *दोहावली* है और अर्ध-प्रामाणिक संग्रह *सतसई* है, फिर *श्री तुलसी दोहा शतक* कहाँ से आ गया ? *शतक* संस्कृत परंपरा के हैं जैसे *भर्तृहरि शतक और अमरूक शतक*। मध्ययुगीन हिन्दी में शतक नाम की कोई कृति नहीं मिलती। नामवर सिंह ने यह भी लिखा कि हलफ़नामे में उद्धृत एक दोहे में एक जगह "हिन्दू" शब्द आया है जो पूरी कृति को संदिग्ध बना देता है:

'*सिखा सूत्र से हीन करि, कल से हिन्दू लोग*'। जबकि तुलसीदास ने अपनी किसी कृति में "हिन्दू" शब्द का प्रयोग नहीं किया है। नामवर सिंह ने आखिरकार आचार्य रामभद्राचार्य जी के इस सबूत को मनगढ़ंत साबित कर दिया। हाईकोर्ट ने भी रामभद्राचार्य जी के इस सबूत को मानने से इनकार कर दिया था।[1]

अध्याय 8

डॉ राजीव धवन

मुकदमे के नायक

सुप्रीम कोर्ट में अयोध्या मामले की सुनवाई जितने दिन भी चली, शायद ही कोई दिन रहा हो जब मुस्लिम पक्ष के वकील राजीव धवन सुर्खियों में न रहे हों। कभी अपनी दलीलों की वजह से तो कभी कोर्टरूम में हुई नोकझोंक की वजह से। राजीव धवन अयोध्या मामले में मुस्लिम पक्ष के वकीलों की अगुवाई कर रहे थे। एक तरफ भगवान और उनके वकील थे और दूसरी तरफ राजीव धवन। राजीव धवन को मुस्लिम पक्ष की तरफ से पेश होने के लिए कभी धमकियाँ मिलीं, तो कभी बद्दुआएँ। इन बातों की परवाह किए बिना अयोध्या मामले की सुनवाई को इसके अंजाम तक पहुँचाना इतना आसान नहीं था। राजीव धवन ने इस मुकदमे के लिए मुस्लिम पक्ष से एक भी पैसा नहीं लिया। भले ही मुस्लिम पक्ष मुकदमा हार गया, लेकिन अगर कोई पूछे कि अयोध्या मुकदमे का नायक कौन था? तो मेरा एक ही जवाब है– राजीव धवन।

साल 1946 में अविभाजित भारत के पंजाब(वर्तमान में पाकिस्तान) में जन्मे राजीव धवन की गिनती सुप्रीम कोर्ट के वरिष्ठ वकीलों में होती है। लेकिन राजीव धवन वकील होने से ज़्यादा अपने ख़ास मुकदमों और संवैधानिक महत्व के मामलों में अपने हस्तक्षेप के लिए जाने जाते हैं। वकील होने के साथ-साथ वे मानवाधिकार कार्यकर्ता भी हैं और विश्व के मानवाधिकार से जुड़े वकीलों के संगठन इंटरनेशनल कमीशन फॉर जुरिस्ट्स के आजीवन सदस्य हैं। उनकी शुरुआती पढ़ाई इलाहाबाद यूनिवर्सिटी में हुई। कानून की

शुरुआती पढ़ाई यहाँ से करने के बाद धवन ने देश से बाहर का रुख़ किया। वे पहले कैम्ब्रिज यूनिवर्सिटी गए और उसके बाद लंदन यूनिवर्सिटी। उन्होंने काफी लंबा समय पढ़ाई करते गुज़ारा। कुछ समय बाद वे बड़े संस्थानों में पढ़ाने भी लगे। बेलफास्ट की क्वींस यूनिवर्सिटी, यूनिवर्सिटी ऑफ वेस्ट लंदन, यूनिवर्सिटी ऑफ विसकोंसन, मैडिसन और ऑस्टिन में यूनिवर्सिटी ऑफ टेक्सस जैसे नामचीन यूनिवर्सिटीज़ में राजीव धवन ने पढ़ाया। कुछ सालों बाद धवन भारत आ गए और उन्होंने वकालत की प्रैक्टिस करनी शुरू कर दी। राजीव धवन ने छियालीस साल की उम्र में 1992 में सुप्रीम कोर्ट में वकालत की प्रैक्टिस शुरू की।

कुछ लोग बताते हैं की सुप्रीम कोर्ट में आते ही धवन के नाम की तूती बजनी शुरू हो गई। कहा गया कि कोर्ट में ऐसा वकील आया है जो चुन-चुनकर ऐसे मुद्दे उठाता है, जो संवैधानिक अधिकार और मानवाधिकार से जुड़े होते हैं। सुप्रीम कोर्ट आते ही राजीव धवन दो बड़े मुकदमों में शामिल हुए। आरक्षण को लेकर मंडल कमीशन की रिपोर्ट आ चुकी थी और सुप्रीम कोर्ट में लम्बित थी। राजीव धवन इस मामले में शामिल हुए। फिर 1994 में सुप्रीम कोर्ट में बाबरी मस्जिद का भी मुकदमा आ गया। ये भी राजीव धवन के खाते में आया। मंडल कमीशन मामले में राजीव धवन ने अपना स्टैंड साफ किया। जाति के आधार पर आरक्षण का तो समर्थन किया, लेकिन इसके राजनीतिक इस्तेमाल की वजह से एक तरह से इसका विरोध भी किया। धवन का मानना था कि आरक्षण देने या हटाने के नाम पर जातियों का वोट की तरह इस्तेमाल होता रहेगा। जब अमेरिका ने 2003 में ईराक पर हमला किया तो भारत का बड़ा हिस्सा इस मामले पर लगातार चुप था। तब राजीव धवन और सुप्रीम कोर्ट के कुछ और वकील जैसे कि राजिंदर सच्चर, शांति भूषण, कपिल सिब्बल और प्रशांत भूषण ने मिलकर अमेरिकी कार्रवाई की निंदा की थी।

साल 1992 में कार सेवकों ने जब अयोध्या में बाबरी मस्जिद गिरा दी, तो मामला इलाहाबाद हाईकोर्ट गया। उस मामले में बाबरी मस्जिद एक्शन कमेटी की ओर से इलाहाबाद हाईकोर्ट में राजीव धवन ही वकील थे।

जन्मस्थान का नक्शा फाड़े जाने की कहानी

सुनवाई के आखिरी दिन यानी 16 अक्टूबर 2019 को सुप्रीम कोर्ट में कुछ ऐसा हुआ जो संभवत: पहले कभी नहीं हुआ था। मुस्लिम पक्ष के वकील डॉ राजीव धवन ने अखिल भारतीय हिन्दू महासभा द्वारा पेश किए गए उस नक्शे को भरी अदालत में फाड़ दिया जिसमें भगवान राम के सटीक जन्मस्थान होने का दावा किया गया था। मुस्लिम पक्ष के वकील के इस रवैये को लेकर खूब हो-हल्ला मचा। अयोध्या जैसे मामले की सुनवाई पूरी होना बहुत बड़ी बात थी और बड़ी ख़बर थी लेकिन उस दिन और उसके अगले दिन भी ट्विटर पर दिनभर हैशटैग राजीव धवन#rajeevdhawan ट्रेंड कर रहा था। नक्शा फाड़ने की वजह से राजीव धवन के खिलाफ पुलिस में शिकायत दर्ज हुई। हिन्दू संगठनों ने सुप्रीम कोर्ट को लिखकर शिकायत दर्ज कराई। बार काउंसिल ऑफ इंडिया से गुहार लगाई गई कि राजीव धवन ने जो "अक्षम्य अपराध" किया है उसके लिए उनको सज़ा ज़रूर मिलनी चाहिए। लेकिन मुझे पता था कि इन शिकायतों का कोई मतलब नहीं था। राजीव धवन ने जो कुछ किया था कोर्ट के भीतर और देश के मुख्य न्यायाधीश की अगुवाई वाली संविधान पीठ के सामने किया था। अगर पाँच जजों की पीठ राजीव धवन के इस बर्ताव पर कुछ नहीं कह रही थी तो किसी और की क्या मजाल थी!

आइए अब नक्शा फाड़ने के कांड का आँखों देखा हाल बताता हूँ। सुनवाई के आखरी दिन रामलला विराजमान की ओर से वरिष्ठ वकील सी एस वैद्यनाथन ने अपने दलीलों की शुरुआत की। वैद्यनाथन, सुन्नी वक़्फ़ बोर्ड के विवादित ज़मीन पर मालिकाना हक के दावे के खिलाफ दलील दे रहे थे। बहस का आख़िरी दिन होने के चलते दबाव सब पर था। सुनवाई करने वाली बेंच को हर हाल में शाम तक सुनवाई पूरी करनी थी। कई ऐसे हिन्दू पक्षकार थे जिन्हें सुनवाई के दौरान अपनी बात कहने का मौका नहीं मिला था। वो सभी चाहते थे कि आख़िरी वक्त में देश के सबसे संवेदनशील मुकदमे में उनकी भी उपस्थिति दर्ज हो जाए। करीब बारह बजे हिन्दू महासभा की ओर से राम जन्मभूमि के पक्ष में दलील देने के लिए वरिष्ठ वकील विकास सिंह की बारी आई। विकास सिंह ने विवादित जगह पर मन्दिर की मौजूदगी साबित करने के लिए बिहार के सेवानिवृत पुलिस

अधिकारी किशोर कुणाल की एक किताब *अयोध्या रिविज़िटेड* का हवाला देना चाहा। मुस्लिम पक्ष के वकील राजीव धवन ने विरोध जताते हुए कहा कि यह किताब रिकॉर्ड का हिस्सा नहीं है। अब यहाँ यह सवाल मन में उठना स्वाभाविक है कि रिकॉर्ड का हिस्सा होने का क्या मतलब होता है? इसका मतलब यह था कि हाईकोर्ट में इस किताब पर चर्चा नहीं हुई थी तो अपील में इस पर कैसे चर्चा हो सकती है? राजीव धवन के विरोध पर विकास सिंह ने कहा कि वो इस किताब को सबूत मानने पर ज़ोर नहीं दे रहे हैं। विकास सिंह को जितना मैं जानता और समझता हूँ, बहुत आसानी से दूसरे पक्ष के वकील की बात को इतनी आसानी से नहीं मानते। वह इसलिए मान गए थे कि उन्हें भी पता था कि अपील पर सुनवाई के दौरान नए सबूतों पर चर्चा नहीं हो सकती।

इसके बाद विकास सिंह ने राजीव धवन को कुछ पृष्ठों के साथ एक नक्शा सौंपा जिसमें भगवान राम के सटीक जन्मस्थान होने का दावा किया गया था। नियम यह है कि जब भी कोई वकील किसी दस्तावेज़ के आधार पर बहस करता है तो उसकी एक-एक कॉपी सुनवाई करने वाले जजों के साथ-साथ दूसरे पक्ष के वकीलों को भी मुहैया करवाता है। उनके द्वारा इसका विरोध किए जाने के बावजूद नक्शा दिए जाने पर डॉ धवन चिढ़ गए और भरी अदालत में जजों के सामने ही नक्शा फाड़ दिया। कोर्ट में मौजूद मेरे जैसे टीवी के पत्रकारों ने अपने-अपने ऑफिस को बताया। बताना ज़रूरी भी था क्योंकि आखिरी दिन की सुनवाई की प्रत्येक अपडेट उस दिन की महत्वपूर्ण ख़बर थी।

राजीव धवन द्वारा नक्शा का फाड़ना मुझे उस समय कोई बहुत बड़ी बात नहीं लगी थी, क्योंकि डॉ राजीव धवन को मैं करीब पंद्रह साल से सुप्रीम कोर्ट में अलग-अलग मामलों में देखता रहा हूँ और उनके बारे में जितना जानता हूँ उस हिसाब से यह उनके लिए कोई बहुत बड़ी बात नहीं थी। लेकिन थोड़ी ही देर में पता चला कि यह घटना तो अयोध्या मामले की सुनवाई के दौरान अब तक की सबसे बड़ी ब्रेकिंग न्यूज़ बन चुकी थी। मुस्लिम पक्ष के वकील ने राम के जन्मस्थान का नक्शा फाड़ा है! इस पर राजनीतिक प्रतिक्रियाएँ आने लगीं। अब तक राजीव धवन को अहसास हो गया था कि जो कुछ हुआ है ठीक नहीं हुआ है और लोगों में गलत संदेश गया है। लंच ब्रेक के बाद दो बजे जब बेंच फिर से बैठी, तो राजीव धवन नक्शा फाड़ने की घटना पर सफाई देने की नीयत से खड़े हुए। उन्होंने कहा 'यह घटना सोशल

मीडिया में वायरल हो रही है। लेकिन सच यह है कि मैं तो उस नक्शे को फेंकना चाहता था, मुख्य न्यायाधीश ने मुझे ने कहा कि मैं उसे फाड़ सकता हूँ। और उनसे इजाज़त मिलने के बाद मैंने उसे फाड़ दिया'।

मुख्य न्यायाधीश रंजन गोगोई ने धवन की बात से सहमति जताते हुए कहा, 'यह बात सही है कि मेरे कहने पर ही धवन ने उस पन्ने को फाड़ा था'। लेकिन डॉ राजीव धवन की सफाई और जस्टिस रंजन गोगोई की सहमति का अब कोई फायदा नहीं था। हिन्दू पक्ष के लोगों और राम मंदिर के समर्थकों ने राजीव धवन को अयोध्या मामले में चल रही सुनवाई का 'खलनायक' घोषित कर दिया था।

खलनायक नहीं, नायक

हिन्दू पक्ष के लोगों और राम मंदिर के समर्थकों ने उन्हें खलनायक घोषित करने में कोई कसर नहीं छोड़ी। लेकिन क्या धवन वाकई खलनायक कहे जाने के काबिल हैं? इस बात का ऐसा कोई वास्तविक आधार नहीं दिखता। इस पर विस्तार से चर्चा करने पर चीज़े ज़्यादा स्पष्ट होती हैं। इन पंक्तियों के लेखक को भी राजीव धवन के संबंध में कुछ व्यक्तिगत अनुभव प्राप्त है।

बात 18 नवंबर 2014 की है जब कथित संत रामपाल के हिसार(हरियाणा) स्थित बरवाला आश्रम को खाली कराने के लिए पुलिस ने अभियान चलाया था। उसमें कई पत्रकारों को गम्भीर चोटें आई थीं। हरियाणा पुलिस ने उस घटना की कवरेज के लिए गए पत्रकारों को दौड़ा-दौड़ाकर पीटा था। हरियाणा पुलिस ने घटना की कवरेज रोकने के लिए सोची-समझी रणनीति के तहत पत्रकारों पर हमला किया था। उस घटना में दिल्ली से गए मेरे कुछ पत्रकार मित्र भी शामिल थे। मैंने सुप्रीम कोर्ट कवर करने वाले अपने कुछ साथी पत्रकारों से मिलकर फैसला किया कि हम इस घटना को लेकर सुप्रीम कोर्ट में जनहित याचिका दायर करेंगे। पत्रकारों पर हुए इस हमले की जांच की माँग और पत्रकारों को कवरेज के दौरान सुरक्षा के लिए कोर्ट से दिशा निर्देश की मांग करेंगे। एक वकील मित्र ने याचिका तैयार कर दी।

अब समस्या यह थी कि हमारी इस याचिका पर सुनवाई के लिए मुख्य न्यायाधीश की कोर्ट में किस बड़े वकील को पेश कराया जाए? कोई बड़ा वकील इसलिए ज़रूरी था कि जनहित याचिका में अगर पहले दिन ही कोर्ट ने सुनवाई

से इनकार कर दिया तो सब कुछ वहीं ख़त्म हो जाता है। हम नहीं चाहते थे कि ऐसा कुछ हो। हमारे बीच एक नाम पर सहमति बनी और वो नाम था डॉ राजीव धवन का। सुप्रीम कोर्ट की रिपोर्टिंग करते हुए हमने राजीव धवन को मानवाधिकार से जुड़े कई मामलों में पेश होते हुए देखा था। हम लोग सुप्रीम कोर्ट के गलियारे में धवन के आने का इंतजार कर रहे थे। राजीव धवन आए, हमने उनको अपनी बात बताई और उन्होंने बिना वक्त गँवाए हामी भर दी। तत्कालीन मुख्य न्यायाधीश एच एल दत्तू की बेंच के सामने धवन इस मामले को लेकर पेश हुए। सुप्रीम कोर्ट ने हरियाणा की नव-निर्वाचित भाजपा सरकार और केंद्र सरकार से इस मामले में जवाब मांग लिया। सुप्रीम कोर्ट ने उनसे पूछा कि इस मामले में उनका क्या पक्ष है।

राजीव धवन ने जब जन्मस्थान का नक्शा फाड़ा था, तो मुझे बहुत आश्चर्य नहीं हुआ था, क्योंकि मुझे 2017 का वह वाकया याद है जब तत्कालीन मुख्य न्यायाधीश दीपक मिश्रा की कोई बात धवन को इतनी चुभ गई थी कि उन्होंने वकालत छोड़ने का फैसला कर लिया था। 5 दिसंबर 2017 का दिन था और इसी अयोध्या मामले की सुप्रीम कोर्ट में सुनवाई हो रही थी। मुस्लिम पक्ष की तरफ से कपिल सिब्बल ने अयोध्या मामले की सुनवाई 2019 के लोकसभा चुनाव तक टालने की माँग की। राजीव धवन और दुष्यंत दवे भी मुस्लिम पक्ष के लिए पेश हुए थे। तीनों ने बेंच पर आरोप लगाया कि उनकी बात नहीं सुनी जा रही है। तीनों ने कोर्ट छोड़कर जाने की धमकी दी थी। उसके बाद क्या हुआ था, कैसे अयोध्या मामले की सुनवाई टल गई थी ये बातें पुस्तक के पिछले अध्यायों में आ चुकी हैं।

अगले दिन यानी 6 दिसंबर 2017 को दिल्ली सरकार और केंद्र सरकार के बीच अधिकारों को लेकर चल रहे मामले की सुनवाई चल रही थी। धवन, दिल्ली सरकार के लिए पेश हो रहे थे। मुख्य न्यायाधीश दीपक मिश्रा ने उन्हें टोका कि उनके ही पक्ष के दूसरे वकील ने जो दलीलें दे दी हैं, उसे वे न दोहराएँ। इसी बात पर मुख्य न्यायाधीश और राजीव धवन में बहस हो गई। एक दिन पहले की बात अभी तक मुख्य न्यायाधीश के ज़ेहन में ताज़ा थी। बात इतनी बढ़ गई कि जस्टिस दीपक मिश्रा ने कह दिया, 'कोर्ट में आवाज़ ऊँची करके बात करने को बर्दाश्त नहीं किया जाएगा। अगर बार ऐसे वकीलों के व्यवहार पर लगाम

नहीं लगा सकती तो हमें ऐसा करने के लिए बाध्य होना पड़ेगा'। जस्टिस दीपक मिश्रा ने आगे यह भी कह दिया था कि ऐसे वकील सीनियर वकील के ओहदे के काबिल नहीं हैं। राजीव धवन को यह बात बहुत बुरी लगी थी और उन्होंने वकालत छोड़ने की घोषणा कर दी। धवन ने मुख्य न्यायाधीश दीपक मिश्रा के नाम पत्र लिखकर कहा, 'आपके पास मुझे दिया गया सीनियर एडवोकेट का गाउन वापस लेने का अधिकार है। लेकिन इस पेशे की वर्षों की सेवा की यादगार के तौर पर मैं इस गाउन को अपने पास रखना चाहूँगा'। सुप्रीम कोर्ट और हाईकोर्ट वकीलों को उनकी वरिष्ठता और योग्यता के आधार पर सीनियर एडवोकेट के तौर पर नामित करता है। सीनियर एडवोकेट (वरिष्ठ वकील) अलग तरह का गाउन पहनता है। स्पष्ट है कि वकालत के पेशे में केवल उम्र बढ़ने से वरिष्ठता नहीं आती।

मुख्य न्यायाधीश दीपक मिश्रा की तरफ से धवन की चिट्ठी का कोई जवाब नहीं आया, लेकिन राजीव धवन के वकालत से सन्यास की घोषणा से सुप्रीम कोर्ट और न्यायपालिका से जुड़े लोग सकते में आ गए। सर्वोच्च न्यायालय और उच्च न्यायालयों के सेवानिवृत जजों सहित तमाम सीनियर एडवोकेटों ने धवन से अपने फैसले पर पुनर्विचार करने की गुज़ारिश की। मेरी जानकारी में तो सुप्रीम कोर्ट के एक मौजूदा जज ने भी धवन को मनाने की कोशिश की थी। करीब दो हफ्ते के बाद राजीव धवन मान गए लेकिन अपने अंदाज़ में। जस्टिस दीपक मिश्रा के नाम लिखे पत्र में धवन ने लिखा, 'कोर्ट और इसकी कार्यशैली में मौलिक तौर पर कुछ कमियाँ हैं। लेकिन सुप्रीम कोर्ट और देश की न्याय व्यवस्था मेरे लिए बहुत महत्वपूर्ण है ... और इनके ऊपर मेरा कर्ज अभी बाकी है'। इस तरह धवन ने एक बार फिर अयोध्या विवाद में मुस्लिम पक्ष की पैरवी का बीड़ा उठा लिया।

अयोध्या मुकदमे से जुड़े मुस्लिम पक्षकारों के लिए राजीव धवन किसी नायक से कम नहीं हैं। धवन ने अयोध्या मामले में मुस्लिम पक्ष के वकील के रूप में जितनी मज़बूती से अपनी दलीलें रखीं, शायद ही कोई और वकील रख पाता। उन्होंने वह सब कुछ किया जो एक वकील को अपने मुवक्किल के लिए करना चाहिए था। मुझे देश के जानेमाने वकील राम जेठमलानी का एक इन्टरव्यू याद आता है जिसमें उन्होंने कहा था, 'मैं अपने मुवक्किल के लिए वह सब कुछ करूँगा जो न्यायसंगत और उचित लगेगा'।[1]

राजीव धवन ने भी मुस्लिम पक्ष के लिए वही किया था। वे इस केस से तब से जुड़े हैं जब बाबरी मस्जिद विध्वंस के बाद यह मामला इलाहाबाद हाईकोर्ट पहुँचा था और धवन हाईकोर्ट में बाबरी मस्जिद एक्शन कमेटी की तरफ से पेश हुए थे। हाईकोर्ट ने जब 2010 में विवादित ज़मीन को रामलला विराजमान, निर्मोही अखाड़ा और सुन्नी वक़्फ़ बोर्ड के बीच तीन बराबर हिस्सों में बाँट दिया था, तो हाईकोर्ट के फैसले पर आपत्ति जताते हुए धवन ने कहा था, 'यह एक तरह का पंचायती फैसला है। यह मुसलमानों के अधिकार छीन लेता है और हिंदुओं की भावनाओं को कानूनी अधिकार में बदल देता है'।[2]

अध्याय 9

समझौते की कोशिशें

विवाद, सियासत और इतिहास

देश में चारों तरफ से अयोध्या में राम मंदिर बनाने की माँग तेज़ हो गई थी। साधु-संतों और राम भक्तों ने केंद्र की मोदी सरकार पर दबाव बनाना शुरू कर दिया था कि अयोध्या ज़मीन विवाद पर सुप्रीम कोर्ट में सुनवाई टलती जा रही है इसलिए सरकार को अदालत के फैसले का इंतज़ार नहीं करना चाहिए और अध्यादेश लाकर अयोध्या में जल्दी से जल्दी भव्य राम मंदिर का निर्माण शुरू करना चाहिए। भारतीय जनता पार्टी के नेता अध्यादेश के विकल्प की बात करने लगे थे और भीतर ही भीतर सरकार के स्तर पर भी चर्चा होने लगी थी। क्योंकि भारतीय जनता पार्टी लोकसभा चुनाव में रामभक्त मतदाताओं की नाराजगी के साथ नहीं जाना चाहती थी।

लेकिन इसी बीच 14 फरवरी 2019 को पुलवामा में सीआरपीएफ के काफ़िले पर आतंकी हमला हो गया जिसमें चालीस जवान शहीद हो गए। देश भर में पुलवामा हमले के खिलाफ पाकिस्तान को सबक सिखाने की माँग उठी। अयोध्या में राम मंदिर निर्माण की माँग पाकिस्तान को हर हाल में सबक सिखाने की माँग में बदल गई। सरकार ने एक बड़ा निर्णय लिया और 26 फरवरी को भारतीय वायुसेना के बारह मिराज लड़ाकू विमानों ने पाकिस्तान की सीमा में घुसकर आतंकी ठिकानों पर बमबारी की जिसमें 300 से अधिक आतंकी मारे गए। ऐसा कई जगह रिपोर्ट किया गया।[1] पाकिस्तान ने भारत के दावों को झुठलाया। पाकिस्तान के लिए ऐसा ज़रूरी भी था और उसकी मजबूरी भी थी।

लेकिन देश के अंदर सेना के शौर्य और मोदी सरकार की जयघोष के शोर में अयोध्या में राम मंदिर निर्माण की माँग कमज़ोर पड़ गई थी।

इस बीच अयोध्या भूमि विवाद में एक नया मोड़ आया। सुप्रीम कोर्ट इस विवाद को समझौते के ज़रिए सुलझाना चाहता था। कोर्ट ने करीब सात दशक पुराने इस संवेदनशील मामले को मध्यस्थता के लिए भेज दिया। सुप्रीम कोर्ट ने 8 मार्च 2019 को राम मंदिर-बाबरी मस्ज़िद विवाद को सुलझाने के लिए तीन सदस्यीय मध्यस्थता समिति का गठन किया। सुप्रीम कोर्ट के सेवानिवृत न्यायाधीश न्यायमूर्ति इब्राहिम कलीफुल्ला को समिति का अध्यक्ष बनाया गया। समिति के दो अन्य सदस्य थे- श्री श्री रविशंकर और श्रीराम पंचू। श्री श्री रवि शंकर को सब जानते हैं। श्री श्री *आर्ट ऑफ लिविंग* संस्था के संस्थापक हैं। इसके ज़रिए लोगों को ख़ुशी से प्रसन्नतापूर्वक जीवन जीने की कला सिखाई जाती है। देश-विदेश में उनके लाखों प्रशंसक हैं। भारत के अलावा 151 देशों में उनकी संस्था आर्ट ऑफ लिविंग की शाखाएँ हैं।

पैनल के तीसरे सदस्य श्रीराम पंचू एक वरिष्ठ वकील हैं जो जाने-माने मध्यस्थ हैं और कई मामलों में मध्यस्थ की भूमिका निभा चुके हैं। सुप्रीम कोर्ट ने इस पैनल को मध्यस्थता को लेकर हुई प्रगति पर रिपोर्ट देने के लिए आठ हफ्ते का समय दिया। मध्यस्थता समझौते की एक ऐसी प्रक्रिया है जिसमें एक तटस्थ तीसरा पक्ष सभी पक्षकारों को एक सर्वमान्य समाधान पर पहुँचने में मदद करता है। कोर्ट के निर्देश पर मध्यस्थता में हुआ ऐसा समझौता कोर्ट के आदेश के तौर पर लागू किया जा सकता है। इस मामले में सुप्रीम कोर्ट ने ज़ोर देकर कहा 'मध्यस्थता की कार्यवाही और उसमें मध्यस्थों के विचारों सहित किसी भी पक्ष के विचार गोपनीय रखे जाएँगे'।[2]

मध्यस्थता समिति में श्री श्री रविशंकर को लेकर विवाद

मध्यस्थता समिति पैनल में न्यायमूर्ति कलीफुल्ला और श्रीराम पंचू को लेकर किसी को कोई ऐतराज़ नहीं था। लेकिन श्री श्री रवि शंकर को पैनल में शामिल किया जाना बहुत लोगों को पसंद नहीं आया। कोर्ट ने जैसे ही इस समिति के सदस्यों के नामों की घोषणा की, श्री श्री रविशंकर के नाम पर विवाद खड़ा हो गया। श्री श्री पर आरोप था कि अयोध्या मामले को लेकर उनका पूर्वाग्रह है।

सोशल मीडिया में उनके पुराने बयान तैरने लगे। उन्होंने एक बयान में कहा था, 'मुस्लिमों को सद्भावना दिखाते हुए अयोध्या पर अपना दावा छोड़ देना चाहिए। अगर राम मंदिर का मुद्दा हल नहीं हुआ, तो भारत में भी एक सीरिया होगा'।[3] श्री श्री के इस बयान को देश के मुस्लिम समुदाय ने धमकी के रूप में लिया था। ये तो सबको मालूम है कि 2011 से गृहयुद्ध से ग्रस्त सीरिया में लाखों लोग मारे जा चुके हैं। मुस्लिम हितों की सियायत करने वाले ऑल इंडिया मजलिस-ए-इत्तेहादुल मुस्लिमीन के राष्ट्रीय अध्यक्ष और हैदराबाद के सांसद असदुद्दीन ओवैसी ने तो बाकायदा प्रेस कान्फ्रेंस कर श्री श्री रविशंकर के नाम पर अपना एतराज़ ज़ाहिर किया। अयोध्या के साधु-संतों ने भी श्री श्री की मध्यस्थता पर आपत्ति जताई। साधु संतों को ऐतराज़ था कि समझौता पक्षकारों के मध्य होना था, लेकिन उस समिति पैनल में तो कोई पक्षकार शामिल ही नहीं था। संतों ने उसी समय ऐलान कर दिया था कि श्री श्री की कोई पक्षकार सुनने वाला नहीं है।

मुस्लिम पक्ष तो जनहित में समझौते के लिए तैयार था लेकिन निर्मोही अखाड़े को छोड़कर तमाम हिन्दू पक्षकार समझौते के लिए तैयार नहीं थे। फिर भी सुप्रीम कोर्ट ने इस मामले को मध्यस्थता के लिए भेज दिया क्योंकि कोर्ट को ऐसा लग रहा था कि अयोध्या विवाद महज ज़मीन विवाद नहीं है, बल्कि दो समुदायों की आस्था और विश्वास से जुड़ा मामला है और ऐसे विवादों का समाधान समझौते के ज़रिए हो तो बेहतर होगा। कोर्ट ने अपनी मंशा साफ करते हुए कहा कि वह दो समुदायों के रिश्तों में सुधार के पहलू पर विचार करते हुए यह प्रस्ताव दे रहा है और अगर मध्यस्थता के ज़रिए विवाद हल होने की एक फ़ीसदी भी उम्मीद है तो उसकी कोशिश की जानी चाहिए। लेकिन बहुत कम लोगों को उम्मीद थी कि अयोध्या विवाद का समाधान समझौते से मुमकिन है।

समझौते को लेकर इस नाउम्मीदी की वजह भी थी। इससे पहले भी कई मौकों पर शांतिपूर्ण समझौते की पेशकश की गई थी। लेकिन दोनों पक्ष अपने दावे से पीछे हटने को तैयार नहीं थे। मुसलमान दलील देते थे कि शरीयत मस्जिद के लिए समर्पित ज़मीन के टुकड़े की फितरत बदलने की इजाज़त नहीं देती और हिंदू पूरी मज़बूती से कहते थे कि वे भगवान राम के शिशु रूप 'रामलला' की नुमाइंदगी करते हैं और ज़मीन पर दावा छोडऩे के लिए वे

अधिकृत नहीं हैं। दोनों पक्षों के इस अडिग रवैए के बावजूद सुप्रीम कोर्ट ने मध्यस्थता का प्रयास किया।

हालाँकि सुप्रीम कोर्ट ने अपने आदेश में कहा था कि मध्यस्थता को लेकर होने वाली बातों को रिपोर्ट नहीं किया जायेगा, लेकिन जब मध्यस्थता नाकामयाब हो गई तब कुछ-कुछ बातें सामने आ गईं। सूत्रों से जो जानकारी सामने आई उसके मुताबिक मध्यस्थता के पहले दौर में सभी मुस्लिम पक्षकारों ने पेशकश की थी कि वे हाईकोर्ट के उस फैसले को मान लेंगे जिसमें विवादित ज़मीन को तीन हिस्सों में बाँटकर एक तिहाई मुसलमानों को दी गई थी। मुस्लिम पक्ष पूरी ज़मीन पर दावा छोड़ देगा, एक तिहाई ज़मीन पर मस्जिद का निर्माण करेगा और दो तिहाई मंदिर के लिए छोड़ देगा। लेकिन दूसरा पक्ष इस पर सहमत नहीं था।

समझौते को लेकर फैज़ाबाद में 155 दिन तक बंद कमरे में विचार विमर्श चलता रहा, लेकिन बात नहीं बनी। मध्यस्थता पैनल ने 2 अगस्त 2019 को कोर्ट में रिपोर्ट पेश की जिसमें कहा गया था कि मध्यस्थता की कोशिश असफल रही है। उसके बाद सुप्रीम कोर्ट ने 6 अगस्त से नियमित सुनवाई शुरू की।

जब पचीस दिन की सुनवाई हो गई तो एक बार फिर सुन्नी वक़्फ बोर्ड और हिंदू पक्षकार निर्वाणी अखाड़ा ने मध्यस्थता पैनल से मध्यस्थता की प्रक्रिया दोबारा शुरू करने का अनुरोध किया। अनुरोध में कहा गया कि जब मध्यस्थता की प्रक्रिया बंद हुई थी, तो हिंदू और मुस्लिम पक्ष समाधान के बहुत करीब पहुँच गए थे। मध्यस्थता के लिए थोड़ा वक्त और मिलने पर सकारात्मक नतीजे की संभावना है। मध्यस्थता पैनल ने यह जानकारी सुनवाई करने वाली बेंच को दी और इस पर बेंच राज़ी हो गई। मध्यस्थता की प्रक्रिया और कोर्ट में दलीलें भी साथ-साथ चलती रहीं। समझौते के अंतिम दौर की जो बातें सूत्रों के ज़रिए पता चलीं उसके मुताबिक, सुन्नी वक़्फ बोर्ड ने विवादित ज़मीन से दावा छोड़ने की पेशकश की थी। लेकिन उसकी सुप्रीम कोर्ट से कुछ मांगे थी।

इसमें से प्रमुख मांग ये थी कि प्लेसेज़ ऑफ़ वर्सिप (स्पेशल प्रोविजन) एक्ट 1991 को सख्ती से लागू कराया जाए, जिसके मुताबिक अयोध्या के अलावा सभी धर्म स्थानों की 1997 की स्थिति कायम रहेगी। इसके अलावा जो मस्जिदें भारतीय पुरातत्व सर्वेक्षण(ऑर्कियोलॉजिकल सर्वे ऑफ इंडिया) के पास हैं उनमें मुमकिन हो तो नमाज़ की इजाज़त दी जाए और अयोध्या की दूसरी मस्जिदों में

मरम्मत की इजाज़त दी जाए। उसकी यह भी माँग थी कि अयोध्या में 1992 में मारे गए मुस्लिम लोगों के परिवारों को मदद दी जाए। सुन्नी सेंट्रल वक़्फ़ बोर्ड मंदिर के लिए ज़मीन देने के बदले मस्जिद बनाने के लिए सरकार से कोई ज़मीन नहीं चाहता था। उनका तर्क था कि मंदिर के लिए ज़मीन देकर बदले में मस्जिद के लिए ज़मीन लेना सौदेबाज़ी होगी। मुसलमान चाहेंगे तो वे अपने पैसे से कहीं भी मस्जिद बना लेंगे।

विवादित जमीन पर से सुन्नी वक़्फ़ बोर्ड का दावा छोड़ने की पहल

सुनवाई के आखरी दिन यानी चालीसवें दिन (16 अक्टूबर 2019) की सुनवाई शुरू होने से ठीक पहले एक ख़बर तेजी से फैली कि सुन्नी वक़्फ़ बोर्ड अयोध्या में विवादित ज़मीन पर अपना दावा छोड़ रहा है। लेकिन मुस्लिम पक्ष के किसी भी पक्षकार या वकील को इस बारे में कोई जानकारी नहीं थी। यह ख़बर कहाँ से शुरू हुई, यह किसी को नहीं पता था। हमारे जैसे कोर्ट कवर करने वाले रिपोर्टर इस ख़बर को खारिज करने की स्थिति में नहीं थे। एक ही व्यक्ति थे जो इस ख़बर की सत्यता बता सकते थे और वो थे सुन्नी वक़्फ़ बोर्ड के चेयरमैन ज़फ़र अहमद फ़ारुक़ी। लेकिन वे कहाँ थे, इसकी किसी को ख़बर नहीं थी। उनके वकीलों ने बताया कि वे फोन पर भी किसी से बात नहीं कर रहे हैं। यहाँ तक कि वे अपने दोस्तों का फोन भी नहीं उठा रहे थे।

चूँकि कुछ ही दिन पहले ज़फ़र फ़ारुक़ी ने मध्यस्थता की दोबारा कोशिश शुरू करने के लिए मध्यस्थता पैनल को इसी तरह एक चिट्ठी लिखकर चुप्पी साध ली थी, ऐसे में इस ख़बर पर विश्वास होने लगा था। न्यूज़ चैनल्स पर यह ख़बर चलने लगी कि सुन्नी वक़्फ़ बोर्ड ने मध्यस्थता पैनल के सदस्य श्रीराम पंचू के ज़रिए कोर्ट से कहा है कि वह अपनी अपील वापस ले रहा है। सोशल मीडिया पर भी इस बात की काफी चर्चा रही थी लेकिन मुस्लिम पक्षकारों के वकील इस बात से अनजान थे। नियम ये है, कि यदि कोई भी पक्षकार अपना केस वापस लेना चाहता है तो उसे अपने एडवोकेट ऑन रिकॉर्ड के ज़रिए यह बात कोर्ट तक पहुँचानी होती है। लेकिन वक़्फ़ बोर्ड के एडवोकेट ऑन रिकॉर्ड शकील अहमद सय्यद को भी इस बारे में कोई जानकारी नहीं थी, न ही बहस कर रह सीनियर एडवोकेट ज़फ़रयाब जिलानी को कुछ पता था। एडवोकेट ऑन रिकॉर्ड सुप्रीम कोर्ट में किसी मुकदमे को दायर

करने और बहस करने के लिए अधिकृत होता है, वही अपने मुकदमे में बहस के लिए किसी सीनियर एडवोकेट को अधिकृत भी करता है।

चूँकि एक ही दिन पहले सुन्नी वक़्फ़ बोर्ड ने अपने वकील के ज़रिए विवादित ज़मीन पर अपने दावे के पक्ष में ज़ोरदार दलीलें दी थीं। ऐसे में अचानक आई इस ख़बर से बाक़ी मुस्लिम पक्षकारों की भौंहें तन गईं। यह चर्चा आम थी कि सुन्नी वक़्फ़ बोर्ड के अध्यक्ष के खिलाफ तीन एफआइआर दर्ज की गई हैं, अयोध्या केस में अपील वापस लेने का फैसला शायद इससे संबंधित था। तीन दिन पहले ही सुन्नी वक़्फ़ बोर्ड के चेयरमैन और शिया वक़्फ़ बोर्ड के चेयरमैन के खिलाफ वक़्फ़ की सम्पत्ति के क्रय-विक्रय में अनियमितता की जांच के लिए एफआईआर दर्ज हुई थी। हालाँकि सुप्रीम कोर्ट में जब चालीसवें दिन की सुनवाई शुरू हुई, तो कोर्टरूम में सुन्नी वक़्फ़ वोर्ड के दावा छोड़ने वाली बात पर कोई चर्चा नहीं हुई थी। लेकिन बाद में मुस्लिम पक्ष के एक वकील ने इस बात की पुष्टि की थी कि ज़फ़र फ़ारुक़ी ने मध्यस्थता समिति के सदस्य श्रीराम पांचू को एफिडेविट भेज कर बोर्ड की तरफ से केस वापस लेने की अपील की थी।

समझौते की कोशिश अँग्रेज़ों के समय भी हुई थी

राम मंदिर निर्माण का विवाद आज़ादी के पहले से चला आ रहा था। बताया जाता है कि जब 1853 में पहली बार राम मंदिर निर्माण को लेकर हिंदुओं और मुसलमानों के बीच हिंसा हुई तो उसके बाद अंग्रेजों ने इसका हल निकालना चाहा। इसकी कोशिश कई सालों तक चली और आखिरकार हिंदुओं और मुसलमानों में एक सहमति बनी। हालाँकि इसका कोई दस्तावेज़ तो नहीं मिलता लेकिन स्थानीय लोगों के मुताबिक विवादित परिसर के एक हिस्से में राम मंदिर और दूसरे हिस्से में मस्जिद की बात तय हो गई थी। लेकिन तभी 1857 का विद्रोह शुरू हो गया। विद्रोह के शोर के बीच अँग्रेज़ भला क्यों चाहते कि हिन्दुओं और मुसलमानों में एकता कायम हो! उसके बाद तो अँग्रेज़ों ने वे सारे हथकंडे अपनाने शुरु कर दिए जिससे दोनों समुदायों में दूरियाँ बढ़ती गई।

स्थानीय लोगों से मिली जानकारी के हवाले से वहाँ सीजेएम(मुख्य न्यायिक मजिस्ट्रेट) रहे सी डी राय ने एक साक्षात्कार में बताया था कि समझौता होने की ख़बर के बाद अँग्रेज़ी सरकार किसी तरह समझौते को रद्द कराकर वहाँ हिंदू-

मुस्लिम विवाद बने रहने देना चाहती थी। इसी साजिश के तहत समझौते के दो पक्षकारों की हत्या कराकर उनके शव वहीं एक पेड़ पर टाँग दिए गए, जिससे अयोध्या में हिंसा फैल गई। उसके बाद 1859 में ही ब्रिटिश सरकार ने तारों की एक बाड़ खड़ी करके विवादित भूमि के आंतरिक और बाहरी परिसर में मुसलमानों और हिदुओं को अलग-अलग प्रार्थनाओं की इजाज़त दे दी। उसके बाद मामले में समझौते की हर कोशिश नाकामयाब रही।

सियासत ने नहीं होने दिया समझौता

अयोध्या विवाद को सुलझाने की कोशिश 1987 में भी की गई थी। उस वक्त पहले से तय फॉर्मूले के अनुसार हिन्दुओं की ओर से समिति में पाँच नाम रखे जाने थे और मुस्लिम समुदाय की ओर से भी पाँच स्थानीय लोगों का नाम तय होना था। लेकिन मुस्लिम समुदाय सिर्फ स्थानीय लोगों को समिति में रखना चाहता था। इसके लिए विश्व हिन्दू परिषद के लोग तैयार नहीं हुए और मामला अटक गया। सन् 1989 में पूर्व प्रधानमंत्री वी पी सिंह के कार्यकाल में भी अयोध्या विवाद का हल निकालने की कोशिश की गई। उन्होंने इस मामले के समाधान के लिए दोनों पक्षकारों से बातचीत का सिलसिला शुरू करवाया। समझौते के लिए अध्यादेश तक लाया जा रहा था, लेकिन सियासत ने ऐसी करवट ली कि उन्हें अध्यादेश को वापस लेना पड़ा। दरअसल समझौते की कोशिश के बीच ही भाजपा नेता लालकृष्ण आडवाणी ने राम मंदिर के लिए सोमनाथ से अयोध्या के लिए रथयात्रा शुरू कर दी। आडवाणी रथ लेकर बिहार पहुँचे तो प्रदेश के तत्कालीन मुख्यमंत्री लालू प्रसाद यादव ने उन्हें गिरफ्तार करा दिया। नतीजतन केंद्र में वी पी सिंह की सरकार से भाजपा ने समर्थन वापस ले लिया। वी पी सिंह की सरकार गिर गई और अयोध्या समझौते की कोशिशें नाकाम हो गईं।

समझौते की एक और पहल तत्कालीन प्रधानमंत्री चंद्रशेखर के दौर में शुरू हुई। राष्ट्रवादी काँग्रेस पार्टी के अध्यक्ष शरद पवार ने अपनी आत्मकथा *अपनी शर्तों पर* में लिखा है कि चन्द्रशेखर सरकार में राम मंदिर निर्माण पर समझौते की कोशिश हो रही थी। शरद पवार के मुताबिक उन्होंने और भाजपा के वरिष्ठ नेता भैरो सिंह शेखावत ने समझौते की कोशिश की थी और यह कोशिश पूरी तरह गैर सरकारी थी। लेकिन चन्द्रशेखर सरकार को इतना समय ही नहीं मिल पाया

कि वो मामले को समाधान तक पहुँचा सके। शरद पवार के मुताबिक समझौते का प्रयास शुरू करने के लिए उन्हें तत्कालीन प्रधानमंत्री चन्द्रशेखर ने ही कहा था।[4] लेकिन यह दुर्भाग्यजनक था कि जब तक समझौते से समाधान निकलता, तब तक उनकी सरकार भी चली गई। चंद्रशेखर के नेतृत्व वाली सरकार के गिर जाने के बाद 6 दिसंबर 1992 को अयोध्या में कार सेवकों ने बाबरी मस्जिद का विवादित ढाँचा गिरा दिया।

पूर्व प्रधानमंत्री स्वर्गीय अटल बिहारी वाजयेपी के सत्ता में आने के बाद ये मामला एक बार फिर सुगबुगाने लगा। मामले की गंभीरता को समझते हुए वाजपेयी ने प्रधानमंत्री कार्यालय में अयोध्या विभाग का गठन किया और वरिष्ठ अधिकारी शत्रुघ्न सिंह को दोनों पक्षों से बातचीत के लिए नियुक्त किया। वाजपेयी ने 2003 में काँची पीठ के शंकराचार्य के ज़रिए भी अयोध्या विवाद सुलझाने की कोशिश की थी। तब दोनों पक्षों से मिलकर काँची कामकोटि पीठ के प्रमुख श्री श्री जयेंद्र सरस्वती ने भी भरोसा दिलाया था कि मसले का हल महीने भर के भीतर निकाल लिया जाएगा, लेकिन ऐसा तब भी कुछ नहीं हुआ। व्यक्तिगत स्तर पर भी अयोध्या मामले पर समझौते की अलग-अलग लोगों द्वारा कई बार कोशिश की गई। श्री श्री रविशंकर ने भी व्यक्तिगत स्तर पर दोनों पक्षकारों से मिलकर मध्यस्थता की कोशिश की थी, लेकिन वे भी नाकामयाब रहे।

अध्याय 10

कैसे टलता रहा अयोध्या पर फैसला

अनुवाद का पेंच और सुप्रीम कोर्ट में उथल-पुथल

देश के सबसे संवेदनशील और सबसे जटिल मुकदमे की सुनवाई कब से होगी इस बात का इंतज़ार देश ही नहीं पूरी दुनिया कर रही थी। सुप्रीम कोर्ट में अयोध्या विवाद पर जितनी बार भी सुनवाई टलती, लोगों के मन में अदालत के प्रति गुस्सा और असंतोष बढ़ता था।

तत्कालीन मुख्य न्यायाधीश दीपक मिश्रा ने अपने कार्यकाल में अयोध्या मामले पर फैसला सुनाने की कोशिश तो बहुत की, लेकिन ऐसा हो नहीं पाया।

सूरदास जी ने लिखा है: मेटि सकै नहिं कोई। करें गोपाल के सब होइ। अर्थात, गोपाल यानी भगवान जो चाहते हैं वही होता है। इसी बात को तुलसीदास जी ने रामचरितमानस में लिखा है: हानि लाभु जीवनु मरनु,जस अपजसु बिधि हाथ। अर्थात, हानि-लाभ, जीवन-मरण और यश-अपयश, ये सब कुछ विधाता के हाथ में है। परिस्थितियाँ ऐसी बनीं कि जस्टिस दीपक मिश्रा को अयोध्या मामले की सुनवाई किए बिना ही सेवानिवृत होना पड़ा।

लोग यही जानते हैं कि सुप्रीम कोर्ट में अयोध्या मामले की सुनवाई चालीस दिन में पूरी हो गई थी। लेकिन यह पूरा सच नहीं है। चालीस दिन तो इस मामले पर संविधान पीठ ने लगातार सुनवाई की थी, उससे पहले भी 11 अगस्त 2017 से लेकर 27 जुलाई 2018 के बीच बारह दिन जस्टिस दीपक मिश्रा

के कार्यकाल में भी इस मामले पर सुनवाई हुई थी। यानी करीब बारह महीने में मात्र बारह दिन इस पर सुनवाई हुई थी। अयोध्या मामला जिस दिन भी सुनवाई के लिए लगता, उस पर एक नई तारीख मिल जाती थी। न्यूज़ चैनल और अखबार में हेडलाइन होती थी, 'अयोध्या मामले में मिली एक और तारीख़' या 'रामलला को मिली एक और तारीख़' इत्यादि। बार-बार सुनवाई टलने से लोगों में गुस्सा था। वे बारह दिन अयोध्या मामले की सुनवाई के बेहद ख़ास दिन थे। इस दौरान कई महत्वपूर्ण घटनाएँ घटीं। अयोध्या मामले की सुनवाई कर रहे तत्कालीन मुख्य न्यायाधीश दीपक मिश्रा के खिलाफ गम्भीर आरोप लगे और सुप्रीम कोर्ट के चार वरिष्ठ जजों ने एक ऐतिहासिक प्रेस कांफ्रेंस की। जस्टिस दीपक मिश्रा के खिलाफ महाभियोग लाने की कोशिश भी हुई। 11 अगस्त 2017 से 27 जुलाई 2018 तक की अयोध्या मामले में हुई सुनवाई और घटनाक्रम को समझने की ज़रूरत है।

अनुवाद के नाम पर

तत्कालीन मुख्य न्यायाधीश जस्टिस दीपक मिश्रा की अगुवाई वाली तीन जजों की बेंच 11 अगस्त 2017 को अयोध्या मामले में इलाहाबाद हाईकोर्ट के फैसले के खिलाफ अपील पर सुनवाई के लिए बैठी। बेंच के दो अन्य जज थे जस्टिस अशोक भूषण और जस्टिस अब्दुल नज़ीर। वरिष्ठ वकील तुषार मेहता, जो उस समय एडिशनल सॉलिसिटर जनरल थे, यूपी सरकार के वकील के तौर पर पेश हुए। मेहता ने कोर्ट से कहा कि पहले यह तय करने की ज़रूरत है कि इस मामले की सुनवाई कैसे होगी क्योंकि इसमें कई अपीलें और क्रॉस अपीलें हैं। इनके अलावा भी कुछ लोगों की याचिकाएँ हैं जो अयोध्या मामले की सुनवाई में अपना भी पक्ष रखना चाहते हैं। इन याचिकाओं को आईए यानी, इंटरवेंशन एप्लीकेशन कहा जाता है।

तुषार मेहता ने भाजपा नेता सुब्रमण्यम स्वामी की याचिका का उदाहरण देते हुए कहा कि स्वामी ने माँग की कि विवादित जगह पर पूजा करने का उनका मौलिक अधिकार है। ऐसी याचिकाओं पर सुनवाई बाद में होनी चाहिए। इस पर सुब्रमण्यम स्वामी ने अपना विरोध जताया जो अपने मामले में ख़ुद ही बहस कर रहे थे। ऐसे याचिकाकर्ता को "पिटीशनर इन पर्सन" कहा जाता है। स्वामी

ने कहा कि हिन्दुओं का भगवान राम के जन्मस्थान पर पूजा करने का अधिकार उनका "मौलिक अधिकार" है, अतः पहले इस मसले पर सुनवाई होनी चाहिए। इसकी वजह भी थी। अगर कोर्ट पहले यह तय कर देता कि भगवान राम के जन्मस्थान पर पूजा करना हिन्दुओं का मौलिक अधिकार है तो मुकदमा पूरी तरह बदल जाता। तब अयोध्या विवाद की सुनवाई केवल ज़मीन के मालिकाना हक (टाइटल सूट) की तरह नहीं होती। सुन्नी वक़्फ़ बोर्ड के वकील राजीव धवन ने इसका पुरज़ोर विरोध यह कहते हुए किया कि पाँच जजों की संविधान पीठ पहले ही तय कर चुकी है कि यह केवल टाइटल सूट है और सुनवाई हाईकोर्ट के फैसले के खिलाफ दायर अपील पर ही होगी। धवन ने यह भी दलील दी कि ज़मीन के मालिकाना हक पर पूजा के अधिकार को तरजीह नहीं दी जा सकती।

लेकिन जैसे ही सुनवाई को लेकर बात आगे बढ़ी, मुस्लिम पक्षकारों ने विरोध करना शुरू कर दिया था। तर्क ये दिया गया कि मुकदमे से जुड़े तमाम दस्तावेज़ उर्दू, फ़ारसी, संस्कृत और हिंदी में हैं जिनका अँग्रेज़ी में अनुवाद होना बाकी है। जस्टिस दीपक मिश्रा ने इस पर ऐतराज़ जताते हुए कहा कि जब हाईकोर्ट ने इन दस्तावेज़ों के देखा है तो ऐसा कैसे हो सकता है कि उनका अनुवाद नहीं हुआ हो? इस पर वकीलों ने सफाई दी कि दरअसल इनमें से कुछ दस्तावेज़ तो ऐसे समय हाईकोर्ट को दिए गए थे जब सुनवाई पूरी हो चुकी थी और ये बिना अनुदित हुए ही रह गए थे। अनुवाद के नाम पर जस्टिस दीपक मिश्रा ने सुनवाई टालने से यह कह कर इनकार कर दिया कि सुनवाई होगी और उसी दौरान ज़रूरत के मुताबिक अनुवाद का काम भी होता रहेगा। यही मौका था जब पूर्व केंद्रीय मंत्री और काँग्रेस के वरिष्ठ नेता कपिल सिब्बल ने, जो सुन्नी वक़्फ़ बोर्ड के लिए वकील के तौर पर पेश हो रहे थे, बिना अनुवाद किए दस्तावेज़ों के आधार पर सुनवाई शुरू करने पर भारी विरोध दर्ज कराया था। कपिल सिब्बल ने कहा कि अनुवाद के लिए सुनवाई चार महीने तक टाल देनी चाहिए। इसी मौके पर मुस्लिम पक्षकारों की ओर से पेश वकील राजीव धवन ने भी कहा था कि इस मुकदमे में दस हज़ार से ज़यादा पेज के दस्तावेज़ हैं। 'मी लॉर्ड आप कितनी भी कोशिश कर लें, इस मामले में फैसला आपके कार्यकाल में नहीं आ सकता'। धवन के ऐसा कहने के पीछे वजह थी कि जस्टिस दीपक मिश्रा का कार्यकाल अक्टूबर 2018 को ख़त्म हो रहा था।[2]

सुप्रीम कोर्ट रूल्स 2013 के आर्डर VIII के मुताबिक अँग्रेज़ी को छोड़कर किसी और भाषा के दस्तावेज़ के आधार पर सुप्रीम कोर्ट की कार्यवाही नहीं की जा सकती। दस्तावेज़ का अँग्रेज़ी में अनुवाद किया जाना ज़रूरी है लेकिन इसकी भी एक शर्त है कि उक्त दस्तावेज़ के अनुवाद पर दोनों पक्षों की सहमति हो या कोर्ट द्वारा नियुक्त अनुवादक द्वारा अनुवादित दस्तावेज़ प्रमाणित किया गया हो या अनुवाद कोर्ट द्वारा नियुक्त अनुवादक ने किया हो। अयोध्या मामले से जुड़े पंद्रह ट्रंक दस्तावेज़ इलाहाबाद हाईकोर्ट से सुप्रीम कोर्ट आए थे। इनमें अँग्रेज़ी के अलावा हिंदी, अरबी, फ़ारसी, संस्कृत, उर्दू और गुरुमुखी भाषा के दस्तावेज़ भी थे। इनमें बाबर के ज़माने से लेकर रामायण के ज़माने तक के दस्तावेज़ शामिल थे।

कपिल सिब्बल के विरोध का असर ये हुआ कि तत्कालीन मुख्य न्यायाधीश दीपक मिश्रा ने 5 दिसंबर 2017 तक सुनवाई टाल दी। दीपक मिश्रा ने तय किया था कि 5 दिसंबर को जब बेंच बैठेगी तो उस दिन देखा जाएगा कि अनुवाद कि क्या स्थिति है और कोर्ट में सर्दी की छुट्टियों के बाद जनवरी में सुनवाई शुरू हो जाएगी।

कठघरे में कॉंग्रेस

जस्टिस दीपक मिश्रा ने मन बना लिया था कि अयोध्या विवाद को लेकर हाईकोर्ट के फैसले के खिलाफ 2010 से लंबित अपील पर जल्द सुनवाई करेंगे। यह बात अगस्त 2017 की है। जस्टिस दीपक मिश्रा, जस्टिस एस ए नज़ीर और जस्टिस अशोक भूषण की तीन सदस्यीय बेंच ने 11 अगस्त 2017 को सुनवाई शुरू कर दी। कोर्ट ने साफ कर दिया कि वो केवल मुख्य पक्षकारों को सुनेगा। हस्तक्षेप याचिकाएँ दाखिल करने वालों की दलीलें वो नहीं सुनेगा। पूरे देश में फिर से उम्मीदें जगी कि कोर्ट जल्दी फैसला देने का मन बना रहा है। लेकिन मुस्लिम पक्ष के वकील नहीं चाहते थे कि उस समय सुनवाई हो क्योंकि इसके राजनीतिक नतीजे सामने आ सकते थे। उनकी ओर से पेश वकील राजीव धवन ने भी कहा था कि इस मुकदमे में दस हज़ार से ज़्यादा पृष्ठों के दस्तावेज़ हैं। दस्तावेज़ों के अनुवाद के नाम पर सुनवाई 5 दिसम्बर 2017 के लिए टल गई।

अयोध्या मामले पर सुनवाई के लिए 5 दिसम्बर 2017 को जब दूसरी बार बेंच बैठी, तो अदालत में कुछ ऐसा हुआ जिसने देश की सियासत में सरगर्मी ला दी। सुन्नी वक़्फ़ बोर्ड के वकील और काँग्रेस के वरिष्ठ नेता कपिल सिब्बल ने सुनवाई शुरू होते ही कहा, 'अयोध्या मुकदमे के देश की राजनीति पर होने वाले असर को देखते हुए लोकसभा चुनाव के बाद जुलाई 2019 तक के लिए इसे टाल देना चाहिए'। कपिल सिब्बल की इस अजीबोगरीब माँग पर जजों और दूसरे पक्ष के वकीलों ने कड़ा ऐतराज़ जताया। लेकिन कपिल सिब्बल और राजीव धवन सहित मुस्लिम पक्ष के वकील किसी कीमत पर उस समय नियमित सुनवाई के लिए तैयार नहीं थे। कपिल सिब्बल ने कोर्ट से कहा कि देश की राजनीति पर होने वाले प्रभाव, अधूरे, बिना अनुवाद हुए दस्तावेज़ और वकीलों के सुनवाई के लिए तैयार नहीं होने के बावजूद अगर आप इस मुकदमे की नियमित सुनवाई के लिए तैयार हैं तो इस जल्दबाज़ी की वजह बतानी होगी। सिब्बल के इस विरोध का जब मुख्य न्यायाधीश पर असर नहीं हुआ तो कपिल सिब्बल ने कोर्ट को धमकी भरे अंदाज़ में कहा कि यदि आपत्ति के बावजूद कोर्ट अयोध्या मामले की सुनवाई जारी रखता है तो वह कोर्ट छोड़कर चले जायेंगे।

हालाँकि कोर्ट के लिए धमकी शब्द का प्रयोग उचित नहीं है और यह अवमानना के दायरे में आता है, लेकिन उस दिन हिन्दू पक्ष की तरफ से पेश हो रहे जाने-माने वकील हरीश साल्वे ने यही कहा था। उन्होंने कहा, 'यह उचित नहीं है कि कपिल सिब्बल जैसे वरिष्ठ वकील कोर्ट को धमकी दें कि अगर उनकी शर्तों पर सुनवाई नहीं होगी तो कोर्ट छोड़कर चले जाएँगे'।

कपिल सिब्बल के विरोध ने रंग दिखाया। दस्तावेज़ों के अनुवाद के नाम पर एक बार फिर सुनवाई दो महीने के लिए टल गई। कोर्ट ने सुनवाई की अगली तारीख 8 फरवरी 2018 तय कर दी। लेकिन कपिल सिब्बल का यह विरोध उनको और उनकी पार्टी को बहुत भारी पड़ा। ऐसा इसलिए हुआ कि लोकसभा चुनाव तक अयोध्या मामले की सुनवाई टालने की माँग कपिल सिब्बल और उनकी पार्टी के लिए गले की फाँस बन गई। वकालत पर सियासत भारी पड़ गई। कपिल सिब्बल द्वारा मुस्लिम पक्ष के वकील के रूप में कही गई बात काँग्रेस नेता की बात हो गई। मुस्लिम पक्षकारों में से एक प्रमुख पक्षकार सुन्नी वक़्फ़ बोर्ड ने कपिल सिब्बल की इस माँग से किनारा कर लिया। सुन्नी वक़्फ़ बोर्ड की तरफ से

बयान जारी हुआ कि बोर्ड तो अयोध्या विवाद का शीघ्र समाधान चाहता है और कपिल सिब्बल ने सुनवाई टालने की जो बात कही है वह उनकी निजी राय है। बोर्ड की तरफ से ऐसी माँग करने के लिए नहीं कहा गया था। कपिल सिब्बल ने सफाई दी कि वो सुन्नी वक़्फ़ बोर्ड की तरफ से पेश नहीं हो रहे थे, बल्कि किसी दूसरे मुस्लिम पक्षकार की तरफ से पेश हुए थे। लेकिन कपिल सिब्बल की सफाई से कोई फायदा नहीं हुआ। देशभर में यही संदेश गया कि काँग्रेस, अयोध्या मामले की सुनवाई टलवाना चाहती है।

कपिल सिब्बल को अयोध्या मामले की सुनवाई से अलग होना पड़ा। सिब्बल और काँग्रेस की तरफ से सफाई दी गई कि अयोध्या मामले की सुनवाई टालने की बात उन्होंने मुस्लिम पक्ष के वकील के हैसियत से कही थी, पार्टी से उसका कोई लेना-देना नहीं है। लेकिन सूचना क्रांति के इस दौर में जब एक बार मशीन मे आलू डालने से सोना बनना शुरू हुआ, तो कहाँ रुका ? 11 नवंबर 2017 को गुजरात के पाटन में एक चुनावी सभा में राहुल गांधी ने प्रधानमंत्री नरेन्द्र मोदी पर व्यंग्य करते हुए कहा था, 'आलू के किसानों को कहा कि ऐसा मशीन लगाऊँगा कि इस साइड से आलू घुसेगा, उस साइड से सोना निकलेगा। इस साइड से आलू डालो, उस साइड से सोना निकालो। इतना पैसा बनेगा कि आपको पता ही नहीं होगा कि क्या करना है पैसे का। ये मेरे शब्द नहीं हैं, नरेंद्र मोदी जी के शब्द हैं।[1]

सोशल मीडिया पर इस बयान को तोड़-मरोड़कर कर ऐसे पेश किया गया कि राहुल गांधी आलू से सोना बनाने वाली मशीन लगाएँगे! वह छेड़छाड़ किया गया वीडियो वायरल हो गया और काँग्रेस के लोग सफाई देते रह गए। राहुल गांधी की उस बात का सोशल मीडिया पर ख़ूब मज़ाक उड़ाया गया। उसी तरह सिब्बल और काँग्रेस की सफाई नक्कारखाने में तूती की आवाज़ बनकर रह गई। लोकसभा चुनाव के दौरान रैलियों में जब भी अयोध्या और राम मंदिर का ज़िक्र हुआ, यह बात गूँजती रही कि काँग्रेस अयोध्या में शीघ्र राम मंदिर निर्माण के पक्ष में नहीं है। काँग्रेस को इसके चलते कितना नुकसान हुआ होगा, यह 2019 के लोकसभा चुनाव के नतीजे से समझा जा सकता है। इस बार भी लोकसभा में नेता-प्रतिपक्ष का पद पाने के लिए ज़रूरी 55 सीट पाने में काँग्रेस नाकाम रही।

ऐसा नहीं है कि राम मंदिर मुद्दे ने पहली बार काँग्रेस को सियासी नुकसान पहुँचाया था। साल 1949 में जब भगवान की मूर्तियाँ चौखट से गर्भगृह में स्थापित की गईं तब उत्तर प्रदेश में काँग्रेस की सरकार थी और गोविंद बल्लभ पंत मुख्यमंत्री थे। तब इस मामले को हल्के में लेने से उनकी भूमिका संदेह में आई थी। फिर साल 1986 में जन्मस्थान परिसर का ताला खुला। तत्कालीन राजीव गांधी सरकार को मुसलमानों की नाराज़गी झेलनी पड़ी थी। ताला तो फैज़ाबाद कोर्ट के आदेश पर खुला लेकिन आदेश के आधे घंटे के भीतर ताला खोले जाने के पीछे कौन था इसकी एक अलग ही कहानी है। इस कहानी का संबंध 1985 की एक बहुचर्चित घटना से है।

23 अप्रैल 1985 को सुप्रीम कोर्ट ने एक मुस्लिम महिला शाहबानो के तलाक के मामले में फैसला दिया कि वह गुज़ारा भत्ता की हकदार हैं। मुस्लिम महिलाओं को यह अधिकार मुस्लिम पर्सनल लॉ नहीं देता था।

शाहबानो मध्य प्रदेश के इंदौर की निवासी थीं। शाहबानो के पति मोहम्मद ख़ान ने तलाक़ दे दिया था। उस वक्त शाहबानो बासठ साल की थीं और पाँच बच्चों की ज़िम्मेदारी उनके ऊपर थी। शाहबानो ने गुज़ारा भत्ता पाने के लिए कानून की शरण ली। मामला सुप्रीम कोर्ट पहुँचा। सुप्रीम कोर्ट ने अपराध दंड संहिता (आईपीसी) की धारा 125 के अंतर्गत निर्णय दिया जो हर किसी पर लागू होता है चाहे वो किसी भी धर्म, जाति या संप्रदाय का हो। कोर्ट ने शाहबानो के हक में फैसल देते हुए मोहम्मद ख़ान को गुज़ारा भत्ता देने का आदेश दिया।

सुप्रीम कोर्ट के इस आदेश के बाद देशभर में राजनीतिक बवाल मच गया। इस फैसले को मुस्लिम पर्सनल लॉ और धार्मिक आज़ादी में दख़ल माना गया। ऑल इंडिया मुस्लिम पर्सनल लॉ बोर्ड ने शाहबानो केस में सुप्रीम कोर्ट के इस फैसले का पुरज़ोर विरोध किया। राजीव गांधी सरकार ने मुस्लिम महिलाओं को मिलने वाले मुआवज़े को निरस्त करते हुए एक साल के भीतर मुस्लिम महिला (तलाक़ में संरक्षण का अधिकार) अधिनियम 1986 संसद से पारित कराकर सुप्रीम कोर्ट के फैसले को पलट दिया। उनकी सरकार के इस फैसले से बहुसंख्यक हिन्दुओं में यह संदेश गया कि सरकार अल्पसंख्यक तुष्टीकरण की राजनीति कर रही है। इस असंतोष को भाजपा सहित हिंदूवादी संगठनों ने और हवा दी।

इसी पृष्ठभूमि में अयोध्या के राम मंदिर का ताला खोलने को लेकर एक याचिका सुनवाई के लिए आई। याचिका में दलील दी गई कि मंदिर में ताला लगाने का आदेश कभी आधिकारिक तौर पर जारी नहीं किया गया था लिहाज़ा मंदिर पर लगा ताला गैर-कानूनी है। अदालत ने दलील स्वीकार करते हुए ताला खोलने के आदेश दे दिए।

अदालती आदेश के आधे घंटे के भीतर ताला खोलने के लिए प्रशासन की तरफ से एक टीम पहुँच गई। अमूमन अदालत के आदेश को लागू करने में दो-चार दिन तो लग ही जाते हैं। वजह यह होती है कि अदालत का आदेश प्रशासन तक पहुँचने की अपनी एक प्रकिया है। लेकिन, उसी आधे घंटे में अयोध्या के राम मंदिर परिसर में प्रशासन की टीम के साथ लोगों की भारी भीड़ जमा हो गई। साथ में टीवी कैमरा भी था जो दूरदर्शन की टीम का था। ऐसा माना गया कि अयोध्या में ताला खुलवाने के पीछे सरकार की पूरी सहमति थी। इसे मुस्लिम तुष्टीकरण के आरोप के जवाब में बहुसंख्यक तुष्टीकरण की राजनीति समझा गया।

ताला खुलने से मुसलमान काँग्रेस से नाराज़ हो गए। हिंदू, राम मंदिर बनवाने के लिए भाजपा की तरफ जाने लगे। उसके बाद भाजपा ने राम मंदिर के मुद्दे को कभी अपने हाथ से निकलने नहीं दिया। पूर्व राष्ट्रपति प्रणब मुखर्जी ने अपनी पुस्तक *द टर्बुलेंट ईयर्स: 1980-1996* में लिखा है, 'अयोध्या में 1 फरवरी 1986 को राम जन्मभूमि मंदिर का ताला खुलवाना पूर्व प्रधानमंत्री राजीव गांधी का एक गलत निर्णय साबित हुआ।[2] इससे देश-विदेश में रहने वाले मुस्लिम समुदाय की भावनाएँ बहुत आहत हुईं। इसलिए इस पर कोई विवाद बाकी नहीं रह जाता कि मंदिर का ताला किसने खुलवाया। काँग्रेस ने ताला ही नहीं खुलवाया, बल्कि ताला खुलने के बाद 1989 में जब अयोध्या में शिलान्यास हुआ तब भी काँग्रेस की ही सरकारें थी- केंद्र में भी और उत्तर प्रदेश में भी। शिलान्यास काँग्रेस की सहमति से ही हुआ था'।

मीडिया की शरण में न्यायाधीश!

ख़ैर, मुस्लिम पक्ष के भारी विरोध के चलते 5 दिसंबर 2018 को सुनवाई दो महीने के लिए टल गई। दो महीने बाद 8 फरवरी 2018 को मामले पर सुनवाई होनी थी। अयोध्या मामले की सुनवाई किसी-न-किसी वजह से टलती जा रही

थी और सुप्रीम कोर्ट में परिस्थितियाँ तेज़ी से बदल रही थीं। न्यायपालिका के इतिहास में पहली बार हुआ जब सुप्रीम कोर्ट के जजों ने प्रेस कॉन्फ्रेंस की। सुप्रीम कोर्ट के चार जजों ने 12 जनवरी 2018 को प्रेस कॉन्फ्रेंस कर तत्कालीन मुख्य न्यायाधीश दीपक मिश्रा के खिलाफ़ गंभीर आरोप लगाए। इन चार जजों में जस्टिस रंजन गोगोई भी शामिल थे जो देश के अगले मुख्य न्यायाधीश बनने वाले थे। जजों के इस अभूतपूर्व प्रेस कॉन्फ्रेंस ने सियासी और कानूनी हलकों में एक भूचाल ला दिया। जस्टिस चेलमेश्वर, जस्टिस रंजन गोगोई, जस्टिस मदन बी लोकुर और जस्टिस कुरियन जोसेफ ने मुख्य न्यायाधीश दीपक मिश्रा के खिलाफ जो आरोप लगाए थे उनमें से एक आरोप यह भी था कि मुख्य न्यायाधीश मनमाने ढंग से तय कर रहे हैं कि संवेदनशील मामलों की सुनवाई किस बेंच में होगी।

सुप्रीम कोर्ट और न्यायपालिका से जुड़ी ख़बरों को रिपोर्ट करने वाले मेरे जैसे पत्रकार इस प्रेस कॉन्फ्रेंस के मायने समझने की कोशिश में लगे थे। इससे पहले किसी हाईकोर्ट या सुप्रीम कोर्ट के जजों ने कभी प्रेस कॉन्फ्रेंस नहीं की थी। ऐसा लगता था कि जज लोया की मौत की जाँच की माँग वाली याचिकाओं को लेकर ही ये मामला शुरू हुआ था। इस नतीजे पर पहुँचने की वजह है। दरअसल 12 जनवरी 2018 को सोहराबुद्दीन एनकाउंटर केस की सुनवाई करने वाले विशेष जज लोया की रहस्यमय परिस्थितियों में मौत हो गई थी। इसकी जाँच की माँग वाली याचिकाओं पर सुनवाई होनी थी। लोया की मौत की जाँच से जुड़ी याचिकाएँ जस्टिस अरुण मिश्रा की अगुवाई वाली बेंच के सामने सुनवाई के लिए सूचीबद्ध थी। प्रेस कॉन्फ्रेंस के बाद जस्टिस अरुण मिश्रा ने इन याचिकाओं पर सुनवाई से ख़ुद को अलग कर लिया था। मुख्य न्यायाधीश दीपक मिश्रा ने इन याचिकाओं को अपनी अगुवाई वाली बेंच के सामने मँगा लिया था। उस बेंच में जस्टिस खानविलकर और जस्टिस चँद्रचूड़ शामिल थे। लंबी सुनवाई के बाद उस बेंच ने लोया की मौत की जाँच की माँग को खारिज कर दिया।

राजनीतिक रूप से अतिसंवेदनशील इस केस ने जस्टिस दीपक मिश्रा के खिलाफ माहौल बना दिया था। चारों तरफ जस्टिस दीपक मिश्रा और इस केस के बारे में चर्चा हो रही थी। न्यायपालिका में राजनीति और राजनीति में न्यायपालिका बुरी तरह घुलमिल गई थी।

जज लोया की मौत का मामला

सोहराबुद्दीन शेख़ के कथित फ़र्ज़ी मुठभेड़ मामले की सुनवाई कर रहे जज बी एच लोया की 1 दिसंबर 2014 को नागपुर में मौत हो गई। वे वहाँ एक साथी जज की बेटी की शादी में शामिल होने गए थे। उनके साथ चार और साथी जज उस शादी समारोह में गए थे। उस वक्त उनकी मौत की वजह दिल का दौरा पड़ना बताई गई थी। उन चार जजों ने भी मौत की वजह दिल का दौरा पड़ना ही बताया था। सोहराबुद्दीन शेख के कथित फ़र्ज़ी मुठभेड़ मामले में भारतीय जनता पार्टी के तत्कालीन अध्यक्ष अमित शाह भी आरोपी थे हालाँकि बाद में शाह को इस मामले में बरी कर दिया।[3] नवंबर 2017 में अँग्रेजी पत्रिका द *कैरेवन* ने एक ख़बर छापी जिसमें पहली बार जज लोया की मौत की परिस्थितियों पर सवाल उठाया गया। उसके बाद 27 नवंबर को महाराष्ट्र के लातूर शहर के बार एसोसिएशन ने लोया की मौत की जाँच को लेकर एक न्यायिक आयोग के गठन की मांग की। बॉम्बे लॉयर्स एसोसिएशन ने भी जज लोया की मौत की जाँच के लिए बंबई हाईकोर्ट में अर्ज़ी दख़िल की। सुप्रीम कोर्ट में भी याचिका दायर हुई जिसके बाद सुप्रीम कोर्ट के तत्कालीन मुख्य न्यायाधीश दीपक मिश्रा ने बंबई हाईकोर्ट में लंबित लॉयर्स एसोसिएशन की याचिका को भी स्थानांतरित करवा लिया। सभी याचिकाओं पर एक साथ सुनवाई हुई और सुप्रीम कोर्ट ने जज लोया की मौत की जाँच कराने से इनकार कर दिया। चूँकि जज लोया एक ऐसे मुकदमे की सुनवाई कर रहे थे जिसमें आरोपी अमित शाह थे, तो ऐसे में मामले की संवेदनशीलता समझी जा सकती है।

सोहराबुद्दीन शेख़ की 26 नवंबर 2005 की फ़र्ज़ी मुठभेड़ में हत्या कर दी गई थी। इस हत्या के एक चश्मदीद गवाह तुलसीराम प्रजापति भी दिसंबर 2006 में एक कथित मुठभेड़ में मारा गया। सोहराबुद्दीन की पत्नी क़ौसर बी की भी हत्या कर दी गई थी। इन हत्याओं के आरोप गुजरात के तत्कालीन गृहमंत्री अमित शाह पर लगे। इन्हीं मामलों में बाद में उनकी गिरफ्तारी भी हुई थी। सुप्रीम कोर्ट की देखरेख में जाँच चलती रही। सुप्रीम कोर्ट के आदेश पर अमित शाह को कुछ समय के लिए राज्य-बदर किया गया था।

सुप्रीम कोर्ट ने इस मामले की सुनवाई गुजरात से बाहर करने और सुनवाई के दौरान जज का तबादला न करने जैसे कई निर्देश दिए। सीबीआई के विशेष जज जेटी उत्पत ने अमित शाह को मई 2014 में समन किया। अमित शाह ने सुनवाई में हाज़िर होने से छूट माँगी, लेकिन जज उत्पत ने इसकी इजाज़त नहीं दी। इसके बाद सुप्रीम कोर्ट के आदेश के बावजूद 26 जून 2014 को उनका तबादला कर दिया गया। इसके बाद ये मामला ज़ज लोया को सौंप दिया गया। अमित शाह, जज लोया की अदालत में भी पेश नहीं हुए। जज लोया ने अमित शाह के पेश नहीं होने पर नाराज़गी जताई थी और अगली सुनवाई पर 15 दिसंबर को कोर्ट में पेश होने को कहा था। उसके पहले ही 1 दिसंबर 2014 को लोया की मौत हो गई थी। जज लोया की मौत के बाद उनकी जगह नियुक्त जज एमबी गोसावी ने जाँच एजेंसी के आरोपों को नामंज़ूर करते हुए अमित शाह को दिसंबर 2014 में आरोप-मुक्त कर दिया।[4]

इस बीच एक और महत्वपूर्ण घटना घटी। पहले से चल रहे मेडिकल कॉलेज घोटाला मुकदमे में जाने-माने वकील प्रशांत भूषण ने 16 जनवरी 2018 को मुख्य न्यायाधीश दीपक मिश्रा के खिलाफ शिकायत दर्ज करा दी। प्रशांत भूषण ने शिकायत की कॉपी उन चार जजों को भी भेजी थी जिन्होंने जस्टिस दीपक मिश्रा के खिलाफ प्रेस कॉन्फ्रेंस की थी। प्रशांत भूषण ने मेडिकल कॉलेज घोटाले में जस्टिस दीपक मिश्रा की भूमिका की जाँच की माँग की थी। यह ख़बर अखबार में और टीवी में रोज़ सुर्खियाँ बन रही थी। इन विवादों के बीच मुख्य न्यायाधीश दीपक मिश्रा की बेंच 8 फरवरी को एक बार फिर अयोध्या मामले पर सुनवाई के लिए बैठी। लेकिन उस दिन भी दस्तावेज़ों के अनुवाद का मामला सामने आ गया। मुस्लिम पक्ष के वकील एजाज़ मक़बूल ने कहा कि कुछ दस्तावेज़ों का अनुवाद अभी भी बाक़ी है जिसमें दो हफ्ते का समय लगेगा और सुनवाई 14 मार्च तक के लिए टल गई।

महाभियोग के साए में अयोध्या

मुख्य न्यायाधीश दीपक मिश्रा अयोध्या मामले में जब इस सवाल पर सुनवाई कर रहे थे कि मस्जिद इस्लाम का आवश्यक भाग है या नहीं, तो विपक्ष उनके खिलाफ महाभियोग लाने की तैयारी कर रहा था। काँग्रेस की अगुवाई में सात विपक्षी पार्टियों ने 20 अप्रैल 2018 को मुख्य न्यायाधीश को उनके पद से

हटाने के लिए महाभियोग प्रस्ताव का नोटिस दिया था। जस्टिस दीपक मिश्रा के खिलाफ महाभियोग की नोटिस में दो आरोप लगे थे: पहला आरोप वही था जो सुप्रीम कोर्ट के चार सबसे वरिष्ठ जजों ने जनवरी में अपने ऐतिहासिक प्रेस कॉन्फ्रेंस में लगाया था। आरोप था कि मुख्य न्यायाधीश अपने अधिकारों का दुरूपयोग करते हुए वाँछित फैसले के लिए राजनीतिक रूप से संवेदनशील कुछ मामलों की सुनवाई ख़ास जजों को सौंपते हैं। दूसरा आरोप प्रसाद एजुकेशन ट्रस्ट से जुड़े मेडिकल कॉलेज के मामले में अनियमितता का था। लेकिन जिस तरह से घटनाएँ घटित हुईं, बहुत लोगों को और मुझे भी यह लगा कि मुख्य न्यायाधीश दीपक मिश्रा को अयोध्या जैसे अति संवेदनशील मामले की सुनवाई से रोकने के लिए यह सब किया गया है, क्योंकि विपक्ष के पास महाभियोग के लिए बहुमत नहीं था। कानून के मुताबिक, महाभियोग प्रस्ताव के पारित होने के लिए संसद के सभी सदस्यों का बहुमत और उपस्थित सदस्यों का विशेष यानी दो तिहाई बहुमत का अनुमोदन ज़रूरी होता है। महाभियोग पारित होने के लिए विपक्षी दलों के पास संसद के दोनों सदनों में से किसी में बहुमत नहीं था।

यहाँ सवाल यह है कि आखिर विपक्ष को अयोध्या मामले की सुनवाई रोकने से क्या फ़ायदा मिलने वाला था? ऐसा लगता है कि विपक्ष को इस बात का अंदेशा सता रहा होगा कि अयोध्या मामले पर 2019 के लोकसभा चुनाव से पहले सुप्रीम कोर्ट के किसी भी फैसले से भाजपा को सियासी लाभ मिल सकता है। जस्टिस दीपक मिश्रा 2 अक्टूबर 2018 को सेवानिवृत हो रहे थे और उसके पहले उन्हें अयोध्या भूमि विवाद से जुड़े अति संवेदनशील मामले की सुनवाई पूरी कर फैसला सुनाना था। इस बीच अगर जस्टिस दीपक मिश्रा के खिलाफ संसद में महाभियोग की प्रक्रिया शुरू होती तो महाभियोग प्रस्ताव भले पारित न होता, लेकिन संसद में उनके आचरण पर सवाल उठने से विपक्ष के लिए उनके फैसले पर सवाल उठाना आसान हो जाता। विश्व हिंदू परिषद ने आरोप लगाया कि जस्टिस दीपक मिश्रा के खिलाफ महाभियोग का नोटिस अयोध्या मामले की सुनवाई में बाधा डालने की नीयत से किया गया था।[5] विपक्ष पर सवाल उठा कि राजनीतिक फायदे के लिये न्यायपालिका की गरिमा से खिलवाड़ किया गया और मोदी सरकार को राजनीति के अखाड़े में पटखनी देने के बजाए विपक्ष ने सुप्रीम कोर्ट के चीफ़ जस्टिस को राजनीतिक दलदल में घसीटने की कोशिश की थी।

जस्टिस रंजन गोगोई पर आरोप

अयोध्या मामले का समझौते के ज़रिए समाधान निकालने के लिए सुप्रीम कोर्ट ने 8 मार्च 2019 को तीन सदस्यों वाली एक कमेटी का गठन किया गया था जिसका ज़िक्र पहले आ चुका है।

इसी बीच 20 अप्रैल 2019 को कुछ वेबसाइटों पर तत्कालीन मुख्य न्यायाधीश जस्टिस रंजन गोगोई के खिलाफ यौन शोषण के आरोप की ख़बर छपी। इस पर देश के हरेक हिस्से से प्रतिक्रिया आ रही थी। लोग चिंता ज़ाहिर कर रहे थे। देश के इतिहास में ऐसा पहली बार हुआ था जब मुख्य न्यायाधीश के खिलाफ यौन उत्पीड़न का आरोप लगा था। सुप्रीम कोर्ट में जूनियर कोर्ट असिस्टेंट के रूप में काम करने वाली एक पैंतीस वर्षीय महिला ने बाईस जजों को एक शपथपत्र भेजकर जस्टिस रंजन गोगोई के खिलाफ शिकायत की थी।

उस शपथपत्र में अक्टूबर 2018 में जस्टिस रंजन गोगोई के निवास पर उसके साथ हुई कथित घटना का विस्तृत ब्यौरा दिया था। उसमें कहा गया कि यह घटना जस्टिस रंजन गोगोई के मुख्य न्यायाधीश बनने के बाद की थी। जस्टिस गोगोई 3 अक्टूबर 2018 को सुप्रीम कोर्ट के मुख्य न्यायाधीश बने थे। जिस दिन इस आरोप से संबंधित ख़बर छपी, वो शनिवार का दिन था। शनिवार को सुप्रीम कोर्ट की छुट्टी होती है। सुबह तीन बजकर सैंतीस मिनट पर बजे कुछ न्यूज़ पोर्टलों की तरफ से चीफ़ जस्टिस के कार्यालय को यौन शोषण की गंभीर शिकायत से जुड़ा ई-मेल भेजकर प्रतिक्रिया माँगी गई।

सुप्रीम कोर्ट के सेक्रेटरी जनरल ने चीफ़ जस्टिस पर लगे आरोपों को नकारते हुए जवाब लिखा कि जिस महिला का ज़िक्र है, उसने चीफ़ जस्टिस निवास पर डेढ़ महीने तक काम किया। चीफ़ जस्टिस के यहाँ सभी कर्मचारियों के साथ सम्मानपूर्वक बर्ताव किया जाता है। आमतौर पर प्रशासनिक मामलों में सुप्रीम कोर्ट या किसी जज की तरफ से सीधा संवाद नहीं किया जाता, इसलिए यह जवाब सुप्रीम कोर्ट के सेक्रेटरी जनरल ने लिखा था। जिस तरह लोकसभा में सेक्रेटरी जनरल का पद होता है, उसी तर्ज़ पर सुप्रीम कोर्ट में भी सेक्रेटरी जनरल का पद होता है।

महिला के आरोपों और सेक्रेटरी जनरल के जवाब के साथ मुख्य न्यायाधीश के खिलाफ करीब साढ़े नौ बजे यौन शोषण के आरोप की ख़बर अँग्रेज़ी वेबसाइट द *वायर* में छपी। दस बजते बजते यह ख़बर जंगल की आग की तरह तेज़ी से फैल गई क्योंकि इस ख़बर को उन वेबसाइटों ने खूब प्रचारित किया था। मुख्य न्यायाधीश रंजन गोगोई ने इस मामले पर तत्काल सुनवाई के लिए एक विशेष बेंच का गठन किया क्योंकि यह न्यायपालिका की स्वतंत्रता से जुड़ा हुआ मामला था।[6]

विशेष बेंच में ख़ुद मुख्य न्यायाधीश रंजन गोगोई भी शामिल थे। उनके अलावा बेंच के दो अन्य सदस्य थे जस्टिस अरुण मिश्रा और जस्टिस संजीव खन्ना। यह अपने आप में एक अनूठा मामला था कि जिस जज के खिलाफ आरोप लगा था, वही जज उस मामले की सुनवाई करने वाली बेंच में शामिल था। दस बजे सुप्रीम कोर्ट की वेबसाइट पर नोटिस लगा दिया गया कि साढ़े दस बजे इस मामले पर विशेष सुनवाई होने जा रही है।

मुख्य न्यायाधीश के खिलाफ यौन उत्पीड़न का आरोप लगा था इसलिए सुप्रीम कोर्ट में कोई भी इस मामले पर खुलकर नहीं बोल पा रहा था। लेकिन लोग दबी जुबान में बात कर रहे थे कि जिस मामले में मुख्य न्यायाधीश के खिलाफ आरोप है, वे ख़ुद उस मामले की सुनवायी वाली बेंच में कैसे बैठ सकते हैं?

स्थापित न्यायिक प्रक्रिया के मुताबिक जब आरोप किसी जज के खिलाफ हो तो वह जज उस मामले का न्याय करने के लिए नहीं बैठता है। साढ़े दस बजे सुनवाई शुरू हुई। जस्टिस रंजन गोगोई ने अपने ऊपर लगे आरोपों को खारिज करते हुए कहा कि उन पर आरोप लगाकर न्यायपालिका की स्वतंत्रता पर हमला किया जा रहा है और इसके पीछे एक बड़ी ताकत काम कर रही है।

प्रधानमंत्री कार्यालय और मुख्य न्यायाधीश के कार्यालय दोनों के नाम लेने के पीछे वजह थी। दरअसल, मुख्य न्यायाधीश रंजन गोगोई की अगुवाई वाली बेंच राफेल लड़ाकू विमान समझौते मामले में दोबारा सुनवाई करने वाली थी। मुख्य न्यायाधीश रंजन गोगोई की बेंच ने 14 दिसंबर 2018 को चौंतीस राफेल लड़ाकू विमानों की खरीद में कथित भ्रष्टाचार की जाँच की माँग ठुकरा दी थी। राफेल करार में प्रधानमंत्री कार्यालय की भूमिका पर भी सवाल उठा था।

यहाँ, यह बताना ज़रूरी है जस्टिस गोगोई से पहले मुख्य न्यायाधीश रहते हुए जस्टिस दीपक मिश्रा पर भी कई गंभीर आरोप लगाए गए थे, जिनमें एक

आरोप यह भी था कि मुख्य न्यायाधीश का कार्यालय, प्रधानमंत्री कार्यालय के साथ मिलकर महत्वपूर्ण मामलों की सुनवाई को प्रभावित कर रहा है। आरोप लगाने वालों में जस्टिस गोगोई भी शामिल थे। आरोपों का वह सिलसिला सुप्रीम कोर्ट की चारदीवारी से निकलकर संसद तक पहुँच गया था, जहाँ चीफ़ जस्टिस के खिलाफ महाभियोग चलाने का प्रस्ताव लाया गया। आखिर में बिना किसी नतीजे पर पहुँचे जस्टिस दीपक मिश्रा पर लगे आरोप कड़वा अध्याय बनकर ख़त्म हो गए। लेकिन अब वैसा ही कड़वा घूँट पीने की बारी जस्टिस गोगोई की थी।

राफेल मामले में सुप्रीम कोर्ट के उस फैसले पर पुनर्विचार के लिए दायर की गई याचिका पर सुनवाई होने वाली थी। जस्टिस रंजन गोगाई ने आगे कहा कि उन्हें दुख इस बात का है कि बीस साल न्यायपालिका में काम करने के बाद भी उनके बैंक अकाउंट में सिर्फ छह लाख अस्सी हजार रूपये हैं और उनके पीएफ खाते में चालीस लाख। ऐसे में जब वे लोग किसी और तरह से उन पर शिकंजा नहीं कस सके तो उन्होंने यौन उत्पीड़न जैसे किसी आरोप की तलाश की। जस्टिस रंजन गोगोई करीब बीस मिनट तक अपना बचाव करते रहे। उन्होंने कहा कि इतने निम्न दर्जे के आरोप से वे इतने आहत हैं कि इसका खंडन करते हुए भी उन्हें शर्मिंदगी महसूस हो रही है। लेकिन वे ऐसी साजिश के आगे झुकेंगे नहीं, अपना काम करते रहेंगे।

अब बारी थी आदेश पारित करने की। लेकिन जब आदेश पारित करने की बारी आयी तो जस्टिस रंजन गोगोई ने ख़ुद को यह कहकर अलग कर लिया कि इस मामले में क्या आदेश पारित करना है इसका अधिकार जस्टिस अरुण मिश्रा और संजीव खन्ना के पास है। आदेश पारित हुआ लेकिन शिकायतकर्ता महिला और उसकी शिकायत पब्लिश करने वाली वेबसाइटों के खिलाफ कोई आदेश नहीं था। बस मीडिया को उसका कर्तव्य याद दिलाया गया कि न्यायपालिका की निष्पक्षता का ख़्याल रखते हुए पत्रकारों को भी संवेदनशील होना पड़ेगा।

जस्टिस गोगोई ने 23 अप्रैल 2019 को उन पर लगे आरोपों की जाँच के लिए तीन जजों के एक इन-हाउस पैनल का गठन कर दिया। उस पैनल के सदस्य थे जस्टिस एस ए बोबडे, जस्टिस एन वी रमना और जस्टिस इंदिरा बैनर्जी। फिर 6 मई को ख़बर आई कि सुप्रीम कोर्ट के पैनल ने जस्टिस गोगोई के खिलाफ लगे आरोपों को खारिज कर दिया है।

अध्याय 11

राम मंदिर का भूमिपूजन

विवाद और विवाद का पटाक्षेप !

सुप्रीम कोर्ट के फैसले के नौ महीने बाद यानी 5 अगस्त 2020 को अयोध्या में राम जन्मभूमि पर मंदिर निर्माण के लिए भूमिपूजन का आयोजन हुआ। जिस दिन राम मंदिर निर्माण के लिए भूमिपूजन हुआ, देश में कई जगहों पर दीवाली जैसा माहौल था। बाढ़ में डूबे कुछ इलाकों में लोग कमर तक पानी पैठ भूमिपूजन का उल्लास मनाते दिखे। अयोध्या को खूबसूरत ढंग से सजाया गया था। मुख्य मार्ग पर दोनों तरफ के घरों को पीतांबरी रंग से रंगा गया था। जन्मस्थान की ओर जाने वाली सड़क की दीवारों पर रामकथा से जुड़ी तस्वीरें और झाँकियाँ उकेरी गई थीं। पूरे शहर में केसरिया पताके लहरा रहे थे और जगह-जगह बंदनवार और तोरण द्वारों की सजावट की गई थी। भूमिपूजन के इस आयोजन को मीडिया में बार-बार शिलान्यास बताया जा रहा था, लेकिन यह शिलान्यास नहीं बल्कि भूमिपूजन था।

राम मंदिर के लिए शिलान्यास तो इकतीस साल पहले यानी 1989 में हो चुका था। तब स्वर्गीय राजीव गांधी देश के प्रधानमंत्री थे। विवादित स्थल के पास राम मंदिर की नींव रखी गई थी। उस समय राम मंदिर निर्माण को लेकर पूरे देश में जो लहर थी, उसने राजीव गांधी पर राजनीतिक दबाव बना दिया था। उसी वर्ष आम चुनाव भी होने वाले थे। राजीव गांधी नहीं चाहते थे कि उनकी छवि हिंदू विरोधी नेता के रूप में उभरे। शाहबानो केस को लेकर तुष्टिकरण के आरोप पहले से ही लगे थे। कॉंग्रेस के वरिष्ठ मुस्लिम नेता और राजीव गांधी सरकार में मंत्री रह

चुके आरिफ़ मुहम्मद ख़ान शाहबानो केस को लेकर बगावत कर चुके थे। आरिफ़ मुहम्मद ख़ान प्रगतिशील मुसलमान माने जाते रहे थे। उनकी बगावत ने हिंदुओं के एक तबके की राजीव गांधी और काँग्रेस से नाराज़गी और बढ़ा दी थी। ऐसे में हिन्दुओं को लुभाने के लिए राजीव गांधी ने राजनीतिक दबाव में हिंदू संगठनों को विवादित स्थल के पास राम मंदिर के शिलान्यास की इजाज़त दे दी थी।

विश्व हिंदू परिषद की अगुवाई में हज़ारों राजनैतिक हस्तियों और बड़े-बड़े साधु-संतों के बीच बिहार के एक दलित युवक कामेश्वर चौपाल के हाथों 9 नवंबर 1989 को राम मंदिर के नींव की पहली ईंट रखवाई गई थी।

सुप्रीम कोर्ट के फैसले के बाद जब 5 अगस्त 2020 को प्रधानमंत्री नरेंद्र मोदी ने अयोध्या में भूमिपूजन किया तो उत्तर प्रदेश के मुख्यमंत्री योगी आदित्यनाथ ने धार्मिक आयोजन का पहला प्रसाद कामेश्वर चौपाल को ही भिजवाया।

वैसे, साल 1989 में कानूनी विवाद के चलते शिलान्यास के बावजूद मंदिर निर्माण का काम शुरू नहीं हो पाया था। लेकिन अब स्थिति अलग है। सुप्रीम कोर्ट ने विवाद का समाधान कर दिया है तो भूमिपूजन के साथ-साथ मंदिर निर्माण का काम भी शुरू हो गया है।

अयोध्या में भूमिपूजन की तस्वीरों को देखकर एक बार फिर रामचरितमानस के अयोध्या कांड की वह चौपाई याद गई, 'हानि लाभु जीवनु मरनु जस अपजसु बिधि हाथ'। तभी तो शिलान्यास के इतने पुनीत और ऐतिहासिक मौके पर राम मंदिर आंदोलन का न कोई सेनानायक दिखा,और न ही कोई सिपाही। प्रधानमंत्री नरेंद्र मोदी और उत्तर प्रदेश के मुख्यमंत्री के नाते योगी आदित्यनाथ ही आयोजन स्थल पर दिखे। आयोजन में कुछ साधु संतो के अलावा संघ प्रमुख मोहन भागवत तो मौजूद थे, लेकिन राममंदिर आंदोलन के सेनानायक लालकृष्ण आडवाणी, मुरली मनोहर जोशी, कल्याण सिंह जैसे नायकों की अनुपस्थिति को लेकर खूब चर्चा हुई। बताया गया कि कोरोना माहमारी के चलते और उनकी उम्र को देखते हुए उन लोगों को भूमिपूजन के कार्यक्रम में आने के लिए आमंत्रित नहीं किया गया। हालाँकि इस बात पर विवाद है कि इन लोगों ने स्वेच्छा से जाने से मना कर दिया गया था या इन्हें बुलाया ही नहीं गया था। आखिरी वक्त पर उमा भारती कार्यक्रम में ज़रूर शामिल हो गई थीं। पहले उन्होंने समारोह स्थल पर जाने से

इनकार कर दिया था। उमा भारती कहती रहीं कि वे सरयू किनारे पर हैं लेकिन प्रधानमंत्री के कार्यक्रम के बाद ही भूमिपूजन स्थल पर जाकर रामलला के दर्शन करेंगी। उन्होंने ऐसा ही किया। सरयू किनारे से दिए अपने साक्षात्कार में उमा भारती ने यह भी कह दिया कि राम पर किसी एक पार्टी – यानी उनकी अपनी भाजपा – का पेटेंट या एकाधिकार नहीं है। राम मंदिर अभियान के अगुआओं की गैर मौजूदगी में उमा भारती का ऐसा कहना महत्वपूर्ण था। लेकिन जैसा कि संघ चाहता था कि इस पर विवाद न हो तो सारे नेता टकराव से बचने और बचाने की कोशिश करते रहे।

हालाँकि राम मंदिर आन्दोलन की एक नेता वहाँ ज़रूर मौजूद रहीं। लेकिन वह कैमरे की नज़र से आमतौर पर दूर रहीं। वो थीं साध्वी ऋतंभरा। वह मथुरा के वृंदावन में यमुना किनारे से जल लेकर अयोध्या पहुँची थीं। वृंदावन से उनकी कुछ तस्वीरें सोशल मीडिया में घूमती रहीं, लेकिन अयोध्या आने के बाद जन्मस्थान के कैनवास पर प्रधानमंत्री नरेंद्र मोदी, मुख्यमंत्री योगी आदित्यनाथ, उत्तर प्रदेश राज्यपाल आनंदीबेन पटेल और आरएसएस प्रमुख मोहन भागवत ही रहे।

भूमिपूजन के बाद के अपने सम्बोधन में प्रधानमंत्री नरेंद्र मोदी ने कहा, 'मेरा यहां आना बड़ा स्वाभाविक भी था क्योंकि "राम काज कीने बिन, मोहि कहाँ विश्राम"'। नरेंद्र मोदी उनतीस साल बाद अयोध्या गए थे। पिछली बार जब नरेंद्र मोदी अयोध्या गए थे तो तारीख थी, 18 जनवरी 1992। तब नरेंद्र मोदी तिरंगा यात्रा के दौरान राम की नगरी गए थे और उन्होंने रामलला के दर्शन भी किए थे। कन्याकुमारी से शुरू हुई वह तिरंगा यात्रा डॉ मुरली मनोहर जोशी और नरेंद्र मोदी के साथ कई दर्जन बसों एवं अन्य वाहनों के साथ भगवान राम की नगरी पहुँची थी। यहाँ यात्रा का पड़ाव पहले से तय था। अगले दिन फैज़ाबाद शहर के जीआइसी मैदान में सभा थी, जिसे जोशी के अलावा मोदी ने भी संबोधित किया था।

रामलला के दर्शन करते समय स्थानीय पत्रकार महेंद्र त्रिपाठी ने मुरली मनोहर जोशी को कैमरे में कैद करने के लिए कैमरा क्लिक किया था, लेकिन उनके साथ नरेंद्र मोदी भी फोटो में आ गए थे। जब महेंद्र त्रिपाठी ने नरेंद्र मोदी से पूछा कि आप दोबारा अयोध्या कब आएँगे, तो नरेंद्र मोदी ने जवाब में कहा था, 'जब राम

मंदिर बनेगा'। ऐसा नहीं था कि प्रधानमंत्री मोदी इस दौरान अयोध्या के आसपास नहीं गए। मई 2019 में मोदी लोकसभा चुनाव के लिए प्रचार करने फ़ैज़ाबाद-अंबेडकरनगर तक तो पहुँचे थे, लेकिन वे अयोध्या नहीं गए। इस बार जब अयोध्या गए तो मंदिर निर्माण का शुभारंभ करने ही गए। यही विधि का विधान है वो जिसे चाहती है उसे मौका देती है, जिसे नहीं चाहती उसे मौका नहीं मिलता।

कोरोना महामारी की वजह से भूमिपूजन कार्यक्रम में केवल 175 लोगों को आमंत्रित किया गया था ताकि लोगों के बीच में एक निश्चित दूरी रखी जा सके। अयोध्या में कोरोना का संक्रमण बढ़ रहा था। भूमिपूजन से ठीक पहले रामलला के दो सहायक पुजारी और राम मंदिर की सुरक्षा में तैनात चौदह पुलिस वाले कोरोना से संक्रमित हो गए थे। इसलिए अयोध्या में कोरोना संक्रमण से बचाव के लिए अतिरिक्त सावधानी बरती गई थी। बाहर से अयोध्या आने वालों के प्रवेश पर रोक लगा दी गई थी। अयोध्या में सिर्फ उन्हीं लोगों को प्रवेश करने की अनुमति दी गई थी जिनके पास निमंत्रण पत्र था। भूमिपूजन स्थल पर प्रधानमंत्री की सुरक्षा का हिस्सा बने पुलिसकर्मियों के बारे में ख़बर आई कि सिर्फ वही पुलिसवाले उसमें शामिल थे जो कोरोना-मुक्त हो गए थे।

तब उत्तर प्रदेश में कोरोना के चार हज़ार से अधिक नए मामले हर रोज़ आ रहे थे। राज्य में कोरोना से मरने वालों की संख्या 1857 हो चुकी थी। पूरे देश में कोरोना का संकट व्याप्त था। उस समय रोजाना संक्रमण की संख्या पचास हज़ार से अधिक होती जा रही थी। देश में कोरोना से संक्रमितों की तादाद उन्नीस लाख को पार कर चुकी थी। करीब चालीस हज़ार लोगों की मौत हो चुकी थी। केंद्रीय गृहमंत्री अमित शाह ख़ुद कोरोना के संक्रमण के चलते अस्पताल में भर्ती थे। भूमिपूजन कार्यक्रम के तीन दिन पहले ही उत्तर प्रदेश सरकार में कैबिनेट मंत्री कमला रानी वरुण का कोरोना वायरस संक्रमण से निधन हो गया था। मध्य प्रदेश के मुख्यमंत्री शिवराज सिंह चौहान और कर्नाटक के मुख्यमंत्री बीएस येद्दियुरप्पा भी कोरोना संक्रमित थे।

कोरोना के खौफ़ के ही चलते सुप्रीम कोर्ट में रामलला के वकील और राम मंदिर के निर्माण के लिए बने श्रीराम जन्मभूमि तीर्थ क्षेत्र ट्रस्ट के सदस्य के परासरन भी इस मौके पर अयोध्या नहीं गए थे। उन्होंने दिल्ली स्थित अपने

आवास पर टीवी के माध्यम से इस आयोजन को देखा। कोरोना महामारी काल में इस तरह के आयोजन को लेकर कुछ लोगों ने आलोचना की और सियासत भी हुई। लेकिन मामला राम मंदिर निर्माण से जुड़ा था, विपक्षी नेताओं ने आलोचना और सियासत दोनों सँभलकर ही किए थे।

मुहूर्त विवाद

एक विवाद भूमिपूजन के मुहूर्त को लेकर भी हुआ था। शिलान्यास और वास्तु जैसे आयोजनों में शुभ मुहूर्त का बहुत महत्व होता है। भाद्रपद मास के कृष्ण पक्ष की द्वितीया तिथि, दिन बुधवार, तारीख 5 अगस्त को राममंदिर का भूमिपूजन हुआ। इस तिथि को लेकर खूब विवाद हुआ। शंकराचार्य स्वरूपानंद सरस्वती ने भाद्रपद में भूमि पूजन को शास्त्र सम्मत नहीं माना। उन्होंने कहा कि शास्त्रों में भाद्रपद मास में गृह और मंदिर निर्माण कार्य का शुभारंभ निषिद्ध है। भूमिपूजन का मुहूर्त आचार्य गणेश्वर राज राजेश्वर शास्त्री द्रविड़ ने निकाला था जिन्हें ज्योतिष का प्रख्यात विद्वान माना जाता है। वे काशी के राजघराने के गुरू परिवार का हिस्सा भी हैं। आचार्य गणेश्वर राज राजेश्वर शास्त्री द्रविड़ ने मुहूर्त पर सवाल खड़े करने वालों को अपने साथ शास्त्रार्थ की चुनौती दे डाली। यह बात और है कि आचार्य की चुनौती किसी दूसरे आचार्य ने स्वीकार नहीं की। काशी विद्वत परिषद को मुहूर्त विवाद में दखल देना पड़ा। परिषद के संयोजक डॉ रामनारायण द्विवेदी ने विवाद पर विराम लगाते हुए कहा, 'अयोध्या में भूमि पूजन स्वयं भगवान राम का है और शिलान्यास स्वयं देश के राजा कर रहे हैं, इसलिए मुहूर्त बहुत मायने नहीं रखता'। वायु पुराण में लिखा है 'मुण्डे मुण्डे मतिर्भिन्ना, कुण्डे कुण्डे नवं पय:' अर्थात जिस प्रकार भिन्न-भिन्न सरोवर में भिन्न-भिन्न प्रकार का पानी होता है, ठीक उसी तरह भिन्न-भिन्न मस्तिष्क में भिन्न-भिन्न मति (विचार) होते हैं। ऐसे में विवाद के बावजूद निर्धारित मुहूर्त के मुताबिक 5 अगस्त को दोपहर के 12 बजकर 44 मिनट 8 सेकेंड से लेकर 12 बजकर 44 मिनट 40 सेकेंड के बीच प्रधानमंत्री नरेंद्र मोदी ने भूमि पूजन कर चाँदी की ईंट और चाँदी के फावड़े से श्री राम जन्मभूमि मंदिर निर्माण की आधारशिला रखी।

भूमिपूजन में प्रधानमंत्री का शामिल होना

प्रधानमंत्री नरेंद्र मोदी का राम मंदिर के भूमिपूजन कार्यक्रम में मुख्य अतिथि के रूप में जाने को लेकर भी विवाद हुआ। विवाद की शुरुआत हैदराबाद के सांसद और एआईएमआईएम के प्रमुख असदुद्दीन ओवैसी के बयान से हुई। ओवैसी ने कहा कि प्रधानमंत्री नरेंद्र मोदी द्वारा भूमि पूजन में शामिल होना संविधान के धर्मनिरपेक्ष स्वरूप की मूल भावना के खिलाफ है। और इसके साथ ही चर्चा छिड़ गई कि क्या प्रधानमंत्री के रूप में नरेंद्र मोदी पहले व्यक्ति हैं जो इस तरह के धार्मिक आयोजन में गए हैं! इसका जवाब 'ना' में है। भारत जैसे धर्मनिरपेक्ष देश के प्रधानमंत्री या राष्ट्रपति को किसी धर्म विशेष के पूजास्थल के आयोजन में जाना चाहिए या नहीं, इस बहस की शुरूआत 1951 में ही हो गई थी। गुजरात के सोमनाथ मंदिर के पुनर्निर्माण के बाद उसके उद्घाटन की तारीख रखी गई और भारत के प्रथम राष्ट्रपति डॉ राजेंद्र प्रसाद को बुलावा भेजा गया। तत्कालीन प्रधानमंत्री जवाहरलाल नेहरू चाहते थे कि धार्मिक मुद्दों को राष्ट्र के मुद्दों से अलग रखा जाए और उन्होंने डॉ राजेंद्र प्रसाद को सलाह दी कि वे इस कार्यक्रम का हिस्सा न बनें।

कई सदियों में कई बार ध्वस्त किए जा चुके सोमनाथ मंदिर का पुनर्निर्माण 1947 में तब शुरू हुआ जब तत्कालीन गृहमंत्री सरदार वल्लभ भाई पटेल ने इस मंदिर का दौरा किया। प्रधानमंत्री नेहरू इस बात से चिंतित थे कि ऐसे किसी कार्यक्रम को भारत सरकार का मुखर समर्थन विभाजन के बाद लोगों के बीच पैदा हुई दरारों को और बढ़ा देगा। प्रधानमंत्री जवाहरलाल नेहरू ने डॉ राजेंद्र प्रसाद को पत्र लिखा, 'मुझे लगता है कि सोमनाथ मंदिर के मामले में इतने बड़े स्तर का कार्यक्रम इस समय होना उचित नहीं है'। डॉ राजेंद्र प्रसाद ने नेहरू की सलाह नहीं मानी और कार्यक्रम में हिस्सा लिया। हालाँकि उन्होंने वहाँ जाकर 'गाँधीवादी विचारधारा, धर्मनिरपेक्षता और शांति बहाली' पर ज़ोर दिया।[1] पूर्व प्रधानमंत्री स्वर्गीय इंदिरा गांधी भी इस तरह के आयोजन में शामिल हो चुकी हैं।

हरिद्वार में 1983 में भारत माता मंदिर का जब निर्माण पूरा हुआ तो उद्घाटन के लिए तत्कालीन प्रधानमंत्री इंदिरा गांधी गई थीं। इस मंदिर का निर्माण

स्वामी सत्यमित्रानंद गिरि जी महाराज ने कराया था। इस मंदिर में भारत के प्राचीन ऋषि-मुनियों, वैज्ञानिकों, स्वतंत्रता संग्राम सेनानियों आदि की मूर्तियों के अतिरिक्त भारतमाता की मूर्ति भी स्थापित है। दिल्ली में अक्षरधाम मंदिर के उद्घाटन के मौके पर भी राष्ट्रपति और प्रधानमंत्री जा चुके हैं। 6 नवंबर 2005 को अक्षरधाम मंदिर के उद्घाटन समारोह में तत्कालीन राष्ट्रपति डॉ ए पी जे अब्दुल कलाम, तत्कालीन प्रधानमंत्री मनमोहन सिंह और तत्कालीन नेता प्रतिपक्ष लालकृष्ण आडवाणी भी शामिल हुए थे। श्री अक्षर पुरुषोत्तम स्वामीनारायण संस्था के प्रमुख स्वामी महाराज के नेतृत्व में अक्षरधाम मंदिर को बनाया गया था। यमुना किनारे करीब 100 एकड़ भूमि में फैले इस मंदिर को ग्यारह हज़ार से ज्यादा कारीगरों की मदद से बनाया गया। पूरे मंदिर को पाँच प्रमुख भागों में विभाजित किया गया है। मंदिर में उच्च संरचना के 234 नक्काशीदार खंभे, नौ अलंकृत गुंबदों, बीस शिखर होने के साथ 20,000 मूर्तियां भी शामिल हैं। मंदिर में ऋषियों और संतों की प्रतिमाओं को भी स्थापित किया गया है।

अल्पविराम

भूमिपूजन को लेकर एक विवाद और हुआ। ऑल इंडिया मुस्लिम पर्सनल लॉ बोर्ड ने भूमिपूजन से एक दिन पहले एक लिखित बयान जारी किया। बयान में कहा गया: 'बाबरी मस्जिद के मुकाम पर एक मंदिर की बुनियाद रखी जा रही है, इस मौके पर ऑल इंडिया मुस्लिम पर्सनल लॉ बोर्ड अपनी बात को दोहराना ज़रूरी समझता है कि शरीयत की रोशनी में एक जगह जहाँ मस्जिद बन जाती है वह कयामत तक मस्जिद ही रहती है, लिहाज़ा बाबरी मस्जिद कल भी मस्जिद थी,आज भी मस्जिद है और इंशा अल्लाह आगे भी मस्जिद ही रहेगी। मस्जिद में मूर्ति रखने से, पूजा शुरू करने से या एक लंबे अरसे तक नमाज़ पर रोक लगा देने से मस्जिद की हैसियत ख़त्म नहीं होती'। मतलब भूमिपूजन होने और मंदिर निर्माण के बाद भी विवाद को बनाए रखने की कोशिश जारी है। ऐसा नहीं है कि यह कोशिश केवल मुस्लिम पक्ष की तरफ से हो रही है, हिंदू पक्ष ने भी काशी और मथुरा पर बहस शुरू कर दी है। मतलब अयोध्या राम जन्मभूमि विवाद पर अल्पविराम भले लग गया हो, पूर्णविराम अभी दूर की कौड़ी लग रहा है।

अध्याय 12

इतिहास के आईने में अयोध्या विवाद

कुछ महत्वपूर्ण पड़ाव

जब सुप्रीम कोर्ट में इस पर सुनवाई हो रही थी उस समय तक अयोध्या विवाद करीब चार सौ नब्बे साल पुराना हो चुका था। विवाद की शुरुआत सोलहवीं शताब्दी की शुरुआत में मस्जिद निर्माण से ही हो गई थी। सुप्रीम कोर्ट के फैसले के बाद इस विवाद का समाधान हो गया है। सदियों पुराने इस विवाद के महत्वपूर्ण घटनाक्रम इस प्रकार हैं:

1528: ऐसा माना जाता है कि अयोध्या में मस्जिद का निर्माण मुगल शासक बाबर के गर्वनर मीर बाकी ने करवाया था। इसीलिए इसे बाबरी मस्जिद के नाम से जाना जाता था।

1853: पहली बार राम मंदिर निर्माण को लेकर हिंदुओं और मुसलमानों के बीच सांप्रदायिक दंगे हुए थे।

1856-57: विवादित स्थल को लेकर 1856-57 से झगड़ा चलता चला आ रहा है। उसी साल उस स्थान को लेकर हिंदू और मुसलमानों के बीच दंगा हुआ। फिर 1857 ब्रिटिश शासकों ने विवादित स्थल पर बाड़ (रेलिंग) लगा दी और परिसर के भीतरी हिस्से में मुसलमानों को और बाहरी हिस्से में हिन्दुओं को प्रार्थना करने की अनुमति दी।

1885: निर्मोही अखाड़े के महंत रघुबर दास ने राम चबूतरे पर मंदिर निर्माण की अनुमति के लिए मुकदमा किया था और कोर्ट से माँग

की कि चबूतरे पर मंदिर बनाने की इजाज़त दी जाये। यह माँग खारिज कर दी गई।

1946: मस्जिद शियाओं की या सुन्नियों की, इसे लेकर विवाद उठ खड़ा हुआ। बाद में यह फैसला हुआ कि बाबर सुन्नी था, इसलिए मस्जिद सुन्नियों की है।

1949: जुलाई में उत्तर प्रदेश सरकार ने मस्जिद के बाहर राम चबूतरे पर राम मंदिर बनाने की कवायद शुरू की, लेकिन यह भी नाकाम रही। 22-23 दिसम्बर 1949 की मध्य रात्रि को मस्जिद में राम, सीता और लक्ष्मण की मूर्तियाँ रहस्यमय ढंग से प्रकट हो गईं। उसके बाद 29 दिसंबर को वहाँ ताला लगा दिया गया और कोर्ट ने वहाँ रिसीवर बैठा दिया।

1950: गोपाल सिंह विशारद[1] ने 16 जनवरी को अदालत का दरवाज़ा खटखटाया। उनकी माँग थी कि मूर्तियाँ वहाँ से न हटाईं जाएँ और पूजा बेरोकटोक चलती रहे। निचली अदालत ने कहा था कि मूर्तियाँ नहीं हटेंगी, लेकिन ताला बंद रहेगा और पूजा सिर्फ पुजारी करेगा। श्रद्धालु बाहर से ही दर्शन करेंगे।

1959: निर्मोही अखाड़ा अदालत पहुँचा और सेवादार के नाते विवादित जमीन पर उसने अपना दावा पेश किया।

1961: सुन्नी सेंट्रल वक़्फ़ बोर्ड ने अदालत में मस्जिद पर दावा पेश किया।

1986: 1 फरवरी को फैज़ाबाद के जिला जज ने जन्मभूमि का ताला खोलने का आदेश दिया और इस तरह श्रद्धालुओं को पूजा और दर्शन की अनुमति मिली।

1986: कोर्ट के इस फैसले के खिलाफ बाबरी मस्जिद एक्शन कमेटी बनाने का फैसला हुआ।

1989: विश्व हिन्दू परिषद नेता देवकीनंदन अग्रवाल ने रामलला विराजमान की तरफ से मंदिर की ज़मीन के दावे का मुकदमा किया।

1989: नवंबर में मस्जिद से थोड़ी दूर पर राम मंदिर का शिलान्यास किया गया।

1990: 25 सितंबर से भारतीय जनता पार्टी के वरिष्ठ नेता लालकृष्ण आडवाणी ने सोमनाथ से अयोध्या तक की रथ यात्रा शुरू की। इससे अयोध्या में राम मंदिर बनवाने को लेकर देश भर में एक

जुनून पैदा किया गया, जिसके परिणामस्वरूप गुजरात, कर्नाटक, उत्तर प्रदेश और आंध्र प्रदेश में दंगे भड़क गए। कई इलाकों में कर्फ्यू लगाना पड़ा। श्री आडवाणी को 23 अक्टूबर को बिहार के तत्कालीन मुख्यमंत्री लालू यादव ने गिरफ्तार करवा दिया।

1990: 30 अक्टूबर को अयोध्या में श्रीराम जन्मभूमि आन्दोलन के लिए पहली कार सेवा हुई थी। कार सेवकों ने मस्जिद पर चढ़कर झंडा फहराया था, इसके बाद हुई पुलिस फायरिंग में कई लोग मारे गए।

1991: जून में आम चुनाव हुए और उत्तर प्रदेश में भाजपा की सरकार बन गयी।

1992: 30 अक्टूबर को दिल्ली के केशवपुरम में पाँचवीं धर्म संसद का आयोजन हुआ जिसमें 6 दिसंबर 1992 को अयोध्या में कार सेवा की घोषणा हुई।

1992: नवंबर में राज्य के तत्कालीन मुख्यमंत्री कल्याण सिंह ने कोर्ट में मस्जिद की हिफ़ाज़त करने का हलफ़नामा दिया।

1992: 6 दिसंबर को लाखों कारसेवकों ने बाबरी मस्जिद ढहा दी। कारसेवक 11 बजकर 50 मिनट पर मस्जिद के गुम्बद पर चढ़े। करीब शाम 4.30 बजे तक मस्जिद का तीसरा गुम्बद भी गिर गया जिसकी वजह से देश भर में हिंदू-मुस्लिम दंगे भड़क उठे।

2002: जनवरी में अयोध्या विवाद सुलझाने के लिए तत्कालीन प्रधानमंत्री अटल बिहारी वाजपेयी ने अयोध्या समिति का गठन किया। वरिष्ठ अधिकारी शत्रुघ्न सिंह को हिन्दू और मुस्लिम नेताओं के साथ बातचीत के लिए नियुक्त किया गया। विश्व हिन्दू परिषद ने पंद्रह मार्च से राम मंदिर निर्माण कार्य शुरू करने की घोषणा कर दी।

2003: मई महीने में इलाहाबाद उच्च न्यायालय ने 2003 में झगड़े वाली जगह पर खुदाई करवाई ताकि पता चल सके कि क्या वहाँ पर कोई राम मंदिर था। जून महीने तक खुदाई चलने के बाद आई रिपोर्ट में कहा गया कि उसमें मंदिर से मिलते-जुलते अवशेष मिले हैं।

2003: सीबीआई ने 1992 में अयोध्या में बाबरी मस्जिद गिराये जाने के मामले में उप-प्रधानमंत्री लालकृष्ण आडवाणी सहित आठ लोगों के खिलाफ पूरक आरोपपत्र दाखिल किए।

2004: अप्रैल में श्री आडवाणी ने अयोध्या में अस्थायी राम मंदिर में पूजा की और कहा कि मंदिर का निर्माण ज़रूर किया जाएगा।

2005: जनवरी में लालकृष्ण आडवाणी को अयोध्या में 6 दिसंबर 1992 को बाबरी मस्जिद के विध्वंस में उनकी कथित भूमिका के मामले में अदालत में तलब किया गया। इसी साल अयोध्या के राम जन्मभूमि परिसर में आतंकी हमले हुए जिसमें पाँचों आतंकियों सहित छह लोग मारे गए।

2006: 20 अप्रैल काँग्रेस के नेतृत्व वाली मनमोहन सिंह सरकार ने लिब्रहान आयोग के समक्ष लिखित बयान में आरोप लगाया कि बाबरी मस्जिद को ढहाया जाना सुनियोजित षडयंत्र का हिस्सा था और इसमें कई संगठनों और राजनीतिक दलों की मिलीभगत थी।[2] तत्कालीन सरकार ने अयोध्या में विवादित स्थल पर बने अस्थायी राम मंदिर की सुरक्षा के लिए बुलेटप्रूफ काँच का घेरा बनाए जाने का प्रस्ताव किया। इस प्रस्ताव का मुस्लिम समुदाय ने यह कहते हुए विरोध किया कि ऐसा करना अदालत के उस आदेश के खिलाफ है जिसमें यथास्थिति बनाए रखने के निर्देश दिए गए थे।

2009: 30 जून बाबरी मस्जिद गिराए जाने के मामले की जाँच के लिए गठित लिब्राहन आयोग ने सत्रह वर्षों के बाद अपनी रिपोर्ट तत्कालीन प्रधानमंत्री मनमोहन सिंह को सौंपी।

2009: 24 नवंबर को लिब्राहन आयोग की रिपोर्ट संसद के दोनों सदनों में पेश की गई। आयोग ने पूर्व प्रधानमंत्री अटल बिहारी वाजपेयी और मीडिया को दोषी ठहराया तथा पूर्व प्रधानमंत्री पीवी नरसिंह राव को क्लीन चिट दी।

2010: 26 जुलाई कोराम जन्मभूमि और बाबरी मस्जिद विवाद पर सुनवाई पूरी हुई।

2010: 30 सितंबर को इलाहाबाद हाईकोर्ट की लखनऊ खंडपीठ ने अयोध्या में विवादित ज़मीन को रामलला विराजमान, निर्मोही अखाड़ा और सुन्नी वक़्फ़ बोर्ड में बराबर बाँटने का फैसला किया। इस फैसले के खिलाफ सुप्रीम कोर्ट में चौदह अपील दायर की गईं।

2011: 30 सितंबर को सुप्रीम कोर्ट ने हाईकोर्ट के फैसले पर रोक लगा दी।

2017 : 21 मार्च को राम जन्मभूमि-बाबरी मस्जिद विवाद में सुप्रीम कोर्ट ने मध्यस्थता की पेशकश की। तत्कालीन मुख्य न्यायाधीश जे एस खेहर ने कहा कि मामले की संवेदनशीलता को देखते हुए दोनों पक्ष राज़ी हों तो वह कोर्ट के बाहर मध्यस्थता करने के लिए तैयार हैं।

2017: 11 अगस्त को सुप्रीम कोर्ट में मामले की सुनवाई शुरू।

2018 : 8 फरवरी को कोर्ट ने पहले मुख्य पक्षकारों को सुने जाने का फैसला किया।

2018: 27 दिसंबर को तत्कालीन मुख्य न्यायाधीश दीपक मिश्रा की अध्यक्षता वाली तीन सदस्यीय पीठ ने 2:1 के बहुमत से 1994 के एक फैसले में की गई टिप्पणी पाँच न्यायाधीशों की पीठ के पास नये सिरे से विचार के लिए भेजने से इनकार कर दिया था। इस मामले में विचार का मुद्दा था कि 'नमाज़ के लिए मस्जिद अनिवार्य है या नहीं' इसे संविधान पीठ के पास भेजा जाए या नहीं।

2019: 29 जनवरी को केन्द्र सरकार ने अयोध्या में राम जन्मस्थान से जुड़े 0.313 एकड़ विवादित जमीन को छोड़कर बाक़ी 67.703 एकड़ अधिग्रहीत ज़मीन को इसके असल मालिकों को लौटाने की इजाज़त के लिए अर्ज़ी दायर की।

– 26 फरवरी को सुप्रीम कोर्ट ने मामले में मध्यस्थता के ज़रिए विवाद सुलझाने की सलाह दी और कहा कि अगर आपसी सुलह की एक फीसदी भी संभावना है तो मध्यस्थता की कोशिश होनी चाहिए।

– 06 मार्च मुस्लिम पक्ष मध्यस्थता के लिए तैयार हुआ। हिंदू महासभा और रामलला पक्ष ने आपत्ति दर्ज करवाई।

– 08 मार्च उच्चतम न्यायालय ने अपने सेवानिवृत्त न्यायाधीश एफएम आई कलीफुल्ला की अध्यक्षता में मध्यस्थता समिति गठित की, जिसमें आर्ट ऑफ लिविंग के संस्थापक श्री श्री रविशंकर और मध्यस्थता मामलों के जाने माने वकील श्रीराम पंचू सदस्य थे।

– 2 अगस्त को मध्यस्थता समिति ने रिपोर्ट सौंपी और कहा कि मध्यस्थता बेनतीजा रही है। इसके बाद सुप्रीम कोर्ट ने छह अगस्त

से नियमित सुनवाई का निर्णय लिया।

– 6 अगस्त से सुप्रीम कोर्ट में अयोध्या मामले की रोजाना सुनवाई शुरू हुई।

– 8 नवंबर को चालीस दिनों तक चली सुनवाई के बाद सुप्रीम कोर्ट ने फैसला सुरक्षित रखा। सुनवाई 17 अक्टूबर को पूरी होनी थी, मुख्य न्यायाधीश रंजन गोगोई ने एक दिन पहले ही फैसला सुरक्षित कर सबको चौंका दिया।

– 8 नवंबर को अयोध्या मामले की सुनवाई करने वाले पाँचों जजों ने उत्तर प्रदेश के पुलिस महानिदेशक और मुख्य-सचिव के साथ कोर्ट में बैठक की जिसमें फैसले को लेकर तैयारियों पर चर्चा हुई।

– 9 नवंबर शनिवार के दिन कोर्ट ने ऐतिहासिक अयोध्या मामले पर अपना फैसला सुनाया। सुप्रीम कोर्ट के इतिहास में यह पहला मौका था जब शनिवार को फैसला सुनाने के लिए कोर्ट खुला था।

– 26 नवंबर को प्रमुख मुस्लिम पक्षकार सुन्नी सेंट्रल वक़्फ़ बोर्ड की लखनऊ में बैठक हुई, जिसमें बोर्ड ने तय किया कि सुप्रीम कोर्ट के फैसले के खिलाफ पुनर्विचार याचिका दायर नहीं की जायेगी।

– 27 नवंबर को सुन्नी सेंट्रल वक़्फ़ बोर्ड के पुनर्विचार याचिका दायर नहीं करने की प्रतिक्रिया में ऑल इण्डिया मुस्लिम पर्सनल लॉ बोर्ड ने कहा कि बोर्ड के पुनर्विचार याचिका दायर नहीं करने के फैसले से मुकदमे पर कोई असर नहीं पड़ेगा। मामले से जुड़े अन्य मुस्लिम पक्षकार पुनर्विचार याचिका दायर करेंगें।

– 6 दिसंबर को ऑल इंडिया मुस्लिम पर्सनल लॉ बोर्ड की अगुवाई में 7 मुस्लिम पक्षकारों ने पुनर्विचार याचिका दायर की।

– 9 दिसंबर को हिंदू पक्ष से पहली पुनर्विचार याचिका हिन्दू महासभा की तरफ से दायर हुई।

– 11 दिसंबर को निर्मोही अखाड़ा ने पुनर्विचार याचिका दायर की।

– 12 दिसंबर को सुप्रीम कोर्ट ने सभी 18 पुनर्विचार याचिकाओं को खारिज कर दिया।

परिशिष्ट

चालीस दिन की सुनवाई: मुख्य बिंदु

चालीस दिन की नियमित सुनवाई में हिंदू और मुस्लिम पक्षकारों की तरफ से अपनी अपनी दलीलें विस्तारपूर्वक रखी गईं। कुछ निहायत ही कानूनी दलीलें थीं, तो कुछ ऐसी जो आपको रोचक लगेंगी।

पहले दिन की सुनवाई, 6 अगस्त 2019

6 अगस्त को शुरू हुई रोजाना सुनवाई के पहले दिन निर्मोही अखाड़ा ने 2.77 एकड़ विवादित ज़मीन पर अपना दावा पेश किया। निर्मोही अखाड़ा के वकील सुशील कुमार जैन ने दलील दी कि विवादित ज़मीन पर सन 1934 से ही नियमित नमाज़ नहीं पढ़ी जा रही थी।

दूसरे दिन की सुनवाई, 7 अगस्त 2019

निर्मोही अखाड़ा की तरफ से दलील दी गई कि उनका सूट लॉ ऑफ लिमिटेशन के तहत निर्धारित समय के भीतर दायर हुआ था।

कोर्ट ने विवादित स्थल पर अपना दावा साबित करने के लिए निर्मोही अखाड़ा से दस्तावेज़ पेश करने को कहा। निर्मोही अखाड़ा के वकील सुशील कुमार जैन ने दस्तावेज पेश करने में असमर्थता जाहिर करते हुए कहा था कि जो भी दस्तावेज़ थे, वे साल 1982 में हुई डकैती में खो गए।

तीसरे दिन की सुनवाई, 8 अगस्त 2019

कोर्ट ने सुब्रमण्यम स्वामी की उस याचिका पर सुनवाई से इनकार कर दिया जिसमें माँग की गई थी कि विवादित स्थल पर भगवान राम की पूजा करने का अधिकार उनका मूल अधिकार है। कोर्ट ने कहा कि समय आने पर इस याचिका पर विचार होगा।

रामलला विराजमान के वकील ने हाईकोर्ट के फैसले पर सवाल उठाया और कहा कि हाईकोर्ट ने केवल उनका सूट ही मंजूर किया था। कोर्ट को विवादित ज़मीन का बँटवारा नहीं करना चाहिए था।

चौथे दिन की सुनवाई, 9 अगस्त 2019

शुक्रवार को भी सुनवाई हो रही थी। मुस्लिम पक्ष के वकील राजीव धवन ने सप्ताह के पाँचों दिन सुनवाई का विरोध करते हुए कहा कि उनके लिए यह संभव नहीं होगा। क्योंकि उनको सुनवाई के लिए तैयारी करने का वक्त नहीं मिलेगा। धवन ने मंगलवार से गुरुवार तक सुनवाई करने की गुजारिश की।

इस दिन रामलला के वकील परासरन ने सुन्नी वक़्फ़ बोर्ड के सूट को लॉ ऑफ लिमिटेशन की निर्धारित समय सीमा के बाद का बताते हुए उसका विरोध किया।

पांचवें दिन की सुनवाई, 13 अगस्त 2019

पाँचवे दिन इस मुद्दे पर बहस शुरू हुई कि क्या इस विवादित स्थल पर पहले कोई मंदिर था? रामलला विराजमान की ओर से वरिष्ठ वकील सी एस वैद्यनाथन ने दलील दी कि मस्जिद के निर्माण होने से पहले विवादित स्थल पर मंदिर था। उन्होंने इस कानूनी पहलू पर भी दलील दी कि राम जन्मस्थान अपने आप में एक देवता है जिसका अपना एक न्यायिक व्यक्तित्व है और उस जमीन पर कोई और पक्ष दावा नहीं कर सकता।

उन्होंने सुन्नी वक़्फ़ बोर्ड के इस दावे का विरोध किया कि विवादित ज़मीन पर मुस्लिम पक्ष का एकक्षत्र अधिकार था।

सुनवाई के पाँचवें दिन संविधान पीठ ने रामलला विराजमान के वकील से पूछ लिया था कि 'हम जानना चाहते हैं कि क्या अयोध्या में अब भी राम का

कोई वंशज है!' रामलला विराजमान के वकील के परासरन ने कहा था कि उन्हें इस बात की जानकारी नहीं है।

छठे दिन की सुनवाई, 14 अगस्त 2019

सुप्रीम कोर्ट में छठे दिन रामलला विराजमान के वकील वैद्यनाथन ने कहा कि हिंदुओं का विश्वास है कि अयोध्या भगवान राम का जन्म स्थान है और न्यायालय को इसकी तार्किकता में जाने की ज़रूरत नहीं है। उन्होंने पुराणों के सहारे जन्मस्थान के पूजा महात्म्य स्थापित करने की कोशिश की। साथ ही ऐतिहासिक साक्ष्य के रूप में अँग्रेज़ व्यापारी विलियम फिंच के यात्रा वृतांत के उस भाग को पढ़ा जिसके मुताबिक विलियम फिंच ने 1608 से 1611 के बीच जब अयोध्या की यात्रा की थी, तो उसने अपने वृतांत में किसी मस्जिद का ज़िक्र नहीं किया था।

सातवें दिन की सुनवाई 16 अगस्त 2019

15 अगस्त, स्वतंत्रता दिवस की छुट्टी के चलते सातवें दिन की सुनवाई 16 अगस्त को हुई। रामलला विराजमान की ओर से दलील दी गई कि विवादित स्थल पर देवताओं की अनेक आकृतियाँ मिली हैं जो मस्जिदों में नहीं हो सकती। यह इस्लामिक सिद्धांतों के खिलाफ है।

रामलला विराजमान के वकील वैद्यनाथन ने दलील दी कि नमाज़ कहीं भी पढ़ी जा सकती है लेकिन मस्जिद के लिए कुछ शर्तें होती हैं। सुन्नी वक़्फ़ बोर्ड के वकील राजीव धवन ने इस दलील पर आपत्ति जताई थी कि नमाज़ कहीं भी पढ़ी जा सकती है।

आठवें दिन की सुनवाई, 20 अगस्त 2019

आठवें दिन की सुनवाई के दौरान रामलला विराजमान के वकील वैद्यनाथन ने एएसआई की रिपोर्ट का जिक्र करते हुए कहा कि अयोध्या में मस्जिद का निर्माण करने के लिए हिंदू मंदिर गिराया गया।

रामलला के वकील ने हिन्दू पक्ष और मुस्लिम पक्ष के गवाहों की गवाहियों के सहारे साबित करने की कोशिश की कि विवादित स्थल पर हिन्दू हमेशा से और लगातार पूजा करते रहे हैं।

नौवें दिन की सुनवाई, 21 अगस्त 2019

रामलला विराजमान के वकील वैद्यनाथन ने विवादित ज़मीन पर निर्मोही अखाड़े के दावे का विरोध किया। उन्होंने दलील दी कि जन्मस्थान स्वयं में देवता है, ऐसे में उस ज़मीन पर किसी और का दावा नहीं हो सकता। रामलला की तरफ से वैद्यनाथन की दलील पूरी होने के बाद राम जन्म पुनरोद्धार समिति के वकील पीएन मिश्रा ने दलील रखनी शुरू की। पीएन मिश्रा ने दलील दी कि अथर्व वेद में अयोध्या की पवित्रता का जिक्र किया गया है। इसमें कहा गया है कि अयोध्या में एक मंदिर है, जिसमें पूजा करने से मुक्ति मिलती है। इस पर मुख्य न्यायाधीश रंजन गोगोई ने कहा कि अयोध्या की पवित्रता पर कोई संदेह नहीं। आप विवादित स्थल के ही जन्मस्थान होने के साक्ष्य पेश करें। पीएन मिश्रा ने स्कंद पुराण का ज़िक्र करते हुए कहा कि स्कंद पुराण में राम जन्म-स्थान के बारे में सटीक जानकारी दी गई है।

दसवें दिन की सुनवाई, 22 अगस्त 2019

अयोध्या मामले की सुनवाई के दसवें दिन अखाड़ा ने अनंतकाल से विवादित स्थल पर भगवान रामलला विराजमान का एकमात्र आधिकारिक सेवायत होने का दावा करते हुए कहा था कि वह वहाँ पर पूजा के लिये पुरोहित नियुक्त करता रहा है।

पाँच सदस्यीय बेंच ने निर्मोही अखाड़े के वकील से कहा कि जिस क्षण आप कहते हैं कि आप सेवायत (रामलला के पुजारी)हैं, आपका संपत्ति पर मालिकाना हक नहीं रह जाता है।

ग्यारहवें दिन की सुनवाई, 23 अगस्त 2019

अयोध्या मामले में ग्यारहवें दिन की सुनवाई में सीजेआई ने निर्मोही अखाड़े की ओर से दलील रख रहे सुशील जैन को हिदायत दी कि अब वो लिमिटेशन के बजाए मुकदमे की मेरिट पर बात करें। सुशील जैन ने कोर्ट से कहा था कि वो विवादित जमीन पर मालिकाना हक का दावा नहीं कर रहे, सिर्फ पूजा प्रबंधन और कब्ज़े का अधिकार मांग रहे हैं।

बारहवें दिन की सुनवाई, 26 अगस्त 2019

अयोध्या भूमि विवाद पर सोमवार को बारहवें दिन की सुनवाई हुई। मुख्य न्यायाधीश रंजन गोगोई की अध्यक्षता वाली पाँच जजों की संविधान पीठ के समक्ष निर्मोही अखाड़े ने अपना पक्ष रखा और वह इसी बात पर अड़ा रहा कि पूरा विवादित हिस्सा उसका है। रामलला और उनके मित्र का इसमें कोई भी हक नहीं बनता।

तेरहवें दिन की सुनवाई, 27 अगस्त 2019

सुप्रीम कोर्ट में हुई तेरहवें दिन की सुनवाई में निर्मोही अखाड़े के वकील सुशील जैन ने कहा कि विवादित ढांचे में मुसलमानों ने 1934 के बाद से कभी नमाज नहीं पढ़ी है। ये मंदिर ही था जिसकी देखरेख निर्मोही अखाड़ा करता था।

चौदहवें दिन की सुनवाई, 28 अगस्त 2019

श्रीराम जन्म भूमि पुनरुत्थान समिति की तरफ से वरिष्ठ वकील पीएन मिश्रा पेश हुए। पीएन मिश्रा ने कोर्ट के सामने बाबरी मस्जिद निर्माण की एक नई थ्योरी पेश की। उन्होंने सुन्नी वक़्फ़ बोर्ड के इस दावे को खारिज किया कि बाबरी मस्जिद का निर्माण 16वीं सदी में बाबर के आदेश से हुआ था। उन्होंने दलील दी कि मस्जिद का निर्माण औरंगजेब ने कराया था। पीएन मिश्रा ने अपने दावे को साबित करने के लिए मुगलकालीन पुस्तकों *बाबरनामा* और *आईने अकबरी* के संदर्भों को उद्धृत किया।

पंद्रहवें दिन की सुनवाई, 29 अगस्त 2019

श्रीराम जन्म भूमि पुनरुत्थान समिति की तरफ से वरिष्ठ वकील पीएन मिश्रा ने अपने दलील को आगे बढ़ाते हुए कहा कि विवादित संरचना मस्जिद नहीं हो सकती क्योंकि वह इस्लामिक सिद्धांतों के अनुकूल नहीं बनी थी। उनकी मुख्य दलील थी कि मस्जिद कभी भी विवादित ज़मीन पर नहीं बनाई जा सकती। उन्होंने यह भी दलील दी कि वहाँ नमाज़ के पहले जरूरी वुज़ू के लिए पानी की व्यवस्था नहीं थी। उन्होंने यह भी दलील दी कि मस्जिद में कभी भी किसी जीव की तस्वीर नहीं हो सकती जबकि पुरातात्विक साक्ष्यों के मुताबिक विवादित संरचना की दीवारों पर मोर, बाघ और वाराह भगवान की तस्वीरें थीं।

सोलहवें दिन की सुनवाई, 30 अगस्त 2019

कोर्ट ने शिया वक्फ़ बोर्ड की दलीलें भी सुनीं। शिया बोर्ड ने दावा किया कि 1949 तक विवादित मस्जिद पर शिया वक्फ़ बोर्ड का अधिकार था। शिया वक्फ़ बोर्ड के वकील एमसी धींगरा ने कहा कि मस्जिद के रख रखाव के लिए जो मुतवल्ली था, वह शिया था। कोर्ट ने शिया बोर्ड के वकील से सवाल किया कि जब 1946 में उनकी अपील सिविल अदालत में खारिज हो गई थी तो उन्होंने अपील क्यों नहीं की। धींगरा ने कहा कि हम डरे हुए थे। शिया बोर्ड ने 2017 में इस फैसले के खिलाफ सुप्रीम कोर्ट में अपील की थी।

सत्रहवें दिन की सुनवाई, 2 सितंबर 2019

सुनवाई के सत्रहवें दिन मुस्लिम पक्ष की तरफ से दलीलों की शुरुआत हुई। मुस्लिम पक्ष के वकील राजीव धवन ने विवादित ढांचे के नीचे विशाल मंदिर होने के हिंदू पक्ष के दावे का विरोध करते हुए कहा कि ढांचे के नीचे विशाल मंदिर नहीं था। बाबर ने मंदिर तोड़ कर मस्जिद नहीं बनाई थी। हिंदुओं ने मस्जिद पर हमला किया मस्जिद ढहा दी और अब वे लोग कोर्ट से अपने अधिकारों की रक्षा के लिए गुहार लगा रहे हैं।

अठारहवें दिन की सुनवाई, 3 सितंबर 2019

मुस्लिम पक्ष के वकील राजीव धवन को धमकी भरे पत्र लिखने के लिए धवन ने सेवानिवृत्त लोकसेवक प्रोफेसर षणमुगम के खिलाफ अवमानना की कार्रवाई की मांग की। कोर्ट ने षणमुगम को नोटिस जारी कर जवाब मांगा।

राजीव धवन ने सुन्नी वक्फ़ बोर्ड के पक्ष में दलील देते हुए कहा कि बोर्ड का सूट लॉ ऑफ लिमिटेशन की तय समय सीमा के भीतर दायर हुआ था जबकि निर्मोही अखाड़ा का सूट समय बाधित था।

उन्नीसवें दिन की सुनवाई, 4 सितंबर 2019

उन्नीसवें दिन की सुनवाई के शुरू में ही मुस्लिम पक्ष के वकील राजीव धवन ने सुनवाई कर रही बेंच को बताया कि मामले में पक्षकार हासिम अंसारी के बेटे इक़बाल अंसारी पर एक दिन पहले किसी ने हमला किया है। मुख्य न्यायाधीश रंजन गोगोई ने कहा कि बेंच इस मामले पर विचार करेगी।

मुस्लिम पक्ष के वकील राजीव धवन ने कोर्ट में यह स्वीकार किया कि यह सही है कि विवादित ढाँचे का बाहरी आहाता शुरू से निर्मोही अखाड़े के कब्ज़े में रहा है। निर्मोही अखाड़ा को उस ज़मीन पर जाने और वहाँ पूजा करने का अधिकार था, अखाड़े ने कभी भी ज़मीन के मालिकाना हक का दावा नहीं किया।

बीसवें दिन की सुनवाई, 5 सितंबर 2019

मुस्लिम पक्ष के वकील राजीव धवन ने कहा कि निर्मोही अखाड़ा 1734 से अस्तित्व का दावा कर रहा है। लेकिन अखाड़ा 1885 में बाहरी आंगन में था और राम चबूतरा बाहरी आँगन में है जिसे राम जन्मस्थल के रूप में जाना जाता है और मस्जिद को विवादित स्थल माना जाता है। राजीव धवन ने निर्मोही अखाड़े के गवाहों के दर्ज बयानों पर जिरह करते हुए महंत भास्कर दास के उस बयान का हवाला दिया जिसमें भास्कर दास ने माना कि मूर्तियों को दिसंबर 1949 में विवादित ढाँचे के बीच वाले गुंबद के नीचे रखा गया था।

इक्कीसवें दिन की सुनवाई, 11 सितंबर 2019

बेंच दो बजे बैठी थी और मात्र डेढ़ घण्टे ही सुनवाई हुई। मुस्लिम पक्ष के वकील राजीव धवन ने निर्मोही अखाड़ा के सूट का विरोध किया। धवन ने दलील दी कि दिसंबर 1950 का फ़ैज़ाबाद के मजिस्ट्रेट का आदेश गलत था। इस आदेश के बाद ही से हिन्दू पक्ष अपना दावा जता रहा है।

बाईसवें दिन की सुनवाई, 12 सितंबर 2019

सुनवाई के 22वें दिन मुस्लिम पक्ष के वकील राजीव धवन ने कोर्ट के सामने कहा कि अयोध्या पर सुनवाई के लिए मौजूदा माहौल उपयुक्त नहीं है। धवन ने कोर्ट को बताया था कि उनके क्लर्क को किसी दूसरे वकील के क्लर्क ने धमकी दी है।

मुस्लिम पक्ष के वकील राजीव धवन ने कहा कि हिंदू पक्ष जबरन घुसकर कब्ज़ा करने के बाद स्थल पर मालिकाना हक मांग रहा है। धवन ने कहा कि विवादित ज़मीन के बाहरी चबूतरे पर निर्मोही अखाड़ा के पूजा के अधिकार को हम चुनौती नहीं दे रहे हैं लेकिन ज़मीन के दावे को नहीं मानते।

तेइसवें दिन की सुनवाई, 13 सितंबर 2019

मुस्लिम पक्ष की तरफ वरिष्ठ वकील ज़फ़रयाब जिलानी ने दलील दी कि निर्मोही अखाड़ा 1874 से 1949 के बीच मस्जिद के अस्तित्व को स्वीकार नहीं करता है, जबकि कई दस्तावेज मस्जिद की मौजूदगी साबित करते हैं। जिलानी ने कोर्ट के सामने उन दस्तावेजों को दिखाया जिसमें इस बात के साक्ष्य थे कि 1934 से 1949 के बीच वहाँ नमाज़ पढ़ी जाती थी और नमाज़ पढ़वाने के लिए इमाम की नियुक्ति होती थी।

चौबीसवें की सुनवाई, 16 सितंबर 2019

अयोध्या मामले की सुनवाई के चौबीसवें दिन मुस्लिम पक्षकारों के वकील ने कहा है कि जन्म-स्थान कानूनी व्यक्ति नहीं है। वहीं, हिंदू पक्षकार की ओर से आस्था व विश्वास के साथ-साथ जन्मस्थान और जन्मभूमि को लेकर दलील दी गई।

पचीसवें दिन की सुनवाई, 17 सितंबर 2019

पचीसवें दिन की सुनवाई में मुस्लिम पक्ष के वकील राजीव धवन ने यह दलील दी कि किसी स्थान को न्यायिक व्यक्ति में बदलने के लिए पवित्रता ही पर्याप्त नहीं है। इसके लिए उसमें कैलाश पर्वत जैसी भौतिक अभिव्यक्ति और आस्था की निरंतरता के साथ यह भी दिखाया जाना चाहिए कि निश्चित रूप से वहीं प्रार्थना की जाती थी।

छब्बीसवें दिन की सुनवाई, 18 सितंबर 2019

अयोध्या विवाद की छब्बीसवें दिन की सुनवाई में सुप्रीम कोर्ट ने मामले से जुड़े पक्षकारों से 18 अक्टूबर तक अपनी जिरह पूरी करने को कहा। जिसके बाद सुन्नी वक़्फ़ बोर्ड ने बहस के लिए अगले हफ्ते तक का समय मांगा, जबकि निर्मोही अखाड़े को अपनी दलील रखने के लिए कितना समय चाहिए, इस बारे में उन्होंने कोर्ट को जानकारी नहीं दी।

सत्ताइसवें दिन की सुनवाई, 19 सितंबर 2019

मुस्लिम पक्षकारों की पैरवी करने पर वरिष्ठ वकील राजीव धवन को धमकी भरे पत्र लिखने वाले अट्ठासी वर्षीय सेवानिवृत्त लोकसेवक के खिलाफ कोर्ट

की अवमानना का मामला बंद कर दिया। मुख्य न्यायाधीश रंजन गोगोई की अध्यक्षता वाली पांच सदस्यीय संविधान पीठ ने कहा कि इस वयोवृद्ध व्यक्ति ने धवन को लिखे पत्र में आपत्तिजनक शब्दों का इस्तेमाल करने पर खेद व्यक्त कर दिया है। पीठ ने उसे आगाह किया कि भविष्य में इस तरह की हरकत की पुनरावृत्ति नहीं होनी चाहिए।

अट्ठाइसवें दिन की सुनवाई, 20 सितंबर 2019

सुनवाई के अट्ठाइसवें दिन कोर्ट में सुन्नी वक़्फ़ बोर्ड के अधिवक्ता ने नरमी बरती। उन्होंने कहा कि इसमें कोई शक नहीं है कि भगवान राम का सम्मान होना चाहिए।

उन्तीसवें दिन की सुनवाई, 23 सितंबर 2019

मुस्लिम पक्ष के वकील राजीव धवन ने उनतीसवें दिन की सुनवाई में कहा कि हिंदू पक्ष चाहता है कि राम जन्मभूमि पर मौजूद निर्माण को ध्वस्त कर दिया जाए। इसके बाद वहां पर मंदिर का निर्माण कर दिया जाए।

तीसवें दिन की सुनवाई, 24 सितंबर 2019

सुप्रीम कोर्ट में तीसवें दिन की सुनवाई में मुस्लिम पक्ष के वकील राजीव धवन ने दलीलें पेश कीं। उन्होंने कहा कि केवल विश्वास के आधार पर यह स्पष्ट नहीं होता कि अयोध्या में मंदिर था।

इकतीसवें दिन की सुनवाई, 25 सितंबर 2019

सुनवाई के इकतीसवें दिन मुस्लिम पक्ष की वकील मीनाक्षी अरोड़ा ने दलील दी कि मस्जिद खाली ज़मीन पर बनी थी, न कि मंदिर तोड़कर बनाई गई थी। उनकी दलील थी कि एएसआई की रिपोर्ट में यह कहीं नहीं कहा गया कि मंदिर को तोड़कर मस्जिद बनाई गई थी।

बत्तीसवें दिन की सुनवाई, 26 सितंबर 2019

मुस्लिम पक्ष की वकील मीनाक्षी अरोड़ा ने अपनी दलील से यू टर्न लेते हुए कहा कि विवादित ढांचे के नीचे एक ईदगाह हो सकता है। एक दिन पहले की सुनवाई में उन्होंने दलील दी थी कि मस्जिद खाली ज़मीन पर बनी थी।

तैंतीसवें दिन की सुनवाई, 27 सितंबर 2019

तैंतीसवें दिन मुस्लिम पक्ष की ओर से दलील रखीं गईं। मुस्लिम पक्ष की तरफ से वरिष्ठ वकील मीनाक्षी अरोड़ा ने एएसआई रिपोर्ट की विश्वसनीयता पर सवाल उठाते हुए दलील दी कि पुरातत्व उस अर्थ में विज्ञान नहीं है जिस तरह बाकी विज्ञान हैं। यह महज एक विचार है और इसके आधार पर किसी नतीजे पर नहीं पहुंचा जा सकता।

चौंतीसवें दिन की सुनवाई, 30 सितंबर 2019

चौंतीसवें दिन की सुनवाई के दौरान मुस्लिम पक्षकारों में से एक के वकील शेखर नाफड़े ने 'रेसजुडिकेटा' (अगर किसी विषय पर कोर्ट कोई अंतिम निर्णय दे चुका हो, तो यह मामला फिर से उसी कोर्ट में नहीं उठाया जा सकता) को लेकर दलील देते हुए कहा कि 1885 में कोर्ट ने विवादित ज़मीन मामले में फैसला सुना दिया था इसलिए दुबारा इस ज़मीन को लेकर कोई कोर्ट सुनवाई नहीं कर सकता। उन्होंने दलील दी कि भले ही वह विवाद उस ज़मीन के एक टुकड़े को लेकर था, लेकिन1885 के मुकदमे और अभी के मुकदमे सब एक जैसे ही हैं।

पैंतसीवें दिन की सुनवाई, 1 अक्टूबर 2019

रामलला विराजमान के वकील सी एस वैद्यनाथन ने मुस्लिम पक्ष की दलीलों पर जवाब देने की शुरुआत की। वैद्यनाथन मुस्लिम पक्ष की इस दलील को खारिज किया कि पुरातात्विक खुदाई में मिली दीवार ईदगाह की थी।

छत्तीसवें दिन की सुनवाई, 3 अक्टूबर 2019

छत्तीसवें दिन रामलला विराजमान के वकील सी एस वैद्यनाथन ने एएसआई रिपोर्ट के खिलाफ मुस्लिम पक्ष की दलीलों का जवाब दिया। वैद्यनाथन ने मुस्लिम पक्ष की उस दलील पर अपना जवाब दिया कि विवादित ज़मीन के नीचे मिली संरचना ईदगाह की दीवार हो सकती है। कोर्ट ने रामलला के वकील से यह पूछा था कि यह भी तो हो सकता है कि वह संरचना बौद्ध धर्म से जुड़ी हो।

सैंतीसवें दिन की सुनवाई, 4 अक्टूबर 2019

मुस्लिम पक्ष के वकील राजीव धवन ने दलील दी कि 1528 में बाबर ने मीर बांकी को मस्जिद बनाने का आदेश दिया था। बाबर ने बाबरी मस्जिद के रखरखाव के लिए रु 302 का सालाना अनुदान दिया जाता था। इस पर जस्टिस चंद्रचूड़ ने पूछा कि क्या बाबर द्वारा दिए गए अनुदान के लिए कोई प्रमाण है? इस पर राजीव धवन ने कहा कि हमारे द्वारा कोई रिकॉर्ड नहीं दिया जा सकता है और यहाँ तक कि हिंदू भी अपनी कहानियों के अलावा कुछ भी नहीं दिखा सकते हैं।

अड़तीसवें दिन की सुनवाई, 14 अक्टूबर 2019

सुनवाई के अड़तीसवें दिन मुस्लिम पक्षकारों के वकील राजीव धवन ने आरोप लगाया कि कोर्ट की तरफ से केवल मुस्लिम पक्ष से ही सवाल पूछे जा रहे हैं। हिंदू पक्ष से सवाल नहीं पूछे जाते।

उनचासीलवें दिन की सुनवाई, 15 अक्टूबर 2019

सुनवाई के उनचालीसवें दिन मुख्य न्यायाधीश रंजन गोगोई ने साफ कर दिया था कि 16 अक्टूबर सुनवाई का आखिरी दिन होगा। सुनवाई के दौरान मुख्य न्यायाधीश ने कहा था कि आज उनचालीसवां दिन है।

चालीसवें दिन की सुनवाई, 16 अक्टूबर 2019

चालीस दिनों तक चली सुनवाई के बाद सुप्रीम कोर्ट ने फैसला सुरक्षित रख लिया था। सुनवाई 17 तारीख़ को पूरी होनी थी, मुख्य न्यायाधीश रंजन गोगोई ने एक दिन पहले ही फैसला सुरक्षित कर सबको चौंका दिया था। पक्षकारों को उम्मीद थी कि मोल्डिंग ऑफ रिलीफ पर अभी बहस होगी लेकिन ऐसा कुछ नहीं हुआ। कोर्ट ने सभी पक्षकारों को तीन दिन में अपनी अपनी लिखित दलीलें जमा करने को कहा और फैसला सुरक्षित रख लिया।

आभार

न्यूज़ चैनल की रिपोर्टिंग करते हुए पुस्तक लिखने के विचार को मूर्त रूप देना, *न्यूज़ 24* (बीएजी नेटवर्क) के प्रबंधन के सहयोग के बिना संभव नहीं था। इसके लिए कंपनी की सीएमडी श्रीमती अनुराधा प्रसाद जी और चैनल हेड दीप उपाध्याय जी का विशेष आभार। पुस्तक लिखने के लिए जिन लोगों ने मुझे प्रेरित किया उनमें इनपुट हेड सुकेश रंजन, फादर जैकब मैथ्यू और मेरे सहयोगी मित्र कुंदन सिंह, मनीष कुमार और मेरे ब्यूरो चीफ अमित कुमार का बहुत योगदान रहा। इन सभी मित्रों का बहुत-बहुत आभार। *न्यूज़ 24* के इनपुट टीम के सभी सहयोगियों का भी शुक्रिया जिनको कभी-कभी मेरे हिस्से का भी काम करना पड़ा। मेरा विशेष आभार मेरे वरिष्ठ सहयोगी और मित्र राजीव रंजन सिंह को है जिनके साथ अयोध्या मामले की सुनवाई को लेकर सोशल मीडिया पर हमारी चर्चा को दर्शकों ने बहुत प्यार दिया था। पुस्तक लिखने की प्रेरणा मुझे वहीं से मिली थी।

मेरी पहली पुस्तक को प्रकाशित करने के लिए हिंद पॉकेट बुक्स(पेंगुइन रैंडम हाउस) जैसा सम्मानित प्रकाशक मिलना मेरे लिए एक सुखद अनुभूति थी। एक पत्रकार से लेखक बनने की इस यात्रा में मेरा हार्दिक आभार प्रकाशक को है। एक नए लेखक पर भरोसा जताने के लिए पेंगुइन रैंडम हाउस की पब्लिशर, इंडियन लैंग्वैजेज़ वैशाली माथुर जी का बहुत-बहुत धन्यवाद। पुस्तक की संकल्पना से लेकर प्रकाशन तक हिंद पॉकेट बुक्स के कमिश्निंग एडिटर सुशांत झा का विशेष आभार जिन्होंने इस पुस्तक को अपनी संपादकीय दक्षता से सम्पूर्ण बनाया है।

पुस्तक लिखते समय लेखक के मन में यह सवाल बार बार आता है कि पुस्तक कैसी बन रही है और इसे पाठक कितना पसंद करेंगे? इन सवालों के

जवाब के लिए मेरे पास एक नम्बर था जिसपर मैं कभी भी कॉल कर लेता था। अपनी शंका के समाधान के लिए कि मैं जो लिख रहा हूँ वो कैसा लिख रहा हूँ, ये बात बताने के लिए और कुछ समझने के लिए मैं अपने मित्र प्रभाष दत्ता को फोन करता था और प्रभाष हमेशा हाज़िर रहते थे। प्रभाष दत्ता का इसके लिए बहुत-बहुत शुक्रिया। लेखक और पत्रकार मित्र शशि शेखर का भी मैं शुक्रगुज़ार हूँ जिन्होंने भरोसा जताया था कि 'भइया किताब लिखिए ना। आप अच्छा लिखेंगे'। सुप्रीम कोर्ट कवर करने वाले मेरे सभी कानूनी मित्रों और उन वकील मित्रों का आभार जिन्होंने अयोध्या मामले की सुनवाई को समझने में मेरी मदद की। वकील मित्र विष्णु शंकर जैन का विशेष आभार जिन्होंने नियमित रूप से कोर्ट की कार्यवाही को समझने में मेरी मदद की।

मेरा विशेष आभार अब उनके लिए है जिनके बिना मेरी दुनिया में कुछ भी मुमकिन नहीं है।

मेरी पुस्तक की पहली पाठक जिन्हें मैंने सोते से जगाकर पढ़ाया कि देखो आज मैंने क्या लिखा है और उनसे जबरन जवाब भी हासिल किया कि मैंने ठीक ही लिखा है। मेरी पत्नी बिंदु के अलावा भला ये काम और कौन कर सकता था! बिंदु ने हमेशा यह ख़याल रखा कि मेरे लेखन में कोई व्यवधान पैदा न हो और वो मुझे हमेशा प्रोत्साहित करती रहीं कि मेरी पुस्तक बहुत अच्छी बनेगी। श्रेया और श्रीजा (बेटियाँ) के उधम से जब दो कमरे का फ्लैट गुलज़ार रहता था तो उनकी मम्मी हिदायत देती थीं कि पापा कुछ लिख रहे हैं और वे डिस्टर्ब हो रहे होंगे! उनके लिए तो इतना ही काफी है कि उनके पापा अब पत्रकार के साथ लेखक भी बन गए हैं।

विशेष आभार मेरे परिवार का। आभार मेरी स्वर्गीय माँ पूर्णिमा देवी और स्वर्गीय पिता राम नरेश मिश्र, मेरे तीनों बड़े भाइयों मनोज कुमार मिश्र, प्रमोद कुमार मिश्र और ब्रजेश कुमार मिश्र का जिनके होने से मेरे जीवन में शब्द संस्कार आए और मैं इस पुस्तक को लिखने के योग्य बन पाया।

संदर्भ

अध्याय 2

फैसले के प्रमुख बिंदु

अदालत द्वारा दिए गए संदर्भ

1. पृष्ठ 921, पैराग्राफ 796, एम सिद्दिकी बनाम महंत सुरेश दास (अयोध्या मामले में सुप्रीम कोर्ट का फैसला)
2. पृष्ठ 921, पैराग्राफ 797, एम सिद्दिकी बनाम महंत सुरेश दास (अयोध्या मामले में सुप्रीम कोर्ट का फैसला)
3. पृ-921, पैराग्राफ 798, एम सिद्दिकी बनाम महंत सुरेश दास (अयोध्या मामले में सुप्रीम कोर्ट का फैसला)
4. पृ. 922, पैराग्राफ 799, एम सिद्दिकी बनाम महंत सुरेश दास (अयोध्या मामले में सुप्रीम कोर्ट का फैसला)
5. नेक्स्ट फ्रेंड- नाबालिग न तो ख़ुद किसी मामले में वादी हो सकता है और न ही उसे प्रतिवादी के तौर पर अदालत में बुलाया जा सकता है। नाबालिग का मुकदमा लड़ने के लिए किसी एक व्यक्ति को माध्यम बनाया जाता है उसे हम कानूनी भाषा में 'नेक्स्ट फ्रेंड' कहते हैं। अयोध्या मामले में रामलला एक नाबालिग पक्षकार थे, इसलिए उनकी तरफ से मुकदमा लड़ने के लिए देवकीनंदन अग्रवाल को नेक्स्ट फ्रेंड बनना पड़ा।
6. पृ-922-23, पैराग्राफ 800, एम सिद्दिकी बनाम महंत सुरेश दास(अयोध्या मामले में सुप्रीम कोर्ट का फैसला)
7. पृ-899, पैराग्राग्राफ 7869(i) एम सिद्दिकी बनाम महंत सुरेश दास (अयोध्या मामले में सुप्रीम कोर्ट का फैसला)

8. पृ-900, पैराग्राफ 786(ii), एम सिद्दिकी बनाम महंत सुरेश दास (अयोध्या मामले में सुप्रीम कोर्ट का फैसला)
9. लंबाई मापने का पुराना तरीका जिसमें स्कॉटलैंड और इंगलैंड में 1 एल्ल 37 से 45 ईंच तक होता था https://www.dictionary.com/browse/ell?s=t
10. पृ-521, पैराग्राफ 455, एम सिद्दिकी बनाम महंत सुरेश दास (अयोध्या मामले में सुप्रीम कोर्ट का फैसला)
11. पृ-47, पैराग्राफ 40, एम सिद्दिकी बनाम महंत सुरेश दास (अयोध्या मामले में सुप्रीम कोर्ट का फैसला) रेगुलर सूट नंबर 236 ऑफ 1989
12. पृ-45, अयोध्या का इतिहास, अवधवासी लाला सीताराम https://archive.org/stream/in.ernet.dli.2015.319840#page/n57/mode/2up
13. https://www.panchjanya.com/arch/2001/10/7/File11.htm अयोध्या का इतिहास -पुनः संस्करण
14. https://www.panchjanya.com/arch/2001/10/7/File11.htm अयोध्या का इतिहास -पुनः संस्करण
15. पृ-72, पैराग्राफ 47, एम सिद्दिकी बनाम महंत सुरेश दास (अयोध्या मामले में सुप्रीम कोर्ट का फैसला) मुस्लिम पक्ष की तरफ से ज़फ़रयाब जिलानी ने पीडब्ल्यूडी की उस रिपोर्ट का हवाला दिया जिसमें कहा गया है कि 1934 में मस्जिद पर कुछ लोगों ने हमला किया था जिससे मस्जिद का एक हिस्सा क्षतिग्रस्त हो गया था और पीडब्ल्यूडी ने उसको मरम्मत कराया था। यही नहीं ज़फरयाब जिलानी ने दलील दी कि 1934 में बैरागियों ने जब मस्जिद पर हमला किया था तो मस्जिद में हुए नुकसान को लेकर मस्जिद के ट्रस्टी ने सरकार से मुआवजा मांगा। चूँकि हर्जाने के लिए सिर्फ मुसलमानों ने ऑथोरिटी का रुख़ किया तो ऐसे में ये दर्शाता है कि मुस्लिम मस्जिद के तौर पर इस्तेमाल कर रहे थे।
16. छह दिसंबर: मैं मस्जिद की ईंट भी साथ ले आया था https://www.patrika.com/up-special-news/6-december-many-carsewak-from-the-country-gathered-on-that-day-3680/

17. वही। ठीक पूर्व का संदर्भ
18. पृ-906, पैराग्राफ 788, एम सिद्दिकी बनाम महंत सुरेश दास (अयोध्या मामले में सुप्रीम कोर्ट का फैसला)
19. पृ-123, पैराग्राफ 82, एम सिद्दिकी बनाम महंत सुरेश दास (अयोध्या मामले में सुप्रीम कोर्ट का फैसला)
20. पृ-124, पैराग्राफ 84, एम सिद्दिकी बनाम महंत सुरेश दास (अयोध्या मामले में सुप्रीम कोर्ट का फैसला)
21. हिंदू बॉडी मूव्स सुप्रीम कोर्ट चैलेंजिंग प्रोविजन इन प्लेस ऑफ वरसिप एक्ट 1991 https://indianexpress.com/article/india/hindu-body-moves-sc-challenging-provision-in-place-of-worship-act-1991-6455482/
22. पृ- 465, पैराग्राफ-421, एम सिद्दिकी बनाम महंत सुरेश दास (अयोध्या मामले में सुप्रीम कोर्ट का फैसला)
23. पृ-224, पैराग्राफ 205, एम सिद्दिकी बनाम महंत सुरेश दास (अयोध्या मामले में सुप्रीम कोर्ट का फैसला)
24. एडेंडम, पृ-1045, पैराग्राफ-170, एम सिद्दिकी बनाम महंत सुरेश दास (अयोध्या मामले में सुप्रीम कोर्ट का फैसला)
25. एडेंडम, पृ- 960, पैराग्राफ 40, एम सिद्दिकी बनाम महंत सुरेश दास (अयोध्या मामले में सुप्रीम कोर्ट का फैसला)
26. एडेंडम, पृ-963, पैराग्राफ 41, एम सिद्दिकी बनाम महंत सुरेश दास (अयोध्या मामले में सुप्रीम कोर्ट का फैसला)
27. एडेंडम, पृ-995, पैराग्राफ 73, एम सिद्दिकी बनाम महंत सुरेश दास (अयोध्या मामले में सुप्रीम कोर्ट का फैसला)
28. एडेंडम पृ-994, पैराग्राफ 72, एम सिद्दिकी बनाम महंत सुरेश दास (अयोध्या मामले में सुप्रीम कोर्ट का फैसला)
29. पृ-923, पैराग्राफ 800, एम सिद्दिकी बनाम महंत सुरेश दास (अयोध्या मामले में सुप्रीम कोर्ट का फैसला)
30. यूनियन कार्बाइड कॉर्पोरेशन बनाम भारत सरकार 1991) 4 SCC 584
31. पृ-790, पैराग्राफ 776, एम सिद्दिकी बनाम महंत सुरेश दास (अयोध्या मामले में सुप्रीम कोर्ट का फैसला)

32. पृ-755, पैराग्राफ 631, एम सिद्दिकी बनाम महंत सुरेश दास (अयोध्या मामले में सुप्रीम कोर्ट का फैसला)
33. पृ-922, पैराग्राफ 799, एम सिद्दिकी बनाम महंत सुरेश दास (अयोध्या मामले में सुप्रीम कोर्ट का फैसला)
34. प्रोमिनेंट मुस्लिम्स अपोज रिव्यू प्ली https://www.asianage.com/metros/mumbai/261119/prominent-muslims-oppose-review-plea.html
35. मो. असलम अलियास अच्छन रिजवी वर्सेज यूनियन ऑफ इंडिया, स्टेट ऑफ उत्तर प्रदेश, 24 अक्टूबर 1994 https://indiankanoon.org/doc/17698471/?type=print
36. सुप्रीम चार्ज https://caravanmagazine.in/law/former-supreme-court-employee-accuses-cji-ranjan-gogoi-sexual-harassment
37. ह्वाट इज इन्स्टैट ट्रिपल तलाक https://indianexpress.com/article/what-is/what-is-instant-triple-talaq-supreme-court-verdict-4807821

अध्याय 3

मंदिर से पहले मस्जिद पर एक फैसला

इस्माइल फ़ारुक़ी बनाम भारत सरकार का मामला

1. 'हिंदू तालिबान' ने ढहाई बाबरी मस्जिद, सुप्रीम कोर्ट में बोले सुन्नी वक्फ़ बोर्ड के वकील
https://www.jansatta.com/national/lawyer-rajiv-dhawan-tells-supreme-court-babri-masjid-demolished-hindu-taliban/710332/
2. बामियान बुद्ध को तोड़ने वाली दास्तां
https://www.bbc.com/hindi/international/2015/03/150313_gch_bamiyan_buddha_destroyer_rd
3. असलम भूरे केस

https://www.thehindu.com/news/national/ayodhya-centre-moves-sc-seeking-nod-to-return-67-acre-land-to-original-owners/article26118000.ece

Mohd. Aslam @ Bhure vs Union Of India (Uoi) And Ors on 31 March, 2003

मोहम्मद असलम भूरे में सुप्रीम कोर्ट ने विवादित जमीन के साथ ही पूरी अधिगृहित जमीन पर यथास्थिति कायम रखने के आदेश दिये थे। फ़रवरी 2002 में जब भारतीय जनता पार्टी ने उत्तर प्रदेश विधानसभा चुनाव के लिए अपने घोषणापत्र में राम मंदिर निर्माण के मुद्दे को शामिल करने से इनकार कर दिया तब असंतुष्ट विश्व हिंदू परिषद ने 15 मार्च से राम मंदिर निर्माण कार्य शुरु करने की घोषणा कर दी।

विश्व हिंदू परिषद के इस ऐलान को लेकर मोहम्मद असलम भूरे ने सुप्रीम कोर्ट में जनहित याचिका दाखिल कर अयोध्या में भूमि पूजन रोकने की मांग की। याचिका में कहा गया था कि भूमि पूजन के पकार्यक्रम की इजाज़त नहीं दी जानी चाहिए। इससे देश में सांप्रदायिक हिंसा भड़कने की आशंका है। असलम भूरे की याचिका पर सुनवाई करते हुए 13 मार्च 2002 को सुप्रीम कोर्ट ने अंतरिम आदेश देते हुए भूमि पूजन पर रोक लगा दिया और साथ ही कोर्ट ने इलाहाबाद हाई कोर्ट में लंबित मुकदमे का फैसला होने तक जमीन पर यथास्थिति बरक़रार रखने का भी आदेश दिया था। इसी मामले में संविधान पीठ ने अपने आदेश में कहा था कि विवादित और अविवादित ज़मीन को अलग अलग करके नहीं देखा जा सकता।

अध्याय 4
सुनवाई की मुख्य दलीलें

कुछ इतिहास और अदालत में घटी अन्य घटनाएँ

1. केशवानंद भारती केस
   https://indianexpress.com/article/explained/kesavananda-bharati-case-basic-structure-of-the-constitution-supreme-court-6585110/

भारतीय लोकतंत्र और न्यायपालिका के इतिहास में केशवानंद भारती केस का बहुत महत्वपूर्ण स्थान है। इसी केस में सुप्रीम कोर्ट ने संविधान के 'आधारभूत संरचना का सिद्धांत' प्रतिपादित किया था। 13 सदस्यीय संविधानपीठ ने 7-6 के बहुमत के फैलने में कहा था कि संसद संविधान के आधारभूत संरचना में बदलाव नहीं कर सकती। हालांकि इस फैसले में सुप्रीम कोर्ट ने संविधान की आधारभूत संरचना की कोई स्पष्ट परिभाषा नहीं दी थी। लेकिन बाद के कई फैसलों से आधारभूत संरचना स्पष्ट होती गयी। इसमें संविधान की सर्वोच्चता, सरकार की लोकतांत्रिक और गणतंत्रात्मक स्वरूप, संविधान का धर्मनिरपेक्ष और संघीय चरित्र, शक्तिओं का विभाजन, राष्ट्र कीएकता और संप्रभुता, नागरिकों की मौलिक स्वतंत्रता शामिल है।

2. लेखक का आँखों देखा विवरण, जैसा कि सर्वोच्च अदालत में वकील सीएस वैद्यनाथन ने कहा।
3. कुंभ संस्कृति जागरण का महापर्व, लेखक- गुँजन अग्रवाल डायमंड पॉकिट बुक्स, अध्याय 5, अखाड़े, नागा- साधु और शाही स्नान निर्मोही अखाड़ा का संक्षिप्त विवरण, इतिहास, वर्तमान - वैष्णव संतों के मूलत: तीन अखाड़े हैं: श्री दिगंबर अखाड़ा, श्री निर्वाणी अखाड़ा और श्री निर्मोही अखाड़ा।
   निर्मोही अखाड़े की स्थापना 1720 में रामानंदाचार्य ने की थी। यह अखाड़ा भगवान राम के प्रति समर्पित है। इसीलिए अयोध्या आंदोलन से इस अखाड़े का नाम जुड़ा रहा। निर्मोही अखाड़ा, अखिल भारतीय अखाड़ा परिषद द्वारा मान्यता प्राप्त 13 अखाड़ों में से एक है। निर्मोही शब्द का अर्थ है मोह रहित।
4. झांसी की रानी का अंतिम पड़ाव था निर्मोही अखाड़ा
   https://www.jansatta.com/religion/the-last-stop-of-the-jhansi-ki-rani-was-nirmohi-akhada/1253928
5. वहीं। ठीक पूर्व का संदर्भ।
6. वहीं। ठीक पूर्व का संदर्भ।
7. कैन सेटल अयोध्या डिसपूट इन 24 ऑवर्स, सेज यूपी सीएम योगी आदित्यनाथ
   https://www.thehindu.com/news/national/can-settle-ayodhya-dispute-in-24-hours/article26100778.ece
8. राम टेम्पल विल बी बिल्ट इन अयोध्या एज 'सुप्रीम कोर्ट इज ऑवर्स'

https://www.hindustantimes.com/india-news/ram-temple-will-be-built-in-ayodhya-as-supreme-court-is-ours-says-uttar-pradesh-minister/story-bV3S-1GOdovjj0iSE15reSP.html

9. अयोध्या केस: आफ्टर राजीव धवन गेट्स् थ्रेट मैसेज
https://indianexpress.com/article/india/ayodhya-case-after-rajeev-dhavan-gets-threat-messages-his-clerk-assaulted-in-court-premises/

10. प्रोफेसर शणगमुगम ने माँगी माफी
https://www.jagran.com/news/national-27th-day-of-ayodhya-case-hearing-of-in-supreme-court-19592394.html

11. अयोध्या मामले में पक्षकार इकबाल अंसारी पर हमला, पुलिस ने कहा मामूली झड़प
https://www.bbc.com/hindi/india-49579608

अध्याय 5

मुकदमे की ऐतिहासिक पृष्ठभूमि

कुछ दाँवपेंच और तात्कालिक घटनाएँ

1. लेकिन जज पंडित हरिकृष्ण ने 24 दिसम्बर 1885 को अपने फैसले में इसे यह कहकर खारिज कर दिया कि अगर हिंदुओं को उस स्थान पर मंदिर बनाने की इजाज़त दे दी गई तो एक न एक दिन दिन यहाँ विवाद होगा और हजारों लोग मारे जाएँगे। रघुबर दास ने जिला जज फैज़ाबाद कर्नल एफए कैमियर की अदालत में अपील दायर की। कैमियर ने अपने फैसले में कहा कि मस्जिद हिंदुओं के पवित्र स्थल पर बनी है लेकिन अब देर हो चुकी है और 356 साल बाद पुरानी गलती को इतने दिनों बाद सुधारना उचित नहीं है। कैमियर ने दोनों ही पक्षों को यथास्थिति बरकरार रखने का आदेश दिया।
https://indianexpress.com/article/india/ayodhya-hearing-destroying-temple-historic-wrong-need-repara-

tions-hindu-defendant-6070841/
2. इनसाइक्लोपीडिया ऑफ हिंदूइज्म, पृ-71, डेनिश कश, कैथरीन ए रॉबिन्सन, माइकल यॉर्क
3. सत्तर साल का संकल्प, आज लेगा आकार
https://www.amarujala.com/lucknow/ram-temple-construction-will-start-from-5-august-2020-and-70-years-ago-ram-mandir-issue-was-laid
4. अशोक सिंघल और राजीव गांधी के रिश्ते ने अयोध्या में राम मंदिर की राह तैयार की
https://www.bhaskar.com/national/news/ayodhya-rajiv-gandhi-ashok-singhal-relation-developed-base-of-ram-mandir-land-ownership-01684789.html

अध्याय 6

जब कलयुग में प्रकट हुए रामलला

सखा, भक्त वकील और राम के वंशज!

1. हिंदुत्व का चेहरा बने डीएम, पहुँचे लोकसभा, ड्राइवर भी बना विधायक
https://hindi.news18.com/news/uttar-pradesh/ayodhya-role-of-kk-nayar-dm-of-1949-ram-janmabhoomi-babri-masjid-dispute-news-18-hindi-special-dlop-1608879.html
2. हिंदू ही नहीं मुस्लिम भी हैं प्रभु राम के वंशज
https://www.jagran.com/news/national-a-dna-research-shows-that-muslims-too-descendant-of-lord-rama-know-about-other-claimants-jagran-special-19485293.html
3. माई फैमिली डिसेंडेड फ्रॉम लॉर्ड राम सन कुश
https://www.outlookindia.com/website/story/india-news-my-family-descended-from-lord-ram-sons-

kush-bjp-mp-diya-kumari/336046

4. आफ्टर दीया कुमारी नाऊ राजस्थान काग्रेस लीडर क्लेम्स हिज क्लान रीयल डिसेंडेट्स ऑफ राम
https://www.outlookindia.com/website/story/india-news-after-bjp-mp-diya-kumari-now-rajasthan-congress-leader-claims-his-clan-real-descendants-of-ram/336098

5. राम के वंशज कौन? राजघरानों में छिड़ी जंग, करणी सेना का दावा- लव हमारे पूर्वज
https://www.aajtak.in/india/rajasthan/story/rajput-karni-sena-lokendra-kalvi-jumps-controversy-raging-descendents-lord-ram-diya-kumari-atrc-954372-2019-08-12

6. हिंदू ही नहीं मुस्लिम भी हैं प्रभु राम के वंशज
https://www.jagran.com/news/national-a-dna-research-shows-that-muslims-too-descendant-of-lord-rama-know-about-other-claimants-jagran-special-19485293.html

7. मीट द मुस्लिम्स हू कंसिडर्स देमसेल्व्स डिसेंडेंट्स ऑफ अर्जुना
https://amp.scroll.in/article/805833/meet-the-muslims-who-consider-themselves-descendants-of-arjuna

अध्याय 7
तुलसीदास हाज़िर हों

सोशल मीडिया और जगद्गुरु रामभद्राचार्य

1. हाईकोर्ट ने भद्राचार्य जी के इस सबूत को मानने से इंकार कर दिया। - सहारा समय, 2 अगस्त2003
तुलसीदास हाज़िर हों

अध्याय 8

डॉ राजीव धवन

मुकदमे के नायक

1. राम जेठमलानी का करण थापर के साथ साक्षात्कार, सीएनएन-आईबीए, यूट्यूब, 20 जून 2007
   https://youtu.be/3Os-yqbitHk
2. पंचायती जस्टिस दैट टेक्स अवे लीगल राइट्स ऑफ मुस्लिम: राजीव धवन
   https://www.thehindu.com/news/national/Panchayati-justice-that-takes-away-legal-rights-of-Muslims-Rajeev-Dhavan/article13675639.ece

अध्याय 9

समझौते की कोशिशें

विवाद, सियासत और इतिहास

1. बालाकोट में भारतीय वायुसेना के हमले से कितने मरे
   https://www.bbc.com/hindi/international-47412364
2. अयोध्या केस सेंट टु 3 मेडिएटर्स
   https://www.hindustantimes.com/india-news/supreme-court-may-rule-today-on-ayodhya-mediation/story-dLIJeAj6djWQGZuB4WmcjO.html
3. इफ नॉट रिसोल्व्ड एमिकेबली, जन्मभूमि डिसप्यूट कैन टर्न इंडिया इन्टू सीरिया
   https://www.indiatoday.in/india/story/if-not-resolved-amicably-janmaboomi-dispute-can-turn-india-into-syria-sri-sri-1182073-2018-03-05
4. यदि चंद्रशेखर की सरकार छह माह बनी रहती तो बाबरी विवाद सुलझ जाता
   http://thewirehindi.com/6130/sharad-pawar-book-excerpt/

अध्याय 10

कैसे टलता रहा अयोध्या पर फैसला

अनुवाद का पेंच और सुप्रीम कोर्ट में उथल-पुथल

1. राहुल का आलू पर बयान, आखिर कहा क्या?
https://www.bbc.com/hindi/social-41996193
https://youtu.be/0DryQsX7SWs
2. प्रणब मुखर्जी, द टर्बुलेंट इयर्स: 1980-1996, अध्याय 7, अनस्टेबल गवर्नमेंट, इनसेक्योर लाइफ, किंडल संस्करण
3. सोहराबुद्दीन केस,
https://www.outlookindia.com/newswire/story/sohrabuddin-case-modi-aide-amit-shah-arrested-jailed/688472
4. अमित शाह डिसचार्ज्ड, कोर्ट फाइंड्स नो एविडेंस
https://www.thehindu.com/news/national/amit-shah-discharged-from-sohrabuddin-case/article6738447.ece
5. चीफ जस्टिस के बचाव में उतरी वीएचपी
https://navbharattimes.indiatimes.com/state/uttar-pradesh/ayodhya/faizabad/vhp-supports-chief-justice-says-opposition-does-not-wants-fast-decision-on-ram-mandir/amp_articleshow/63519804.cms
6. इस मुकदमे का नाम ये था: In Re: Matter of Great Public Importance Touching Upon The Independence Of Judiciary.

अध्याय 12

इतिहास के आईने में अयोध्या विवाद

कुछ महत्वपूपूर्ण पड़ाव

1. गोपाल दास विशारद के बारे में देखें अध्याय 1 में बॉक्स-1 में पृष्ठ संख्या 18 पर देखें।

2. अयोध्या डिमोलिशन वेल प्लान्ड कंसपिरेसी https://www.outlookindia.com/newswire/story/ayodhya-demolition-well-planned-conspiracy-centre-tells-liberhan-panel/379040